KB052494

그래,
세상은 아름답다

머리말

저자가 사법연수원을 졸업하고 3년간의 해군 법무관을 거쳐 서울민사지방법원 판사로 처음 임용된 게 40년 전인 1983. 9. 1.이다. 초임 판사 시절에는 앞가림하기도 벅찼고, 그 후에도 늘 재판 일정에 쫓겨 학술논문 외에는 다른 글을 쓸 엄두를 못 냈다.

그러다 청주지방법원 충주지원장으로 부임(1994. 7. 28.)하여 1년여가 지난 1995. 9.부터 우리나라 금수강산의 산과 들을 거니면서 보고 듣고 느낀 것을 정리한 산행기(여행기 포함)를 쓰기 시작하였고, 그렇게 쓴 글들 2000. 3. 27.에 개설한 인터넷 개인 홈페이지 "산따라 길따라"(http://www.mymins.comm)에 차례로 올렸다. 그리고 2015. 8. 그 산행기를 모아 책으로 펴냈고(초판. 비매품), 2021. 9. 개정판을 냈다(총 4권. 비매품).

한편 1997. 2. 27. 사법연수원 교수로 부임하면서 법원 일선에서 잠시 물러나 후학 양성을 위한 강의만 하고 있을 때, 법률신문사로부터 원고청탁이 들어와 법의 창(窓)에 비친 세상의 모습을 그린 글을 처음 쓰기 시작했다. 그게 1998. 5. 28.의 일이다.

먼저 쓰기 시작한 산행기와 마찬가지로 처음에는 그냥 PC에 문서의 형태로 보관하였다가, 홈페이지 "산따라 길따라"를 개설함에 따라 그곳에 '법창에 기대어'란을 만들어 정리하여 올렸고, 그 이후로는 글을 쓸 때마다 차례로 같은 곳에 올렸다. 이 책은 위 글들을 다시 정리하여 엮은 것이다. 다만 중간에 홈페이지를 개편하는 과정에서 자료가 일부 유실되어 글의 작성 시기가 다소 부정확해진 것들이 있다.

막상 책으로 내려고 정리하다 보니 분량이 제법 많아 두 권으로 분책하였다. 제1권은 저자가 대법관직에서 퇴임한 2015. 9. 16.까지 법관으로 재직하는 동안에 쓴 글들을 실었고, 제2권은 그 후 야인(野人)이 되어 2023. 8.까지 지내온 8년 동안 쓴 글들을 실었다.

다 같이 "법창에 기대어" 바라본 세상 풍경을 쓴 글들이지만, 현직 법관의 신분에서 쓴 글들(제1권)은 아무래도 내용이 조심스러울 수밖에 없다. 그리고 17년이라는 긴 기간 동안 두서없이 띄엄띄엄 쓴 글들이라 다소 산만하다.

그에 비하면 법관직을 떠난 후의 글들(제2권)은 내용이 비교적 자유로우면서도 전하는 메시지가 일정하다. 이는 이 책을 두 권으로 분책한 또 하나의 이유이기도 하다. 또한 그런 이유로 글을 쓸 때의 아호가 제1권은 범의거사(凡衣居士)였고, 제2권은 우민거사(又民居士)이다.

제2권의 첫 글에서 밝혔듯이 두 아호 모두 저자에게 처음 서예를 지도해 주셨던 소석(素石) 정재현 선생님이 지어주신 것인데, 범의(凡衣)에는 '현재는 비록 법복을 입고 있으나, 마음가짐만은 평범한 옷을 입은 사람의 평상심을 유지하라'는 뜻이 담겨 있고, 우민(又民)에는 '공직에서 벗어나 다시 평범한 백성으로 돌아간다'는 뜻이 담겨 있다.

범의에서 우민으로 변신한 이래 이제껏 저자는 특별한 일이 없는 한 주말을 경기도 여주 금당천변에 있는 우거(寓居. 저자의 생가이다)에서 보낸다. 집 밖에는 산과 내와 들이 있고, 집 안에는 작은 뜨락이 있다. 이곳에서 새벽에는 금당천의 뚝방길을 산책하고, 낮에는 채소를 키우고 화초를 가꾼다. 그리고 틈나는 대로 고전을 읽고 문방사우(文房四友)를 벗 삼아 붓글씨를 쓴다. 신문과 TV는 의도적으로 멀리한다. 적어도 이곳에서만큼은 그냥 자연인으로 지낸다. 저자가 즐겨 부르는 판소리 단가 '강상풍월' 중에 나오는 그대로

> "나물 먹고 물 마시고 팔 베고 누웠으니 대장부 살림살이가
> 이만하면 넉넉할거나"

의 생활이다.

그렇게 지내면서 한 달에 한 번 정도 법창(法窓)에 비친 바깥세상의 모습

을 글로 그려낸다. 김삿갓의 시(詩)처럼 "나날이 날은 가고 쉼 없이 오고(日日日來不盡來, 일일일래부진래), 해마다 해는 가고 끝없이 가는데(年年年去無窮去, 연년년거무궁거)", 법창에 비치는 세상 모습은 늘 변하는 게 경이롭다. 이 책 제2권은 그렇게 변하는 세상 모습을 담은 글들로 대부분 채워졌다. 그 주제를 한마디로 말해 '자연과 법'이라고 한다면 너무 거창하려나. 그냥 자연 속 촌부의 소박한 소망인 국태민안(國泰民安)을 담아보려 했을 뿐이다.

기존에 저자가 펴낸 책 "산따라 길따라"가 앞에서 언급한 것처럼 법정 밖의 산과 들에서 보낸 이야기를 적은 산행기라면, 이 책은 법의 창에 비친 세상의 모습, 법의 창을 통해서 바라본 세상의 모습을 그린 책이다. 두 책 모두 저자의 법조인으로서의 삶의 기록인 셈인데, 성격상 전자보다는 후자의 이 책이 전반적으로 더 법적인 분위기를 풍길 수밖에 없다. 다만, 이 책에 그려진 세상 풍경은 저자가 어디까지나 주관적으로 바라본, 그것도 법창이라는 프리즘을 통해 바라본 모습인 만큼, 객관적인 진실에 부합하지 않는 면이 있을 수 있다. 이 점 독자들의 혜량을 구한다.

이 책을 내면서 저자의 40년에 걸친 법조생활 동안 앞에서 끌어주고 뒤에서 밀어준 선배, 동료, 후배분들께 새삼 감사를 드린다. 법조인으로서의 저자가 오롯이 설 수 있었던 것은 이분들의 격려와 배려 덕분이다.

아울러 이 책의 발간을 위하여 노고를 아끼지 않고 멋진 작품을 만들어 주신 미디어북의 관계자 여러분께도 깊이 감사드린다.

2023. 9. 가을의 문턱에
금당천변 우거에서
우민거사 씀

목차

법창에 기대어 ❷

목 차

법창에 기대어 ❷

목 차

법창에 기대어 ❷

목 차

법창에 기대어 ❷

제1부

보고도 말 아니 하니
(2015.09.~2018.08.)

범의(凡衣)에서 우민(又民)으로

2015. 9. 16. 32년 16일 동안의 법관 생활을 마감하고 범의거사(凡衣居士)에서 우민거사(又民居士)로 변신하였다.

촌부의 법조 생활 시작은 1978년으로 거슬러 올라간다. 그해 봄 서울대학교 법과대학을 졸업함과 동시에 제20회 사법시험에 합격하였고, 이어서 9. 1. 사법연수원에 들어감으로써(제10기) 법조 생활이 시작되었다. 사법연수원을 졸업하고 1980. 9. 1부터 3년간 군법무관(해군)으로 복무한 후 1983. 9. 1. 서울민사지방법원(당시에는 서울중앙지방법원이 서울민사지방법원과 서울형사지방법원으로 나뉘어 있었다) 판사로 임명됨으로써 비로소 법관 생활이 시작되었다.

그 후 청주지방법원 충주지원장(1994.7.–1997.2.)으로 재직하던 시절 재야(서예계의 재야임)의 소석(素石) 정재현 선생님으로부터 서예를 배운 일이 있는데, 그때 선생님께서 지어주신 호가 범의(凡衣)이다. '현재는 비록 법복을 입고 있으나, 마음가짐만은 평범한 옷을 입은 사람의 평상심을 유지하라'는 뜻이 담겨 있다. 또한 그 당시 선생님께서 촌부가 훗날 법복을 벗게 되면 사용하라고 또 하나의 호를 지어주셨는바, 그게 바로 우민(又民)이다. '공직에서 벗어나 다시 평범한 백성으로 돌아간다'는 뜻이다.

오랫동안 공직에 종사하다 퇴임한 많은 분들이 퇴임에 즈음하여, '그동안 대과(大過) 없이 근무하며 공직을 무사히 마칠 수 있어 감사하다'는 인사를 하는 것을 종종 들었다. 전에 그 말을 들을 당시에는 실감이 나지 않고 그게 무슨 말인지 잘 이해되지도 않았다. 그런데 막상 촌부가 32년간의 법관 생활을 마치고 정년퇴직을 하면서 지난날을 돌이켜 보니까 그 말이 피부에 와 닿았다. '곳곳에 놓여있는 지뢰밭을 용케도 잘 피해 여기까지 왔구나' 하는 생각에 촌부 역시 감사하지 않을 수 없다.

그래서 매사에 숨이 막힐 정도로 조심스러웠던 범의거사에서 이제는 다소 숨통이 트일 우민거사로 변신하면서, 예전의 어느 초콜릿 광고처럼

'나는 자유인이다'

를 외쳐본다.

(2015. 9. 20.)

팔을 베고 뒹굴다가

입동(立冬)도 지나고 소설(小雪)이다. 이 때를 어느 시인은 이렇게 노래하였다.

미물은 칩거 위해 은신처 마련하고
초목은 잎을 말려 성장을 중단하니
모두들 겨울나기에 대비하고 있구나.

굶주릴 새들 위해 남겨진 붉은 감들
아직은 쪼이잖고 가지 끝 매달린 채
쓸쓸한 낙목한천을 밝혀주고 있구나.

이 시인의 말처럼 분명 겨울이 성큼 다가오고 있는 때이건만, 우리나라 정치사의 한 장을 장식하였던 김영삼 대통령이 88세를 일기로 서거한 것을 하늘도 애도하는 것일까. 삼경(三更)에 창문을 하염없이 두드리는 빗소리가 정체 모를 우수를 자아낸다. 눈 대신 오는 비라 더욱 그런가 보다.

32년 간 입었던 법복을 벗은 지 두 달이다. 그 동안 사용하여 온 凡衣(범의)라는 호 대신 又民(우민)을 사용하기 위하여 낙관도 새로 새겼다. 두 가

지 호 모두 20년 전 나에게 처음 서예를 가르쳐 주신 소석(素石) 정재현 선생님이 지어 주신 것이다. 凡衣(범의)는 법복을 입고 있는 동안에는 일반인처럼 생각하고 평범하게 행동하라는 뜻이고, 又民(우민)은 법복을 벗었으니 다시 백성으로 돌아가라는 뜻이다.

20년을 내다보고 범부에게 참으로 멋진 호를 지어 주신 소석(素石) 선생님은 이미 고인이 되셨다. 오랫동안 비워 두었던 고향의 생가를 수리하고 찾아와, 홀로 책상머리에 앉아 빗소리를 듣고 있는 한밤에 새삼 소석(素石) 선생님 생각이 난다.

선생님, 감사합니다.

이 집은 비록 자그마한 누옥이지만, 성조하고 두 달 후에 건넌방에서 범부가 태어났으니 범부와 60평생을 함께 한 셈이다.

久矣今朝見金堂(구의금조견금당)
歸來終日掩荊關(귀래종일엄형관)
曲肱頹臥琴書内(곡굉퇴와금서내)
負手徐行草樹間(부수서행초수간)

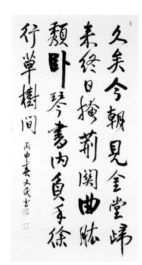

오늘에야 오랜만에 금당천을 다시 보고
돌아온 뒤 종일토록 대문을 닫아 두었네.
책 더미 속에서 팔을 베고 누워 뒹굴다가
초목 사이로 뒷짐 지고 천천히 걸어보네.

조선시대 김희령(金羲齡)이 규장각 서리(書吏)로 순조임금의 실록 편찬
에 참여하였다가 4년 만에 집에 돌아와 지은 시 "實錄畢役還家有賦(실록필
역환가유부)"의 첫 행 중 華山(화산)을 金堂(금당)으로 바꿔 보았다. 금당천
(金堂川)은 범부의 고향마을 앞을 지나 남한강으로 흘러드는 개울이다.

범부가 어릴 적에는 개울의 폭이 좁고 물살이 셌는데, 지금은 홍수 예방을 위해 개울의 양옆으로 제방을 쌓는 대신 폭을 넓혀 놓아 물살이 완만하다. 갈수기라 수량이 적어 물이 흐르지 않는 부분에는 갈대가 무성하다. 미꾸라지, 붕어, 피라미를 잡느라 하루 종일 개울에서 뛰놀던 어린 시절의 추억이 새록새록 떠오른다.

　이순(耳順)의 나이에 그 시절처럼 뛰놀 수는 없는 노릇이니….

　시인의 말처럼

　'책 더미 속에서 팔을 베고 누워 뒹굴다가, 초목 사이로 뒷짐 지고 천천히 걸어보기나 할 밖에.'

　밤이 더욱 깊어가는데 비가 계속 내린다.

　겨울의 문턱에서 모쪼록 건강에 유의할 일이다.

(2015. 11. 23.)

한겨울에 동남풍

동지(冬至)도 지나고 을미년(乙未年)도 며칠 남지 않았다. 지난 1월 1일에 올해를 맞이할 때는 설렘도 많았는데, 이제와 돌이켜 보면 대내외적으로 참으로 힘든 한 해였다. 역시 을미년(乙未年)의 이름값을 한 것 같다.

세계적인 경기침체와 녹녹치 않은 안보환경, 거기에 더하여 지역 간, 계층 간, 세대 간 일어나는 끊임없는 갈등…. 내년 4월로 예정된 국회의원 총선이 오히려 상황을 더욱 꼬이게 하는 것 같아 답답하기만 하다. 경제가 어려울수록 정치가 국민을 걱정하는 것이 올바른 모습인데, 작금에는 반대로 국민이 당장 먹고 살 문제인 경제를 걱정하는 것도 모자라 정치까지 걱정해야 하는 판이니, 뉘 있어 국민의 이러한 답답함을 풀어줄까. 한겨울에 동남풍을 일으키는 제갈공명의 지혜가 절실하기만 하다.

각설하고, 슈퍼 엘니뇨 현상으로 겨울답지 않은 날씨가 계속 이어지다가 요 며칠 수은주가 떨어져 비로소 겨울을 느끼게 한다. 그렇지만 29일 화요일에는 다시 풀린다고 하니 크게 걱정할 일은 아니다. 한 해를 보내고 새로운 한 해를 맞이하는 때에는 오히려 동장군이 기승을 부려야 제 맛이 나지 않을까.

서울을 떠나 금당천변(金堂川邊)에서 보내는 겨울밤은 둥근 달(보름달에서 이틀 지난 달)을 제외하고는 깜깜하고 쥐죽은 듯 고요하기만 한데, 선뜻 마당에 내려서기가 꺼려질 만큼 공기가 차다. 그래도 대처(大處)에서는 느낄 수 없는 상큼한 차가움을 맛보려고 점퍼의 깃을 올린 채 뜰에 나가 고개를 들어 하늘을 본다.

당나라 시인 張說(장열)이 읊은 것처럼 모닥불을 피우고 술잔이라도 기울이며 한 해를 보내고 또 다른 한 해를 맞이하면 좋으련만, 더불어 즐길 이가 없어 마음으로 그치고 만다.

夜風吹醉舞(야풍취취무)
庭火對酣歌(정화대감가)
愁逐前年少(수축전년소)
歡迎今歲多(환영금세다)

밤바람 부니 술에 취해 춤을 추고
마당에 모닥불 피워 놓고 즐겁게 노래하누나.
지난해의 근심일랑 다 떠나보내고
새해에는 좋은 일만 많이 있기를.

- 張說(장열)의 岳州守歲(악주수세) -

다가오는 새해는 병신년(丙申年)이다.
붉은 원숭이처럼 병 없이 신나게 사는 한 해(년)가 되면 좋겠다.
아울러 공명선생의 동남풍을 기원한다.

을미년 세모에
(2015.12.27)

초등학생도 오르는데…

병신년 새해가 시작되나 싶더니 어느새 한 달이 훌쩍 지나가고 입춘(立春)이 엊그제였다. 사실 역술상으로는 을미년 양띠에서 병신년 잔나비띠로 바뀌는 시점이 바로 입춘이니, 지난 한 달은 예행연습을 한 기간으로 치는 것이 살 같이 흐르는 세월을 잠시라도 붙들어 매는 묘수가 아닐까.

[한라산 윗새오름]

역마살이 낀 사주를 피할 길이 없어, 해가 바뀌자마자 연초부터(1월 8,9일) 다녀온 한라산의 설경 잔영이 뇌리에서 미처 사라지기 전에 히말라야 안나푸르나를 다녀왔다(1월 22일-30일). 2년 전에 푼힐 전망대(해발 3,200m)까지 갔다 온 후 다시 찾지 않으면 왠지 모르게 빚을 지고 살 것 같은 기분이었는데, 그 빚에 이자를 더해 갚느라 베이스캠프(Annapurna Base Camp, 줄여서 ABC라고 부른다. 해발 4,130m)까지 갔다 온 것이다.

[안나푸르나의
일출 광경]

　구름 한 점 없이 맑다가도 고도의 상승에 따라 비가 오기도 하고 진눈깨비가 내리기도 하더니 급기야 한 치 앞을 내다보기 어렵게 눈보라가 치는 날씨로 바뀌는 가운데도 묵묵히 발걸음을 옮기면서 절로 대자연의 일부가 된 느낌을 받았다. 거창한 표현을 빌리자면 물아일체(物我一體)라고나 할까.

　ABC에 간 김에 그곳에 있는 고 박영석 대장 추모비에 술도 한 잔 따르고 왔다. 우리나라, 아니 세계 산악계의 거봉인 고인은 2011년 10월 안나푸르나 1봉(해발 8,091m)의 남벽에 새로운 등반루트(코리안 루트)를 개설하다가 추락하여 실종되었고, 아직도 시신을 못 찾아 안타깝게 하고 있다.

　혹자는 말한다. 전문산악인도 아닌데 고생스럽게 그런 곳을 왜 가냐고. 그렇지만 해발 3,000m를 넘으면서부터 산소 부족으로 고산증 증세에 시달리고, 영하 15도의 추위 속에 침낭에만 의지하여 새우잠을 자면서도 "왜 이렇게 사서 고생을 하느냐?"라는 생각보다는, 이 정도의 고생도 안 하고 어찌 히말라야의 절경을 감상할 것이며, 이러지 않고서야 고생 끝에 찾아오는 성취감을 어찌 맛볼 수 있으랴 하는 생각이 앞섰다.

[고 박영석
대장 추모비]

이런 생각은 범부만 하는 것이 아니었다. 이번에 동행한 일행 중에는 3월에 고등학교에 진학하는 중학생도 있었는데, 마음을 내면 무엇이든 할 수 있다는 자신감을 얻게 된 것이 이번 등반의 가장 큰 수확이라고 하였다.

그래서일까. 등반 도중에 만난 다른 일행에는 참으로 대단한 사람들이 많았다. 혼자서 4개월째 배낭여행을 하면서 안나푸르나까지 온 청년, 네팔 현지인 포터 한 명을 고용하여 단신으로 안나푸르나를 오르는 여대생, 엄마와 함께 ABC를 향해 가는 초등학교 5학년과 6학년 남자 아이들….
마침 기상이 악화되어 눈이 많이 내렸기 때문에 그들이 그 후 과연 어디까지 올라갔는지는 모르겠으나, 우선 그 의지와 기상 하나만으로도 칭찬받을 만했다.
실로 자랑스러운 한국인들이다.

지금 나라에서는 어려운 경제사정으로 곳곳에서 비명소리가 들리고, 신문을 펼치면 비관적인 이야기만 다룬 기사들만 넘쳐난다. 이럴 때 정치권이라도 힘을 합쳐 난국 타개에 나서 주면 좋으련만, 4월 총선을 목전에 둔 상황이라 이해관계가 엇갈려 그도 기대하기가 어려울 듯하다. 이런 판국에 엎친 데 덮친다고 북한은 핵실험도 모자라 막무가내로 장거리 미사일까지 발사하겠다고 나서고 있으니 참으로 답답하기만 하다.

마치 몰아치는 눈보라로 한 치 앞이 안 보이던 안나푸르나 같다.

그러나 정신 차리고 한 발 한 발 걷다 보니 그 안나푸르나의 베이스캠프까지 갔다가 무사히 귀환하였듯이, 현 상황이 아무리 어려워도 두 눈을 부릅뜨고 정신을 바짝 차리면 돌파구가 열릴 것으로 믿는다. 더구나 우리에겐 초등학생도 안나푸르나를 오르는 도전정신이 살아있지 않나.

매섭게 기승을 부리던 추위가 물러나고 포근한 날씨가 찾아오듯 입춘, 그리고 이어지는 설 명절과 더불어 우리 사회 전반에 훈풍이 불어오길 간절히 기대하여 본다.

(2016.02.06)

정상과 비정상(경칩의 단상)

　그제가 경칩(驚蟄)이었다.

　아침부터 날씨가 꾸물거리더니 오후 들어서는 마치 장마철이나 된 듯 한동안 장대비가 쏟아졌다. 봄비 치고는 많은 양이었다. 기온도 평년 기온을 훨씬 웃돌았다. 경칩을 맞아 그 이름값을 하느라고 정녕 봄이 찾아온 것일까. 작년 경칩은 3월 6일이었는데, 그 때는 날씨가 어떠했나 보려고 당시에 쓴 글을 찾아보았다.

　아래는 그 때 쓴 글의 일부이다.

　한 해가 바뀐 후 이날 하늘에서 첫 번째 천둥이 치니 겨울잠 자던 개구리가 그 소리에 놀라 잠에서 깨어나 땅 밖으로 나오는 날이다. '칩(蟄)'이라는 글자는 본래 '겨울잠 자는 벌레'를 뜻하고, 겨울잠 자는 동물이 개구리만 있는 게 아닌데도, 언제부터인가 '경칩(驚蟄)' 하면 사람들은 으레 개구리를 유독 떠올린다. 하긴 친숙한 개구리를 놔두고 징그러운 뱀을 떠올릴 수는 없을 것이다.

　아무튼 경칩을 즈음하여 겨울의 찬 대륙성 고기압이 약화되고 기온이 날마다 상승하며 마침내 봄으로 향하게 된다. 그래서인가 요사이 며칠 기승을 부리던 꽃샘추위가 신기하리만큼 물러갔다. 어제 오늘 낮에는 오히려 평년 기온을 능가할 정도였다.

금년에는 며칠 더 지나야 꽃샘추위가 찾아온다는 것 말고는 작년과 올해의 경칩날 날씨가 너무 닮았다. 1년 24절기 중 같은 경칩이니 날씨가 비슷한 게 어찌 보면 당연한데, 근래에는 세계적으로 하도 이상기후 현상이 자주 나타나다 보니 그 당연함이 오히려 당연하지 않게 다가온다.

그리고 보면 작금에는 정상과 비정상이 헷갈리는 혼돈 속에서 살고 있고, 그것이 점점 일상화되고 있다는 생각이 든다.

백성을 굶주리게 하면서도 핵실험을 하고 장거리 미사일을 발사하며 무력시위를 벌이는 데 돈을 쏟아 붓고 있는 북한정권이 유엔의 강력한 제재가 시작되자 이젠 선전포고라도 할 듯한 태도를 보이고 있다. 이게 정상인가. 저네들은 도대체 무슨 생각을 하는 걸까.

은행에 돈을 맡기면 마땅히 이자를 받아야 하는데, 맡기는 측에서 반대로 맡기는 비용을 지불해야 하는 이른바 '마이너스 금리'는 또 뭔가? 범부의 눈에는 비정상의 극치로 보이는데, EU에 이어 일본도 중앙은행에서 마이너스 금리를 시행하고 있고, 지난 연말에 금리를 올렸던 미국조차도 마이너스 금리를 시행하게 될지 모른다는 말도 들린다. 내로라하는 경제전문가들 사이에서조차도 찬반양론이 극명하게 갈리는 모양이다.

도대체 어느 것이 정상인가. 헷갈릴 뿐이다.

온갖 우여곡절을 겪은 끝에 20대 국회의원 총선거(4월 13일)를 코앞에 두고 확정된 선거구를 보면, 서울에서는 몇 개 동(洞)만으로도 국회의원을 내는 곳이 있는데, 강원도에서는 무려 5개 군을 합쳐야 한 명의 국회의원을 뽑을 수 있는 곳이 있다. 이 선거구의 면적은 서울의 거의 10배나 된다. 표의 동등가치를 강조하다 보니 벌어진 기현상이다. 이곳에서 출마하는 후보자들은 어떤 지역공약을 내걸까? 정도의 차이만 있을 뿐 비슷한 상황이 전국 여러 곳에서 벌어지고 있는 모양새다. 필경 21대 국회의원 총선거를 즈음하여 선거구 재조정문제가 화두로 떠오르지 않을까 싶다.

농심배 한·중·일 국가대항전 바둑대회에서 한국의 마지막 주자로 3연승을 달리던 이세돌 9단이 중국의 마지막 주자인 천적(역대 전적이 2승7패이니 천적이라 할 만하다) 커제 9단에게 또 지는 바람에 한국이 우승을 놓쳤다는 소식이다. 천적을 만났다고 해서 꼭 져야 정상인가? 심기일전하여 앞으로는 자주 이겨 이기는 것이 정상이라는 이야기를 들려주길 기대하여 본다. 그에 앞서 컴퓨터바둑프로그램 '알파고'와의 대결에서만큼은 이겨서 아직은 인간의 지능이 컴퓨터보다 뛰어나다는 것을 보여주면 좋겠다.

그게 정상 아닐까.

(2016.03.07)

오간 데 없는 향기

어제는 청명(淸明)이자 한식(寒食)이자 식목일(植木日)이었다. 1년 365일 중에서 이처럼 한 날이 세 가지 의미를 동시에 지니는 것도 흔치 않을 것이다. 게다가 벚꽃, 목련, 진달래, 개나리가 동시에 피어 그야말로 백화제방(百花齊放)에 만화방창(萬化方暢)이다.

그런데 봄 가뭄과 공해 탓에 하늘이 맑지 못해, 사법연수원 연구실 창가에서 바라보는 일산의 명물 호수공원이 선명히 다가오지 않는다. 큰 비가 한차례 내리면 여러모로 좋을 텐데 기약이 없다.

그래서 그 호수공원 봄의 향기를 가까이에서 직접 맡으려고 호숫가로 갔다. 호수에 내리쬐는 햇볕이 벌써 따갑다는 생각이 든다면 과장일까? 그런데 9층 연구실까지 날아오던 그 봄의 향기가 정작 호숫가로 가니 어디로 갔는지 찾을 길이
없다.

하릴없이 사무실로 돌아와 문방사우(文房四友)를 꺼내 익제 이제현(益齊 李齊賢)의 '용야심춘(龍野尋春)'이라는 시를 예서 죽간체(隸書 竹簡體)로 화선지에 옮겨 보았다.

偶到溪邊藉碧蕪(우도계변자벽무)
春禽好事勸提壺(춘금호사권제호)
起來欲覓花開處(기래욕멱화개처)
度水幽香近却無(도수유향근각무)

우연히 시냇가에 다다라 푸른 풀을
깔고 앉으니
봄새들이 좋아하며 술을 들라 권하네
자리에서 일어나 꽃 핀 곳을 찾아 나서는데
물 건너오던 그윽한 향기 가까이 가니
온 데 간 데 없구나

정녕 "하루 종일 봄을 찾아 다녔으나 끝내 못 찾고(盡日 尋春不見春. 진일 심춘불견춘), 하릴없이 집으로 돌아오는 길에 매화나무 밑을 지나노라니(歸 來適過梅花下. 귀래적과매화하), 그 나무 끝에 봄이 이미 와 있더라(春在枝 頭已十分. 춘재지두이십분)"는 어느 시인의 말이 허튼 소리가 아닌가 보다.

일주일밖에 남지 않은 총선거가 열기를 더해 간다. 20대 국회는 19대 국 회의 전철을 밟지 않도록 국회의원을 제대로 뽑아야 한다는 이야기가 연일 신문지면을 장식하는데, 제발 그리되기를 바라는 마음은 온 국민이 다 마찬 가지일 것이다. '멀리서 볼 때는 훌륭한 사람인 줄 알고 애써 뽑아 놓은 선량이 그 후 실제로 일하는 것을 보니 기대에 한참 못 미친다'고 해서는 안 될 것이다.

이는 마치, 향기 나는 곳을 찾아 물을 건너갔더니 정작 그 향기가 어디로 갔는지 온데간데없는 것과 다를 바 없다. 아울러, 정작 봄은 이미 집 앞의 매화나무에 걸려 있는데, 그 봄을 찾아 온 산을 쏘다니는 어리석음도 경계해야 할 것이다.

진리는 먼 곳이 아니라 가까운 데 있건만, 그걸 모르고 미망(迷妄) 속에서 헤매는 게 인간의 한계이자 비극이 아닐는지.

(2016.04.06)

서사계(書四戒)

5일이 입하(立夏)였지만, 아직은 신록의 봄이다. 그 신록에 거름을 주기라도 하려는 듯 며칠 동안 내리던 봄비가 마침내 그치고, 밤이 깊어간다. 여느 때도 금당천변의 시골은 밤이 칠흑같이 어둡기 마련인데, 비록 비는 그쳤지만 여전히 잔뜩 흐린 날씨가 거기에 더해져 사위(四圍)가 캄캄하기 그지없다.

그런데 첫물차로 딴 우전(雨前, 작설차)의 향기가 그 어둠에 더 어울리는 것은 무슨 조화일까. 문득 매월당 김시습(金時習. 1435-1493)이 지은 지로(地爐)라는 시를 떠올린다.

山房淸悄夜何長(산방청초야하장)
閑剔燈花臥土床(한척등화와토상)
賴有地爐偏饒我(뢰유지로편요아)
客來時復煮茶湯(객래시부자다탕)

산속의 우거는 맑고도 적적한데 밤은 어찌 이리도 긴가.
한가로이 등불 돋우며 흙마루에 누운 채로
화로에 의지하여 등 따스히 지내네.
그러다 객이 찾아오면 일어나 다시 차를 끓인다오.

김시습의 산방(山房)에는 찾아오는 손님이라도 있어 차를 끓이지만, 범부의 우거(寓居)에는 밤벌레만이 벗하자고 한다. 그 밤벌레 우는 소리마저 그친 깊은 밤에 홀로 찻잔을 기울일 때는

눈으로 색깔을 즐기고
귀로 차 따르는 소리를 즐기고
코로 향기를 즐기고
입으로 맛을 즐기고
마음으로 분위기를 즐기라고 했던가.

그런 즐거움 속에 펼쳐 놓은 책 "선비답게 산다는 것"(지은이 : 안대회 성균관대 한문학과 교수)에서 발견한 한 구절에 눈이 멈춘다.

出與入輦 蹶痿之機(출여입연 축위지기)
洞房淸宮 寒熱之媒(동방청궁 한열지매)
皓齒蛾眉 伐性之斧(호치아미 벌성지부)
甘脆肥膿 腐腸之藥(감취비농 부장지약)

수레나 가마를 타고 다니는 것은 다리가 약해질 조짐이요
골방이나 다락방은 감기에 걸리기 쉬우며,
어여쁜 여인은 건강을 해치는 도끼요
맛있는 음식은 창자를 썩게 만드는 독약이니라

소동파(蘇東坡·1036-1101)가 만년의 유배지 설당(雪堂)에서 생활의 경계로 삼으려고 지었다는 '서사계(書四戒)'이다. 유배지에서 이런 계율을 적

어놓고 삶을 단속할 정도였다면, 아마도 그 유배지는 위리안치(圍籬安置)가 아니라 특급 리조트쯤 되었던 모양이다.

오늘날로 치면, 수레나 가마는 자동차이고, 골방이나 다락방은 콘크리트 아파트의 에어컨이 빵빵하게 나오는 방일 것이다. 맛있는 음식은 더 이상 설명이 필요 없을 것이고, '어여쁜 여인' 부분은 보는 사람에 따라 견해가 다를 수 있을 것 같다. 자기가 어여쁘다고 생각하는 여인 입장에서는 천부당만부당한 소리이자, 오히려 '멋진 남자가 건강을 해치는 도끼'라고 할 수도 있을 것이다.

아무튼 소동파가 말하고자 했던 것은 요컨대 '삶의 절제'가 아닐는지. 그 절제를 잃었을 때 어떤 일이 일어나는지는 지금도 우리 주위에서 너무나 흔히 보게 된다.

백성을 기아선상 고난의 행군으로 몰아가면서도 36년 만에 거창하게 당대회(7차)를 여느라 요란을 떠는 북한의 모습에서, 몇 십억 수임료와 로비 문제로 법조계를 수렁에 빠뜨릴 조짐을 보이고 있는 변호사들과 브로커들의 모습에서, 세금이나 다름없는 천문학적인 돈을 쏟아 붓고도 여전히 천문학적인 적자의 구렁텅이에서 헤어나지 못하는 조선회사의 모습에서 절제를 상실한 경우의 적나라한 모습이 여실히 드러나 씁쓸하기 그지없다.

4일간의 황금연휴에다 6일은 통행료마저 면제되어 그런지 고속도로가 매우 붐볐다. 임시공휴일까지 지정하면서 소비를 진작하려는 정부의 노력이 침체된 경제의 활성화로 이어지면 좋겠다. 다만, 그것이 분수를 넘는 과소비를 부추긴다면 이도 문제이다. 누구든지 스스로의 한계를 넘어 절제를 잃는 순간 낭비가 되고 궁극적으로 낭패로 이어질 테니까. 과유불급(過猶不及)이니 결국 중용을 지켜야 하는데, 그게 말처럼 쉬운 일이 아니리라.

신록이 우거진 5월이다. 1년의 나머지 열한 달과도 바꾸지 않을 천중지가절(天中之佳節)이다. 이 달이 다 지나갔을 때 되돌아보며 '즐겁고 보람찬 한 달을 보냈노라'고 자신 있게 말할 수 있도록 의미 있는 나날을 보내면 좋으련만….

봄비가 그친 밤에

(2016.05.08)

화혼(花魂, 꽃의 넋)

때 아닌 더위가 기승을 부리고 있다. 한낮 기온이 연일 30도를 넘는 날씨가 계속되는 것이 마치 7-8월 염천지제(炎天之際) 같다. 엊그제 20일이 소만(小滿)이라 절기상 본격적으로 여름이 시작되는 것은 맞지만, 시작부터 이렇게 더우면 정작 한여름은 어떨는지 은근히 걱정된다. 더위가 일찍 찾아온 것은 어찌 보면 점차 아열대기후화 되고 있는 우리나라 기후변화의 자연스러운 흐름이 아닐까 하는 생각도 든다.

농촌에서 본래 소만(小滿)에 한다는 모내기를 입하(立夏)가 지나면서 이미 시작하는 것도 같은 맥락이 아닐는지.

다만, 보리 베는 모습(이 역시 소만 때의 농촌 풍경이다)은 중부지방에서는 안타깝게도 입하는 물론이고 소만 때에도 보기 어렵게 된 지 오래다. 아마도 주산지인 전라남북도와 경상남도를 가야 볼 수 있을 듯하다. 자급률이 0.1%라는 밀은 더 말할 것도 없다. 범부가 어릴 때는 보리밭, 밀밭을 누비고 다녔는데, 이제는 아련한 추억으로만 남았다.

각설하고, 금당천변 고향집 우거(寓居) 안마당에 그동안 각종 야채를 심어 왔고, 올해도 처음에는 그럴 요량으로 밭이랑을 여럿 만들었었는데, 집사람이 올해부터는 정원을 꾸며 보자고 하여 이랑을 갈아엎고 꽃밭을 만들었다.

꽃을 심은 김에 작은 연못도 만들고, 주위에 소나무와 단풍나무도 심고, 석물과 솟대도 설치하고….

하다 보니 재미는 있는데, 야채를 심었을 때보다 손이 훨씬 많이 간다.

새로이 모종하랴, 물 주랴, 풀 뽑으랴, 옮겨 심으랴…. 주말이면 거의 꽃들에 매달려야 한다. 그래도 장미, 불도화, 채송화, 백일홍… 등등 갖가지 꽃이 피니까 바라보는 마음에 저절로 여유가 생긴다.

거기에 구름 한 점 없는 무더위 날씨가 선물한 보름달(정확히는 어젯밤)이 휘영청 떠올라 비추니 금상첨화이다.

[2016. 5. 21.(음력 4.15.)의 보름달 모습]

그 꽃과 달을 바라보며 조선 후기의 시인 하원(夏園) 정지윤(鄭芝潤·1808~1858)의 시 "花魂(화혼)"을 떠올린다.

花魂(화혼)

歲歲煙光似轉輪(세세연광사전륜)
新叢記得舊精神(신총기득구정신)
漏根何處歸來些(누근하처귀래사)
香國前生未了因(향국전생미료인)
暗入杜鵑聲裏恨(암입두견성리한)
長成蝴蝶夢中身(장성호접몽중신)
分明句引黃昏月(분명구인황혼월)
庭院人空囑寫眞(정원인공촉사진)

해마다 좋은 계절 윤회하듯 찾아오고
꽃은 새로 피어 옛 정신을 되살리네.
어디서 그 뿌리가 돌아왔을까
전생에 맺은 인연이 아직 끝나지 않았구나.
한(恨)은 두견새 울음 속으로 슬며시 스며들고
몸은 나비의 꿈속으로 변신해 들어가네.
황혼에 떠오른 밝은 달빛 끌어당겨
인적 끊긴 정원에서 사진이나 찍자구나.

이 시에 대한 안대회 교수(성균관대, 한문학)의 다음과 같은 감상(조선일보 2016. 5. 21.자)이 눈길을 끈다.

봄철에 피고 지는 꽃의 운명에 시인의 마음이 흔들렸다.
꽃에 넋이 있고, 그 넋이 말을 한다면 하소연은 아마 이러하리라.
봄철마다 묵은 포기에서 정신을 다시 차린다.
윤회의 수레바퀴에서 벗어나지 못한 운명이라,
번뇌의 뿌리에서 싹이 돋아나고 향기를 피워 전생의 인연을 이어간다.
한을 뱉어내려 해도 입이 없으니 두견새 울음에 몰래 실어 보내고,
몸이 있어도 바로 떨어지니 호접지몽(蝴蝶之夢)에서나 살아 있다.
가냘프고 불안한 꽃의 존재를 누가 가엽게 여길까?
인적 끊긴 정원 하늘 위로 달이 환히 떴다.
그 달빛 끌어와 사진을 찍어 달래야지.
바닥에 드리워진 꽃 그림자는 슬픈 꽃의 넋!
꽃 그림자가 꼭 시인의 그림자 같다.

세세년년(歲歲年年) 피고 지는 꽃에서 윤회의 그림자를 찾는 시인이나, 그 시에서 시인의 깊은 마음을 읽고 모습을 그려 보는 감상자나, 모두 속인들과는 차원을 달리하는 세상을 걷는 듯하다. 두 사람이 선문선답(禪問禪答)하는 것 같기도 하다.

이런 선인(禪人)들과는 달리 범부는 그저
"꽃이 아름답구나. 거기에 휘영청 떠오른 보름달이 운치를 더하는구나." 라는 소박한 느낌에서 작은 행복을 찾는다.

(추록) 이 시를 읽으면서 한 가지 의문이 든다. 다름 아니라, 이 시인이 살았던 시기(1808~1858)에 이미 사진을 찍었냐는 것이다. 우리나라에서 사진을 찍기 시작한 것은 1880년대부터라는 게 일반적인 견해이기에 드는 의문이다. 그렇게 보면, 이 시인이 사진을 찍는다고 한 것은 있는 그대로 그림을 그린다는 뜻이 아닐까 싶다.
(2016.05.23)

중취독성(衆醉獨醒)

지난 9일이 1년 중 양기(陽氣)가 가장 센 날이라는 단오(端午)였다. 고대 중국 초나라의 재상이자 시인이었던 굴원(屈原)이 간신들의 모함을 받아 관직에서 쫓겨난 후 비분강개하여 멱라수(汨羅水)에 투신자살한 날이 바로 음력 5월 5일이었고, 이 날을 기리기 위해 제사를 지내던 것이 단오의 유래라고 한다.

그가 지은 '어부사(漁父辭)'에는 다음과 같은 유명한 글귀가 들어 있다.

擧世皆濁我獨淸(거세개탁아독청)
衆人皆醉我獨醒(중인개취아독성)

온 세상이 혼탁하여도 나 홀로 깨끗하고
모든 사람이 취했어도 나 홀로 깨어 있네.

도도한 탁류가 흐르는 세상에 홀로 독야청청(獨也靑靑)하려 했던 굴원은 결국 뜻을 펼치지 못하고 스스로 강물에 뛰어 들어 생을 마감하였다. 깨끗하고 고고했던 그였건만 어찌하여 비극적인 종말을 맞이하였을까.

굴원은 위 글귀처럼 자기 혼자 깨끗하고 깨어 있으려 했기 때문에 벼슬길에서 쫓겨나 가련한 신세가 되었다고 스스로 진단하며 한탄하였다고 한다. '수지청즉무어(水至淸則無魚)'라고 했던가, 물이 너무 맑으면 큰 물고기가 살지 못하는 게 이치이다. 몸을 숨길 곳이 없기 때문이다.

그렇지만 그렇다고 너나 할 것 없이 그냥 혼탁한 시류에 휩쓸려 비몽사몽(非夢似夢)의 상태로 살 수는 없는 것 아닐까. 오히려 적극적으로 '어디에 머무르든 그곳의 주인이 되라'는 수처작주(隨處作主)의 기개가 더 요구되는 것이 아닐는지.

천문학적 규모의 국고 지원을 받고도 각종 특혜와 도덕불감증, 비리가 엉켜 존립마저 위태롭게 되었고 급기야 검찰의 대대적인 수사 대상이 된 어느 거대 조선회사에 관한 기사와 경영권을 둘러싼 형제의 난(亂)으로 국민의 따가운 눈총을 받다 거액의 비자금으로 역시 검찰의 수사 대상이 된 어느 재벌 그룹에 관한 기사가 번갈아가며 신문지면을 온통 장식하는 작금의 세태에서는 차라리 '중취독성(衆醉獨醒)'을 외치는 현자(賢者)의 모습을 볼 수 있으면 좋겠다는 생각을 해 본다.

아니 그보다 더 바람직한 것은, 혼탁하지도 않고, 사람들이 취해 있지도 않아, 아예 독청(獨淸)과 독성(獨醒)을 외칠 필요가 없는 세상을 만드는 것 아닐까. 이것이 정녕 꿈속에서만 가능한 이상향인가?

아무튼 그런 세상이 온다면 범인(凡人)은 그저 아래 길재(吉再) 선생의 흉내를 내면서 살면 되지 않을까.

臨溪茅屋獨閑居(임계모옥독한거)
月白風清興有餘(월백풍청흥유여)
外客不來山鳥語(외객불래산조어)
移床竹塢臥看書(이상죽오와간서)

시냇가 초가집에서 홀로 한가롭게 지내니
밝은 달 맑은 바람에 흥이 절로 나누나.
바깥손님 오지 않고 산새들만 지저귀니
대숲 아래에 자리 깔고 누워 글을 읽는다.

　한 동안 비가 오지 않아 때 이른 불볕더위가 기승을 부리더니 모처럼 굵은 빗줄기가 대지를 적셨다. 그 시원함이 국민 모두의 마음속으로 스며들면 얼마나 좋을까. 그제 20대 국회가 개원을 하였다. 당리당략에 얽매어 최악의 식물국회라는 오명을 뒤집어 쓴 19대 국회와는 달리 늘 국리민복을 우선시하는 진정한 민의(民意)의 전당이 되길 기대하여 본다.

(2016.06.16)

푸른 하늘 은하수 하얀 쪽배

주말 내내 내리던 비가 그쳤다. 30도를 넘는 무더운 날씨를 멀리 몰아낸 반가운 비였다. 아니 그보다도 명색이 금수강산이라면서 물 부족에 시달리는 작금의 산하를 적시는 고마운 비라고 함이 더 맞는 표현일지 모르겠다. 올 여름에는 제발 지난 해 같은 '마른장마' 대신 비가 많이 오는 제대로 된 장마가 이어지길 기대하여 본다.

아울러 강한 태풍도 몇 차례 찾아와 강물과 바닷물을 한바탕 뒤집고 하늘의 대기를 확 바꿔 놓으면 좋겠다. 태풍으로 인한 피해가 걱정 안 되는 것은 물론 아니지만, 하늘과 강과 바다를 청소함으로써 얻는 이익을 생각하면 감내해야 하지 않을까. 더구나 대비만 잘하면 태풍 피해는 최소화할 수 있으니 말이다. 오염에 찌든 산하를 대청소하는 것이 이미 인간의 한계를 넘어선 일이 되었기에 자연의 힘을 빌릴 수밖에 없지 않나 싶다.

대처와 달리 금당천변의 시골마을은 여름철 비 오는 정경 또한 운치가 있어, 창문 열고 낙숫물 떨어지는 모습을 하염없이 바라보는 재미가 쏠쏠한데, 그 비가 그친 후의 맑은 하늘과 청량한 공기가 가져다주는 상쾌함은 더 큰 즐거움으로 다가온다.

비 갠 저녁의 풍광을 노래한 어느 시인의 시구에 이런 게 있다.

晚晴(만청)

李建昌(이건창, 1852~1898)

拓戶鉤簾愛晚晴(탁호구렴애만청)
夏天澄綠似秋生(하천징록사추생)
(중략)
今宵解帶不須무(금소해대불수조)
坐待星河拂滿城(좌대성하불만성)

비 갠 저녁

창문 열고 발을 올려 비 갠 저녁 내다보니
여름 하늘 맑고 파래 가을 온 듯 선선하다.
(중략)
오늘 밤은 허리띠 풀고 잠자려 서둘지 말고
성안 가득 은하수를 마냥 앉아 기다려야지.

어제가 삼복더위가 시작되는 초복(初伏)인데도 시인의 말처럼 비 갠 저녁
의 우거(寓居)는 가을이 온 듯 선선하기 그지없다. 그런데, 너무나 아쉽게도
100여 년 전의 옛 시인은 잠 안 자고 은하수를 기다렸지만, 범부에게는 기다
릴 은하수가 없다. 올해 들어 서울 시골 할 것 없이 유난히 뿌옇게 변해버린
하늘 탓에, 은하수는 고사하고 어쩌다 별이라도 보이면 반가워하는 지경이
된 것을 어찌하면 좋을까. "푸른 하늘 은하수 하얀 쪽배"를 돌려달라고 누구
한테 하소연해야 하나. 아님 차라리 타임머신을 타고 100년 전으로 돌아가
야 하나?

어제는 초복이기도 하지만 제헌절이기도 하다. 하늘도 바로 서고, 날씨도 바로 서고, 법도 바로 서는 날이 되면 좋겠다.

(2016.07.18)

일희일비(一喜一悲)

엊그제가 광복절이고, 그제가 말복(末伏)이고, 어제는 백중(百中)이었다. 주지하듯이 말복은 찌는 듯한 복더위가 끝나는 날이고, 백중은 부처님(지장보살)이 지옥문을 열고 대사면을 하는 날이다. 백중은 그래서 불가(佛家)에서는 큰 명절이자, 음력 4월 보름부터 석 달 동안 계속된 하안거(夏安居)가 끝나는 날이기도 하다.

백중은 또한 옛날 농촌에서는 '머슴의 날'이기도 했다. 김매기를 마감하며 여름 내내 농사일로 고생했던 머슴에게 돈, 의복, 음식 등을 주면서 하루 휴가를 즐기게 한 날인 것이다. 머슴들은 그 돈으로 장에 가서 술이나 음식을 사먹고 필요한 물건을 샀다. 그래서 '백중장'이라는 말이 생겨났다. 취흥에 젖은 농군들은 농악을 치면서 하루를 즐기기도 하고 때로는 씨름판을 벌이기도 했다.

이처럼 하루 사이로 이어진 광복절, 말복과 백중은 희망과 즐거움의 상징이어야 하는데, 작금의 상황은 어떤가.

경산에서는 최고기온이 40.3도를 기록하고, 서울도 툭하면 수은주가 36도를 넘는 찜통더위가 기승을 부리면서 열기가 식을 기미가 통 안 보인다. 올해는 월복(越伏. 중복과 말복 사이가 일반적으로 열흘인데, 그 사이가 20일인 경우이다. 따라서 초복부터 말복까지가 한 달이다)을 하는지라 더위가 오래 갈 것으로 어느 정도 예상은 했지만 너무 심하다. 지장보살께 지옥문만

열 것이 아니라 한반도를 더위로부터 사면해 달라고 탄원이라도 해야 할 판이다.

그나마 한동안 순항하면서 청량제 역할을 하던 리우 올림픽에서도 축구를 필두로 배드민턴, 배구, 탁구 등 메달 획득을 기대했던 종목들에서 줄줄이 탈락 소식만 들려와 더 덥게 한다. 더구나 배드민턴 여자 복식은 준결승전에서 하필이면 일본에 완패를 당한데다 메달 순위도 일본(10위)에 밀려 11위(17일 현재)로 내려 앉아 더욱 속이 쓰리다. 구기 종목은 44년 만에 단 하나의 메달도 못 따는 신세가 되었다고 한다. 메달밭인 태권도에서 기쁜 소식이 전해지길 바랄 뿐이다.

아무리 더위가 기승을 부려도 시간이 지나면 결국 물러가고, 많은 국민의 잠을 설치게 했던 올림픽 금메달의 열기도 어느 순간 사그라지게 마련이다. 그게 자연의 섭리이고 세상살이의 이치다. 그러니 매사에 일희일비(一喜一悲)하지 말고 범사에 대범하면 좋으련만, 그게 생각이나 말처럼 쉽지 않으니 그 또한 삶의 한 단면이리라. 하기야 그게 쉽다면 모두가 성인의 반열에 올라서겠지.

범부의 삶이 성인의 그것을 쫓아갈 수는 없을지라도, 북한의 핵과 미사일로부터 나라를 지키는 고고도미사일방어체계(THAAD)의 구축을 둘러싼 갈등, 계속 가라앉고 있는 경제를 살리려는 추가경정예산의 처리를 둘러싼 논란, 전기요금 누진제를 둘러싼 논란, 부정 청탁 및 금품 등 수수의 금지에 관한 법률(소위 '김영란법')의 시행을 둘러싼 논란, 정운호 게이트… 등등 끝없이 이어지는 갈등과 논란으로 인해 오늘도 신문을 펼치기가 꺼려진다. 신문을 보다 보면 일희(一喜)보다는 일비(一悲)가 더 많은 것이 현실이다.

  금당천변 들녘에는 어느새 황금빛이 찾아들기 시작했다. 찌는 더위도 시간이 지나면 결국 물러가고 시원한 계절이 찾아오듯, 한반도를 둘러싼 국내외의 어려운 상황도 시간이 지나면 보란 듯이 호전되려나. 제발 그런 때가 와서 즐겁고 희망에 찬 기사를 찾아 기꺼이 신문을 펼칠 수 있게 되길 기대한다면 너무 순진한 걸까.

(2016.08.18)

애련설(愛蓮說)

마침내 9월이다. 9월이야 때가 되면 매년 찾아오는 달이지만, 올해는 의미가 색다르다. 다름 아니라 기상 관측 이래 최고의 더위를 기록한 8월이 지나갔다는 것이다. 그렇게도 기승

을 부리던 더위가 갑자기 며칠 새 신기할 정도로 물러가고, 적어도 우리나라에서는 이젠 동화책에서나 볼 수 있을 줄 알았던 파란 하늘이 바로 머리 위에서 위용을 뽐내고 있다. 지난봄에 했던 실종신고를 거두어들여야 할 것 같다.

찌는 삼복더위에 시달리면서 "이 또한 지나가리니" 하고 인내한 보람이 있나 보다. 푸른 하늘 아래에서 시원한 바람을 맞으니 그 무엇보다도 좋다. 이런 상서로운 기운이 전 국토, 온 국민에게 계속 이어진다면 더 바랄 게 없겠다.

금당천변에도 가을의 전령이 찾아왔다. 황금빛으로 변해가는 들녘이 보는 자체만으로도 마음의 풍요를 느끼게 한다. 대처에서는 느낄 수 없는 또 다른 즐거움이다.

이른 아침 새소리에 잠을 깨 이슬에 젖은 논두렁길을 걷노라니 메뚜기와 방아깨비가 친구 하자고 길을 막는다. 어릴 적에는 봉지 가득 잡아다가 볶아 먹었는데(그 시절에는 참으로 맛있었다), 이순(耳順)을 넘긴 지금은 그냥 반가울 따름이다. 몸이 늙어 순발력 있게 잡지 못함을 이런 식으로 합리화한다 해서 크게 흉볼 일은 아닐 것이다. 논두렁의 나팔꽃과 메꽃도 아침인사를 하고, 물오리떼와 백로가 한 폭의 그림을 연출한다.

지난 봄, 우거 옆 연못을 청소하고 연(蓮)을 심었다. 한동안 개구리밥이 온통 연못을 덮고 연(蓮)은 물 위로 나올 생각을 안 해 애를 태웠는데(자고 나면 연못을 가득 덮는 개구리밥을 건져내느라 땀 깨나 흘렸다), 어느 순간부

터 하나 둘씩 자태를 드러내더니 삼복더위를 지나면서 쑥쑥 올라와 이젠 어엿하게 연못의 주인이 되었다. 황금들녘과 더불어 촌부에게 새로운 즐거움을 안겨 주는 자연의 선물이다.

하얗게 핀 연꽃을 보면서 성리학의 시조라 할 송나라 염계(濂溪) 주돈이(周敦頤 1017-1073)의 애련설(愛蓮說)을 떠올린다.

愛蓮說(애련설)

水陸草木之花 可愛者甚蕃(수륙초목지화 가애자심번)
물과 땅에 자라는 초목의 꽃에는 사랑스러운 것들이 매우 많아,

晋陶淵明獨愛菊(진도연명독애국)
진(晋)나라의 도연명은 유독 국화를 사랑하였고,

自李唐來 世人甚愛牧丹(자이당래 세인심애목단)
당나라 이래로 세상 사람들은 모란을 몹시 사랑하였다.

予獨愛蓮之(여독애련지)
그런데 나는 오직 연꽃을 사랑하노니,

出於泥而不染(출어니이불염)
연꽃은 진흙에서 나오지만 더러움에 물들지 않고,

濯淸漣而不妖(탁청련이불요)
맑은 잔물결에 깨끗이 씻기어도 요염하지 않으며,

中通外直 不蔓不枝(중통외직 불만부지)
줄기 속은 비어 있으나 겉은 곧아서 덩굴이나 가지를 내지 않으며,

香遠益淸 亭亭淨植(향원익청 정정정식)
향기는 멀수록 더욱 맑고, 우뚝한 모습으로 깨끗하게 서 있어

可遠觀而 不可褻玩焉(가원관이불가설완언)
멀리서 바라볼 수는 있으나 함부로 희롱하거나 가지고 놀 수 없다

予謂(여위),
내가 생각건대,

菊, 花之隱逸者也(국, 화지은일자야)
국화는 꽃 가운데 은둔자이고,

牧丹, 花之富貴者也(목단, 화지부귀자야)
모란은 꽃 가운데 부귀한 자이며,

蓮, 花之君子者也(연, 화지군자자야)
연꽃은 꽃 가운데 군자라 하겠다.

噫! 菊之愛 陶後鮮有聞(희! 국지애 도후선유문)
아! 국화에 대한 사랑은 도연명 이후로 들은 적이 거의 없고

蓮之愛 同予者何人(연지애 동여자하인)
연꽃에 대한 사랑이 나와 같은 이가 얼마나 되겠는가?

牡丹之愛 宜乎眾矣(모란지애, 의호중의)
그에 비해 모란을 사랑하는 사람은 정말 많을 것이다.

각설하고, 주돈이 같은 대학자야 연꽃을 군자에 비유하여 사랑하였지만, 한낱 촌부에게는 국화든, 모란이든, 연꽃이든, 나팔꽃이든 모두 자연이 주는 고귀한 선물이니, 지친 심신을 달래 주는 한 줄기 청량제로 감사하게 생각하며 받아들임이 도리이리라. 바야흐로 천고인비(天高人肥)의 계절이다. 보름 앞으로 다가온 한가위 명절부터 즐겁게 보낼 일이다.

(2016.09.01)

금오(金烏) 옥토(玉兔)들아

벌써 10월 6일, 이틀 후면 한로(寒露)이다. 백로(白露)가 불과 얼마 전이었던 것 같은데, 그 사이 추석이 지나고 추분도 지났다. 자연의 시계는 시종여일하지만 사람은 나이가 들면 생체시계가 느려져서 상대적으로 자연의 시계가 빨리 가는 것처럼 느껴진다고 한다. 아무튼 '어~~' 하는 순간에 한 주가 가고, 한 달이 가고, 계절이 바뀐다. 이어서 해가 바뀌고 머리에는 흰 터럭만 늘어간다. 그래서 무명씨(無名氏)를 흉내 내 외쳐본다.

금오(金烏) 옥토(玉兔)들아 뉘한테 쫓기관대
구만리 장천(長天)에 허위허위 다니느냐
이후엔 십리에 한 번씩 쉬엄쉬엄 가거라
(금오 : 해. 옥토 : 달)

우리나라에는 10년에 한 번 꼴로 10월에 태풍이 찾아온다고 한다. 그 태풍 '차바'가 지나갔다. '차바'는 태국의 꽃 이름이라고 하는데, 꽃 치고는 고약한 꽃이 되어 버렸다. 제주도와 우리나라의 동남부에 작지 않은 상처를 남기고 갔다. 화불단행(禍不單行)이라더니 특히 지진 피해를 미처 복구하지 못하고 있던 경주에는 엎친 데 덮친 격이 되었다. 지난 여름 찌는 더위가 계속될 때는 '기다려도 기다려도 오지 않던' 태풍이 더위가 가시고 가을이 본격적으로 시작되니까 느닷없이 10월에 찾아와 심술을 부렸다. 하긴 자연이 언제 인간의 소망대로 움직여 주던가. 자연은 자연대로 나름의 법칙에 따라 움직일 테니 거기에 인간이 적응해서 살아갈 일이다. 정부에서도 피해복구에 적극 나선다고 하니 조속한 복구를 기대하여 본다.

어릴 때 하도 말썽을 피워서 "말썽이"라는 별명이 이름(경준)보다 더 알려졌던 그 말썽이가 법학전문대학원(로스쿨)을 졸업하고 법무관으로 입대하여 백령도로 발령 났다. 대한의 남아로서 병역의무 이행을 위하여 군대를 가는 이상, 이 기회에 이왕이면 자기의 애국심을 보여 주겠다며 말썽이가 해군 및 백령도 근무를 자원했다. 거창하게 '노블리스 오블리제(noblesse oblige)'를 들먹일 것도 없이 그런 말썽이가 대견했고, 그래서 범부도 적극 찬성했다. 그의 소망대로 백령도로 발령이 나 근무하게 되었고, 관사에서 혼자 생활하는 데 필요한 물품들을 가져다 줄 겸 지난 주말 연휴를 이용하여 말썽이를 보러 백령도를 다녀왔다.

서해 최북단에 위치하여 인천항에서 4시간 배를 타고 가야 하는 곳, 백령도는 분단 한국의 안타까운 모습을 그대로 보여 주는 현장이다. 북한의 옹진반도 장산곶까지 거리가 불과 17km, 육안으로 빤히 바라다 보인다. 심청전의 무대 인당수는 장산곶의 바로 앞이다. 겉으로는 평화롭게 보이지만 사실 2010년 11월의 연평도 포격도발 때처럼 언제 갑자기 포탄이 떨어지고 접전이 일어날지 모르는 초긴장의 상태가 지속되는 곳이다.

북한의 김정은 정권이 국제사회의 거센 비난에도 불구하고 핵실험을 계속하고 툭하면 미사일을 쏘아대는지라 그 어느 때보다 국가안보가 중차대한 시기인데, 막상 서울에서는 그것을 실감하지 못하고 지냈다. 그러다가 백령도에 발을 딛고 보니 새삼 말로 설명할 것도 없이 긴장감이 피부로 다가온다.

2010년 3월 26일의 천안함 폭침 사건 때 희생된 장병들의 위령탑 앞에서는 절로 목이 메고 온 몸에 전율감이 감돌았다. 동시에 통일의 필요성을 더욱 절감하였다. 하루 빨리 자유와 민주의 물결이 북한 전역을 뒤덮어 통일 한국의 그 날이 오기를 고대한다. 김정은의 폭압정치가 과연 얼마나 가겠는가.

이처럼 긴장감이 감도는 백령도이건만, 이곳에는 비경이 곳곳에 자리 잡고 있다. 백사장에 비행기가 바로 착륙할 수 있는 사곶해변(이런 해변은 백

[천안함 위령탑]

령도를 포함하여 세계에 두 곳밖에 없다고 한다), 모래가 아닌 콩알만 한 돌들로 된 콩돌해변, 해금강을 연상케 하는 두무진해안, 넓은 코스모스군락지, 북한 땅을 바라보고 있는 몽운사 해수관음상 등등.

그래서일까 생각 밖으로 뭍에서 온 단체관광객이 눈에 많이 띄었다. 인천에서 카페리가 다니다 보니 아예 통째로 관광버스를 대절하여 온 사람들도 있었다. 두무진해안의 한 횟집에서는 어느 대학

[두무진의 일몰]

교의 동창 모임도 열리고 있었다. 그러나 아쉽게도 군사작전의 필요상 출입금지구역이 많다. 바로 코앞에 대규모의 북한군 병력이 진을 치고 있는 상황이니 도리가 없다. 이래저래 통일의 필요성이 커진다.

백령도에서 돌아올 때는 비가 오고 풍랑이 심해 꼬박 두 시간 동안 토하는 등 뱃멀미에 시달렸다. 백령도를 오가노라면 흔히 겪는 일이라고 한다. 새삼 백령도에 근무하는 장병들의 노고가 떠올랐다.

그리고
"우리의 소원은 통일~~"
노랫말을 속으로 되뇌었다.

(2016.10.06)

아마도 오상고절(傲霜孤節)은

어제가 상강(霜降)이었다. 말 그대로 서리가 내리는 절기이다. 낮에 가을의 쾌청한 날씨가 계속되는 대신에 밤에는 기온이 낮아져 수증기가 지표에서 엉겨 서리가 내리는 것이다.

그러나 아직 서리가 내렸다는 이야기는 안 들리고, 어제는 오히려 가을비가 종일 내렸다. 그리고 절정에 이른 단풍 소식을 전하는 기사가 신문 방송을 장식하고, 거기에 더하여 노란색과 흰색의 국화꽃이 눈을 황홀하게 한다. 전국 곳곳에서 국화꽃 축제가 열리는 것에 맞추기라도 하듯 우거(寓居) 주위에도 국화가 만발하여 새벽 산책길의 발걸음을 흥겹게 한다.

그 국화꽃을 피우기 위해 봄부터 소쩍새가 슬피 울고, 한여름 먹구름 속에서 천둥이 요란하게 울었지만, 뭐니뭐니 해도 서리를 이기고 피어나야 비로소 화룡점정(畵龍點睛)을 하는 것이 아닐까.

국화야 너는 어이 삼월춘풍(三月春風) 다 지내고
낙목한천(落木寒天)에 네 홀로 피었느냐
아마도 오상고절(傲霜孤節)은 너뿐인가 하노라

그렇다. 다른 꽃과 나무들은 서리를 맞으면 시들지만 국화는 오히려 서리가 와야 진가를 발휘한다. 국화가 서리를 이겨내고 고고하게 절개를 지키는 모습을 보며, 풍상이 섞

어 친 후에 피는 황국(黃菊)이야말로 상강지제(霜降之際)에 으뜸가는 꽃이라 하여 그 옛날 나랏님도 이를 금분(金盆)에 가득 담아 옥당(玉堂)에 보냈다. 도리(桃李)는 꽃인 양 하지 말라며.

조선중기의 학자이자 문신인 권문해(權文海. 1534－1591)는 국화가 핀 상강(霜降)의 정경을 한 폭의 그림처럼 읊었다.

半夜嚴霜遍八紘(반야엄상편팔굉)
肅然天地一番淸(숙연천지일번청)
望中漸覺山容瘦(망중점각산용수)
雲外初驚雁陳橫(운외초경안진횡)
殘柳溪邊凋病葉(잔류계변조병엽)
露叢籬下燦寒英(노총이하찬한영)

却愁老圃秋歸盡(각수노포추귀진)
時向西風洗破觥(시향서풍세파굉)

한밤중에 된서리가 팔방에 내리니
천지가 한 번에 맑아져 숙연하네.
바라보이는 산의 모양은 점점 파리해지고
구름 저편의 놀란 기러기 떼는 가로로 날아가네.
시냇가의 쇠잔한 버들은 병든 잎을 떨구는데
울타리 밑 이슬 머금은 국화는 오히려 찬 꽃부리가 빛나누나.
능숙한 농부는 가을이 다 가는 것을 걱정하며
이따금 부는 서풍에 깨진 술잔을 씻는다.

차기 대통령선거가 아직 1년 2개월 남았는데, 요사이 신문지면은 벌써부터 유력한 대선주자이니 잠룡(潛龍)이니 하며 많은 지면을 자천 타천의 인물들에 할애하고 있다.

북한의 거듭되는 핵실험과 미사일 발사로 인한 안보 위협, 갈수록 심각해지는 경제위기 등 쌓여만 가는 국내외의 난제들을 생각하면 결코 그렇게 한가한 때가 아닌데… 하는 안타까운 마음을 지울 수가 없다. 왜 이리 성급할까.

상강(霜降)에 도도하게 피어나는 국화꽃의 모습을 한 마디로 집약한 오상고절(傲霜孤節)! 작금에 그 오상고절의 의미를 새삼 곱씹어 보는 게 범부만의 일일까. 쓸 데 없이 이런 저런 상념에 젖지 말고, 동쪽 울타리 밑의 국화를 꺾어들고 유유히 남산이나 바라보는 게 더 나을지도 모르겠다.

(2016.10.24)

일강십목소(一綱十目疏)

　오늘이 대설(大雪)이다. 절기의 이름답게 눈이 많이 온 것은 아니지만 그래도 눈이 오기는 왔다. 아침에 눈을 뜨니 얇게나마 길에 쌓인 눈이 반가웠던 것은 요새 날씨가 건조한 탓도 있지만, 천지를 하얗게 덮은 눈을 보아야 겨울임을 실감하기 때문이기도 하다.

　옛 시인은 첫눈으로 덮인 천지를 보며 노래하였다.

新雪今朝忽滿地(신설금조홀만지)
況然坐我水精宮(황연좌아수정궁)
柴門誰作剡溪訪(시문수작섬계방)
獨對前山歲暮松(독대전산세모송)

오늘 아침 첫 눈이 내려 홀연히 천지를 덮은지라
황홀해서 넋을 잃고 수정궁에 앉았다오.
그 누가 사립문을 섬계처럼 찾아오랴
세모에 앞산 소나무를 나 홀로 마주하네

　이 시 3구에 나오는 섬계는 그에 얽힌 아래와 같은 고사가 재미있다.

고대 중국 동진 때 문신 왕헌지(王獻之 348-388. 왕희지의 아들이기도 하다)가 산음 땅에 살 때 일이다. 밤에 큰 눈이 내렸다. 문득 잠이 깬 그는 창을 열고 펑펑 내리는 눈을 보았다. 둘러봐도 사방은 고요하다. 들뜬 마음에 이리저리 서성거렸다. 문득 섬계(剡溪)에 사는 친구 대안도(戴安道 326-396)가 보고 싶어졌다. 그는 다짜고짜 작은 배를 띄워 밤새 섬계로 배를 저어갔다. 아침에야 배가 대안도의 집에 도착했다. 하지만 그는 문을 두드려 주인을 부르지 않고 그냥 발길을 돌렸다. 까닭을 묻자 그가 대답했다.

"내 혼자 흥이 나서 왔는데, 흥이 다해서 돌아간다. 굳이 만날 것이 있는가?"

위의 시를 지은 시인도 밤새 곱게 내린 눈을 혼자 앉아 바라보다 괜스레 마음에 흥이 일었나보다. 하지만 아침에 느닷없이 찾아와 사립문을 두드릴 왕헌지 같은 친구가 없으니 어쩌랴…. 허전한 대로 그냥 세모에 앞산의 사철 푸른 소나무나 바라볼 밖에.

이 시의 작자는 조선 중종대의 문신 이언적(李彦迪 1491-1553)이다. 그는 김안로 등 훈신들에 휘둘려 정사를 그르친 중종에게 일강십목소(一綱十目疏)라는 상소를 올렸다. 상소문에서 이언적은 주장했다.

왕은 모름지기 자신의 마음을 바르게 하여 조정을 바르게 하고, 조정을 바르게 함으로써 백관을 바르게 하고 모든 백성을 바르게 하는 것이다. 대저 왕의 마음은 만화(萬化)의 근본이니 근본이 바르지 않으면 어떻게 조정을 바로잡고 백관과 백성을 바르게 할 수 있겠는가. 때문에 옛날의 성왕들은 반드시 마음을 바로잡는 것을 급선무로 여겨 올바른 정치의 근원을 왕의 정심(正心)에서 구하였다.

이언적은 왕의 마음가짐을 바로 하기 위한 수단으로 십목(十目)을 제시하였는데, 다음과 같다.

가정을 엄히 세운다(嚴家庭)
국가의 기틀을 양성한다(養國本)
조정을 바로 세운다(正朝廷)
취하고 버림에 신중을 기한다(愼用捨)
하늘의 도리에 따른다(順天道)
백성의 마음을 올바르게 한다(正人心)
언로를 넓힌다(廣言路)
지나친 욕심을 경계한다(戒後欲)
군정을 제대로 닦게 한다(修軍政)
세심한 것에 주의를 기울인다(審幾微)

그 후 중종은 이언적을 중용하였고, 그는 이조, 예조, 형조판서를 역임하게 된다.

왕조시대의 왕과 지금의 대통령이 같을 수는 없고, 이언적이 제시한 십목(十目)이 21세기 대통령에게 그대로 적용될 수는 없겠지만, 그가 주장한 통치자로서 갖추어야 할 마음가짐의 근본은 다를 게 없지 않을까.

목하 참으로 어지러운 난세이다. 전대미문의 사건으로 인한 대통령 탄핵 정국이 앞으로 어디로 흘러갈지 모르겠다. 일찍이 사마천이 지은 사기(史記)에 나오는 말인 '국난즉사양상(國難即思良相)'이 절실하게 다가온다. 제발 사리사욕, 당리당략에 얽매이지 않고 이 난국을 헤쳐 나가 가라앉고 있는 나라를 다시 이끌어갈 현자는 어디에 있는 걸까.

600년 전 인물인 이언적의 말을 곱씹으며 獨對前山歲暮松(독대전산세모송)을 하여 본다.

병신년 세모에

(2016.12.07)

그래, 바로 이거야!

일주일 전에 우수(雨水)가 지났고, 앞으로 일주일 후면 경칩(驚蟄)이다. 한 마디로 말해 봄이 오고 있다는 이야기다.

그 오고 있는 봄을 느끼려고 지난 주말에 북한산을 찾았는데, 눈이 부시도록 파란 하늘에 감탄사를 연발하였다. 근자에 서울에서, 특히 봄에 이런 하늘을 언제 보았는지 기억도 나지 않는 판에, 정말 뜻밖의 하늘과 그 밑에 있는 북한산의 아름다운 모습을 보며 되뇌었다.

"그래, 바로 이거야! 이게 대한민국의 본래 모습이라고!"

그러고 보니 세계적으로도 드물게, 높은 산과 넓은 강을 다 품고 있는 수도 서울에 살면서도 공해, 미세먼지, 황사 등으로 인해 정작 '푸른 하늘'의 존재를 잊고 있었다. 그 대신 '회색 하늘'이 부지불식간에 머릿속에 자리 잡았고, 이처럼 어쩌다 '푸른 하늘'을 대하게 되면 놀라서 입이 벌어지는 상황이 되었다. 안타깝기 짝이 없다.

아무튼 실로 오랜만에 대하는 높고 푸른 하늘과 선명하게 다가오는 산의 자태에 반하여, 시간 가는 줄도 모르고 다리 아픈 줄도 모르고 걷고 또 걸었다.

그렇게 걸으며, 목하 한치 앞을 내다 볼 수 없는 시계 제로의 탄핵정국이 한시 바삐 올바르게 마무리되어, 저 푸른 하늘 저 선명한 산처럼 이 나라의 앞길이 탁 트였으면 좋겠다는 생각을 해 보았다. 이는 아마도 한낱 범부만의 생각이 아니라 모든 국민의 소망이기도 하리라.

대동강물도 풀린다는 우수가 일주일 전에 지나고 보니, 농촌 들녘도 봄기운이 정말로 완연하다. 아지랑이가 피어 오르는 들판에 냉이는 진즉에 나왔고, 이름 모를 새싹들이 하나 둘 머리를 내밀고 있다.

이에 더하여 겨우내 얼었던 금당천의 냇물이 녹아 졸졸졸 흐르는 소리가 정 겹기만 하다.

그 소리를 들으며 옛 시를 떠올린다.

春水初生漲岸沙 (춘수초생창안사)
閒來着屐向田家 (한래착극향전가)
村深古木周遭立 (촌심고목주조립)
山僻行蹊繚繞斜 (산벽행혜요요사)
頗喜峽居逢樂歲 (파희협거봉낙세)
每從鄰友說生涯 (매종인우설생애)
日長正好林間讀 (일장정호임간독)
汲得寒泉煮茗茶 (급득한천자명다)

봄 강물이 불어나서 모래벌판에 넘쳐나
한가로이 나막신 신고 전원으로 나간다.
마을은 깊어 고목이 둘러 에워쌌고
산은 외져 오솔길이 구불구불 나 있구나.
산골에도 풍년들 것 같아 마음 자못 흔쾌하여
이웃 사는 벗들과 세상살이 수다 떠네.
해가 길어 수풀 아래 책 읽기 딱 좋은지라
찬 샘물을 길어다 맛난 차를 끓인다오.

조선 후기의 시인 완암(浣巖) 정내교(鄭來僑·1681~1759)가 지은 '得茶字(차를 끓이다)'라는 시다.

물이 불어 강변의 모래밭이 잠겼다. 바야흐로 봄이 온 것이다.
그래서 따스한 봄볕을 받으며 나막신 신고 들판으로 나갔다.
가다가 문득 뒤돌아보니,
내 사는 마을이 고목으로 사방이 둘러싸여 깊숙이 숨어 있는 듯하고,
오솔길이 구불구불 나 있는 산은 한결 외져 보인다.
올해는 농사가 잘될 것 같은 기분이 들어 들뜬 마음에 이웃의 벗들과 수다를 떠는데,
그보다 더욱 반가운 것은 해가 길어져 나무 밑에서 책을 읽기가 좋다는 것이다.
서둘러 샘물을 길어다 차를 끓여 마시면서 책을 읽을거나.

봄이 오는 길목은 낮과 밤의 일교차가 심한 환절기라는 의미도 된다. 모쪼록 건강에 유의할 일이다.

(2017.02.27)

그래, 바로 이거야! 69

무릉도원

봄비(雨)가 내려 백곡(穀)을 살찌게 한다는 곡우(穀雨)가 지난 주(20일)에 지났다. 기승을 부리던 미세먼지도 요새 며칠은 보통수준을 유지하고, 날씨 또한 화창하여 전형적인 봄날이다. 벚꽃과 개나리가 진 자리를 연산홍과 철쭉 등이 대신하여 산야(山野)는 여전히 백화제방(百花齊放)이다.

모내기를 준비하기 위하여 물을 가득 채운 논에서 봄의 또 다른 전령인 개구리가 초저녁부터 목청을 돋우더니, 그 개구리가 잠들려는 듯 조용해져 더불어 자리에 누우려 하자, 이번에는 수탉이 울어 노옹(老翁)을 뜰로 불러낸다. 그러자 어디선가 도화(복사꽃)의 향기가 은은하게 날아온다.

　봄을 말해 주는 많은 꽃 중에서 붉은 도화를 빼놓을 수 없다. 얼마 전 충주의 감곡 근처를 지나는데 지천으로 핀 복사꽃을 보느라 잠시 넋을 잃을 뻔하였다. 무릉도원(武陵桃源)의 주인공이기도 한 이 꽃은 언제 보아도 참으로 요염하다. 그래서 오랜 세월 많은 시인 묵객의 동반자가 되었다.

　곡우가 지난 잠 못 이루는 밤에 그런 시 중에서 하나를 골라 보았다.

谷口桃花發(곡구도화발)
南鄰照眼明(남린조안명)
詩人隨意往(시인수의왕)
春鳥得時鳴(춘조득시명)
世路年年改(세로연년개)
天機日日生(천기일일생)
晚風吹白髮(만풍취백발)
川上不勝情(천상불승정)

골짜기 어귀에 복사꽃 만발하니
앞마을 이웃들의 눈이 부시네.
시인은 맘 내키는 대로 길을 가고
봄새는 제철 만난 듯 지저권다.
세상 일이 매년 이리저리 바뀌어도
천기(天機)는 매일같이 되살아나네.
저녁 바람이 흰 머리에 불어오자
냇가에서 마음을 가누지 못하누나.

조선 영조 때의 시인 석북(石北) 신광수(申光洙·1712~1775)가 지은 시
이다.

복사꽃이 눈부시게 활짝 핀 세상에 누군들 산으로 들로 꽃구경 가고 싶지
않으랴.
촌부가 사는 마을에도 복사꽃이 피어 무릉도원이다.
들뜬 기분을 못 이겨 발길 가는 대로 꽃구경을 나서자
제철을 만난 새들이 흥겹게 지저귀는 소리가 들려온다.
세상사가 험하게 변해가든 말든
자연의 생명은 아랑곳없이 활기차게 되살아난다.
종일토록 꽃구경 다니다 날이 저물어 냇가에서 들녘을 바라보는데 불어
오는 바람에 흰 머리카락이 날린다.
불현듯 가슴을 뭉클하게 하는 감정을 억누를 길이 없다.

봄날의 활기가 찬란하게 피어오르는 때 초로가 된 시인의 가슴을 뭉클하게 하는 감정의 정체는 과연 무엇일까.

복사꽃은 예로부터 시인 묵객뿐만 아니라 역술가에게도 또한 빼놓을 수 없는 소재였다. 남자든 여자든 사주에 도화살(桃花煞)이 끼면 과도한 성욕으로 재앙을 당하게 된다고 한다. 도화살이 낀 여자는 얼굴이 홍조를 띤다는 속설이 있고, 이런 여자는 한 남자로는 음욕을 채우지 못하여 여러 번 개가하게 되며, 이런 여자를 만난 남자는 몸이 쇠약하여 죽게 된다고 한다. 그런가 하면 사주에 도화살이 낀 남자는 호색하는 성질이 있어 주색(酒色)으로 집안을 망하게 한다고 한다. 옹녀와 변강쇠가 바로 이들에 해당하지 않을는지.

그러나 시대의 변화에 따라 오늘날에는 도화살을 옛날처럼 부정적으로만 해석하지는 않는다. 오히려 이성의 주목을 끌고 매력적으로 다가가는 긍정적 요소로 여기며, 특히 특유의 끼가 있어야 대성할 수 있다고 믿는 연예인들에게는 사주에서 반드시 갖추어야 할 요소라고까지 말하기도 한다.

아무튼 도화살에 관한 생각은 자유이다. 헌법재판소의 탄핵재판으로 갑자기 치러지게 된 대통령 선거에 무려 14명이나 되는 후보자가 나선 것도 다 그들의 생각이 자유롭기 때문이 아닐까. 마찬가지로 국민들이 그들 중 누구에게 투표를 하든 자유이다. 다만, 국민의 그 자유로운 투표가 현명한 결과로 이어져, 목하 대내외적 환경이 험난하기 짝이 없는 대한민국에 무릉도원이 활짝 펼쳐지길 기대한다면 연목구어일까. 초로의 촌부 가슴은 왜 이리 답답한 것일까. 말 그대로 우심전전야(憂心輾轉夜)이다.

정유년 곡우지제에
금당천변에서

(2017.04.28)

오동을 심은 뜻은

부처님 오신 날도 지나고, 현직 대통령 탄핵이라는 초유의 사태로 인한 갑작스러운 대통령선거도 끝났다. 빗방울이 오락가락하고 세찬 바람이 창문을 두드리는 봄날 주말의 밤이 깊어간다.

세속에서 무슨 일이 벌어지는지 풍우가 알 리 없으니 관여할 리도 없겠지만, 올봄 들어 더욱 심해진 미세먼지와 황사로 맑은 하늘 보기가 하늘의 별따기만큼이나 어려운데, 절묘하게도, 부처님 오신 날에는 바람이 불어 푸른 하늘이 열리고 대통령선거일 다음 날에는 전날부터 내린 비로 미세먼지가 씻겨 내려 시야가 탁 트였으니, 웬 조화일까? 자연의 이치를 알 수 없는 범부로서는 무슨 이유로든 그저 맑은 하늘이 계속 이어지기를 바랄 뿐이다.

그런 가운데, 부처님이 오신 뜻에 따라 이 세상에 자비행이 널리 펼쳐져 소외 받고 고통 받는 이웃이 다함께 행복해지는 극락정토가 구현되고, 목하 나라 안팎으로 수많은 난제에 직면하여 있는 상황에서 새 정권의 출범을 계기로 국가안보가 튼튼해지고 경제가 호전되는 국면이 전개된다면 금상첨화가 아닐는지.

다만 그러기 위해서는, 무엇보다도 우선 정치권이 편 가르기는 그만하고 온 국민이 일치단결할 수 있도록 이른바 '대통합의 길'로 이끌어야 한다. 그것이 많은 국민의 소망일 터인데, 과연 그런 바람이 얼마나 이루어질지 모르겠다.

이런 시(詩)가 있다.

愛此梧桐樹(애차오동수)
當軒納晚淸(당헌납만청)
却愁中夜雨(각수중야우)
翻作斷腸聲(번작단장성)

내가 오동나무를 좋아한 것은
해질 무렵 맑은 그늘 드리워서인데,
한밤중에 비라도 내리면 어떻게 하나
창자를 끊는 소리 간단없이 낼 텐데.

이모(李某)씨라는 17세기 조선 여류시인의 작품이다.

집 주변의 나무 가운데 오동나무를 제일 좋아하는 것은
해질 무렵이면 방안으로 들어오는 뙤약볕을 그 그늘이 막아주기 때문이다.
그런데 그런 오동나무가 미워질 때가 있다.
밤이 깊어 비라도 내리게 되면 잎사귀에 떨어지는 빗소리에 잠이 깨고,

그렇게 되면 임을 그리는 애끓는 마음에 긴긴 밤을 지새우게 된다.

차라리 저 오동나무를 베어버릴거나.

시인이 기꺼이 오동나무를 심은 이유가 땡볕을 가리라는 것이지 남의 애간장을 태우라는 것이 결코 아니듯이, 작년 후반기부터 혼란을 겪으면서 전임 대통령을 탄핵하여 권좌에서 끌어내리고 선거를 통해 새로운 정권을 출범시킨 것은 보다 반듯하고 살기 좋은 나라를 만들자는 것에 다름 아닐진대, 그런 염원을 외면하고 또다시 국민의 가슴에 못을 박는 일이 이제는 더 이상 없어야겠다. 그럴 리가 없겠지만, 차라리 오동나무를 베어버리고 싶듯이 '구관이 명관'이라는 생각을 하게 해서는 안 될 것이다.

계절의 여왕 5월의 봄밤이 깊어 가는데, 잠 못 이루고 뒤척이는 촌자(村子)의 귀에는 창가에 듣는 무심한 빗소리가 이어지고 있다.

(2017.05.14)

반환점에 서서

　하지(夏至)가 지난 지 벌써 일주일이다. 참으로 눈 한 번 감았다 뜨면 하루가 가고 한 주일이 가고 한 달이 지나간다. 그러다 보니 이제 사흘만 지나면 올 한 해도 벌써 반환점을 돈다. 시간의 흐름이 참으로 활 떠난 화살처럼 빠르다는 생각이 절절히 든다.

　올 한 해의 반환점을 돌고 나서 다시 일주일 후면 소서(小暑)이다. 절기 이름이 말해 주듯 더위가 본격적으로 시작되는 것이다. 그런데 인간이 꾸준히 지구환경을 파괴하여 온 업보로 인하여 작금에는 소서까지 기다릴 필요 없이 진즉 더위가 찾아왔다. 툭하면 전국적으로 30도를 넘는 날씨가 이어지고, 복지경이 아닌 6월인데도 낮 기온이 35도를 넘어가는 곳이 속출하다 보니, 여름을 날 일이 아득하기만 하다.

　게다가 가뭄이 극심하여 농사지을 물은 말할 것도 없고 식수마저 부족한 상황이라 비상시국이 따로 없다. 지금쯤 당연히 시작되었어야 할 장마는 소식이 감감하고, 어쩌다 내리는 소나기는 찔끔거리기만 한다.

　일찍이 다산 정약용 선생이 읊은 시가 한 수 생각난다.

支離長夏困朱炎(지리장하곤주염)
濈濈蕉衫背汗沾(즙즙초삼배한첨)
洒落風來山雨急(쇄락풍래산우급)
一時巖壑掛氷簾(일시암학괘빙렴)
不亦快哉(불역쾌재)

지루하고 긴 여름날 불볕더위에 시달려
등골에 땀 흐르고 베적삼이 축축한데
시원한 바람 끝에 소나기 쏟아지자
단번에 얼음발이 벼랑에 걸리누나.
이 또한 유쾌하지 아니한가?

　선생이 노래한 '不亦快哉行' 20수 가운데 아홉 번째 시(詩)다. 연일 이어
지는 폭염을 식혀 주는 시원한 소나기에서 삶의 즐거움을 찾는 모습이 눈에
그려진다. 어찌 보면 극히 사소한 일 같지만, 그러한 사소함 속에서 오히려
세상 근심을 잊는 경지에 이를 수 있다는 게 쉬운 일이 아니다. 강진에서의
18년에 걸친 오랜 유배생활이 선생으로 하여금 그런 달관의 경지에 이르게
하였는지도 모르겠다.

　현직 대통령의 탄핵이라는 초유의 사태가 마무리되고 선거를 거쳐 새로운
대통령이 선출되었건만, 나라 안팎의 어지러울 정도로 복잡한 실타래상황은
좀처럼 해법의 실마리가 보이지 않는다. 거기에 더하여 각종 시위, 파업, 집
단행동을 알리는 소식이 겹쳐 장삼이사(張三李四)들의 마음은 심란하기만
하다. 온 국민이 애타게 기다리는 시원한 비 소식이 제발 하루빨리 전해졌으
면 좋겠다. 다산 선생의 표현처럼 벼랑에 얼음발이 걸릴 정도로 굵은 빗줄기
가 쏟아져 온갖 시름을 씻어 내린다면 얼마나 유쾌할까.

중국 사천성에서는 폭우가 쏟아져 산사태로 마을 하나가 순식간에 사라지고 많은 사상자를 냈다는 소식이 들려온다. 정말 곳곳에서 종잡을 수 없는 일들이 일어나고 있다. 설마 벌써 지구의 종말이 다가오는 것은 아니겠지….

(2017.06.28)

하늘노릇

오늘이 입추이다. 이론상으로는 가을의 문턱으로 들어가야 하지만 현실은 그렇지 않다. 영상 35도를 오르내리는 날씨가 참으로 덥다. 찜통더위가 이어지고 있다. 나흘 후면 말복인데, 말복이 지난다고 해서 더위가 시들어질 것 같지도 않다.

우리나라는 예로부터 4계절이 뚜렷하다는 것이 장점이었고, 그래서 보통 6·7·8월 석 달 동안을 여름으로 생각하였다. 그런데 기상학적으로는 하루 평균기온이 20도 이상으로 올라간 후 계속 그 밑으로 떨어지지 않을 때까지를 여름이라고 한다.

지난 100년간 한반도 기후를 분석한 결과에 의하면, 1910년대 서울의 여름기온 일수는 평균 94일이었는데, 2011년부터 2016년은 130일이었다고 한다. 100년 사이에 여름이 36일 늘어난 것이다. 한 달 30일을 기준으로 하면 이젠 여름이 넉 달을 넘어가는 셈이다. 특히 작년 서울에서 하루 평균기온이 20도를 넘은 날은 무려 142일이었다. 거의 다섯 달이나 된다. 이 추세가 이어진다면 올해는 그 이상으로 길어지고, 머지않아 한 해의 절반(아니 그 이상)이 여름으로 되지 않을까. 그렇게 되면 더운 것이 일상화되어 새삼 덥다는 말을 하지 않는 상황이 도래할지 모르겠다. 상상만 하던 한반도 기후의 아열대화가 현실적으로 피부에 와 닿는다.

그런가 하면 봄부터 이어진 가뭄으로 전 국토가 타들어갔었는데, 어느 순간 비가 쏟아지기 시작하더니 가뭄 해갈을 넘어 곳곳에 물폭탄을 터뜨렸다. 이쯤 되면 하늘을 바라보며 원망하는 소리가 나올 법하다. 도대체 종잡을 수 없는 날씨에 일기예보 담당자들의 마음고생이 얼마나 심할지 능히 짐작된다. 봄 같은 가뭄을 생각하면 댐과 보의 수문을 닫아서 물을 가둬야 하고, 가늠할 수 없을 정도로 쏟아지는 비를 생각하면 침수 피해를 막기 위해 수문을 미리 열어 물을 빼 두어야 하는 물 관리 담당자들의 고충 또한 마찬가지 아닐는지.

그런데 하늘은 하늘대로 이렇게 말하지 않을까.

"하늘 노릇하기는 뭐 쉬운 줄 아냐?"

做天難做四月天(주천난주사월천)
蠶要溫和麥要寒(잠요온화맥요한)
出門望晴農望雨(출문망청농망우)
採桑娘子望陰天(채상낭자망음천)

하늘이 하늘 노릇하기가 어렵다지만 4월 하늘만 하랴
누에는 따뜻하기를 바라는데 보리는 춥기를 바란다.
집을 나선 나그네는 맑기를 바라고 농부는 비 오기를 기다리는데
뽕잎 따는 아낙네는 흐린 날씨를 바란다.

유불선에 능통했던 대만의 저명한 학자로 '금강경강의' 등 많은 저서를 남긴 남회근(南懷瑾)이 중국의 농민들 사이에 예로부터 회자되던 농요(農謠)를 다듬은 시라고 한다. 신임 검찰총장이 대통령으로부터 임명장을 받는 자리에서 읊어 유명해진 바로 그 시이다.

비가 오면 짚신 장사 하는 자식을 걱정해야 하고, 비가 안 오면 우산 장사 하는 자식을 걱정해야 하는 부모의 이야기처럼, 상충하는 이해관계를 조절해야 할 때 과연 무엇이 정답인지를 찾아내기란 참으로 어려운 일일 것이다. 사람이 저마다 자기 소리를 하면 듣는 이는 누구의 말에 귀를 기울여야 하나. 제갈공명의 지혜가 필요해 보인다.

속담에 '삼복지간(三伏之間)에는 입술에 붙은 밥알도 무겁다'고 한다. 반복되는 무더위와 폭우에 삼계탕으로 보신이라도 할꺼나.

(2017.08.07)

저 개야 공산(空山) 잠든 달을

8월의 마지막 날이다. 지난 주 수요일이 모기 입이 돌아간다는 처서(處暑)였다. 8월 들어 마치 장마가 다시 찾아온 양 툭하면 내리는 비 덕분에 더위의 기세가 완연히 꺾인 듯하다. 오

히려 산사(山寺) 가는 길목에 피어 있는 코스모스가 가을이 오고 있음을 알리고 있다. 서서히 황금색으로 변해 가고 있는 금당천변 들녘의 모습 또한 마찬가지이다. 그렇게 기승을 부리던 더위가 결국은 물러가고, 금풍(金風)이 삽삽하게 부는 가을이 지척이라고 생각하니 괜스레 가슴이 설렌다. 하지만 그도 잠시, 곧이어 삭풍한설이 몰아치는 겨울이 찾아오리라. 더불어 정유년도 저물고.

어느 가요의 노랫말 그대로이다.

"가는 세월 그 누구가 막을 수가 있나요~"

그런데 가는 세월이야 자연의 흐름이니 못 막는다 하더라도, 인간의 탐욕이 빚어내는 재앙이 몰려오는 것은 막아야 하지 않을까. 천둥벌거숭이처럼 날뛰는 예측불허의 김정은이 야기하는 안보 불안이 한반도 상공에 먹구름을 불러와 그렇지 않아도 피곤한 것이 작금의 우리의 삶인데, 살충제 계란, DDT 닭, 간염 소시지, 발암물질 생리대 등등…. 하루가 멀다 하고 신문지상을 장식하는 끔찍한 이야기가 삶을 더욱 힘들게 한다. 어쩌다 우리는 안보 불안도 모자라 기본적인 의식주 자체의 안전마저 위협을 받는 지경에 처하게 되었을까. 그렇다고 이제 와서 원시시대로 돌아갈 수도 없는 노릇이니 어찌 해야 하나.

충무공 이순신 장군이 임진왜란 당시 지은 시 가운데

水國秋光暮(수국추광모)
驚寒雁陣高(경한안진고)
憂心輾轉夜(우심전전야)
殘月揩弓刀(잔월조궁도)

바다에 가을빛이 저물어가니
추위에 놀란 기러기떼 높이 날아가네.
나랏일 걱정에 잠 못 이루고 뒤척이는데
새벽달이 활과 칼을 비추는구나.

라는 시가 있다.

앞 시에 나오는 바다는 아마도 한산도 앞바다일지 모르겠다. 때는 바야흐로 가을인데, 풍전등화의 위기에 놓인 나랏일 걱정하느라 잠을 못 이루고 뒤척이다 보니 어느새 새벽이 되었고, 아직 지지 않고 남은 달이 활과 창을 비추고 있는 모습이 눈에 선하게 그려진다.

장군의 우국충정에 비할 바는 아니지만 이런 시조도 있다.

산촌(山村)에 밤이 드니
먼 데 개 짖어 온다.
시비(柴扉)를 열고 보니
하늘이 차고 달이로다
저 개야 공산(空山) 잠든 달을 짖어
무삼 하리오.

툭하면 비가 온 때문인가, 칠석이 이틀 늦은 밤의 상현달이 유난히 밝다.

한낮 촌부(村夫)가 언감생심 충무공의 흉내를 낼 일은 아니지만, 전직 대통령의 탄핵으로부터 시작되어 지금껏 계속되고 있는 이른바 각종 국정농단 사건 재판들, 봄부터 이어져 온 사법부의 내홍, 차기 대법원장 인선을 둘러싼 정치권의 예상되는 갈등 등을 바라보는 국외자의 마음도 안온하지가 않아 전전반측을 하게 된다. 이는 아마도 법조계에 몸을 담고 있는 사람들이라면 생각하고 걱정하는 바의 방향은 다를지언정(서로 정반대의 생각을 할 수도 있을 것이다) 다 비슷하지 않을까. "法"이라는 글자가 물(水)이 흘러가는 (去) 모습이듯이, 범부는 그저 모든 게 물 흐르듯 순리대로 이루어졌으면 좋겠다는 소박한 소망을 가져 본다.   (2017.08.31)

방하심(放下心)

지난 토요일이 추분(秋分)이었다. 정유년 올 한 해도 어느덧 3/4이 지나갔다는 이야기이다.

동시에 밤이 낮보다 길어지기 시작하였다는 것이기도 하다. 아직은 낮 기온이 영상 25도를 넘어 30도 가까이 맴돌기는 하지만, 푸른 하늘과 황금빛 벌판이 가을의 한복판에 들어섰음을 여실히 알려 주고 있다. 깊어가는 가을에 어울리게 금당천변 우거의 울안에도 가을꽃이 만발하였다.

그런데 한껏 자태를 뽐내는 이들 가을꽃보다 동방(洞房)에서 깊은 수심(愁心)을 자아내게 우는 실솔(蟋蟀)이나, 먼 데 소식 전해오는 창공의 홍안성(鴻雁聲)이 촌부에게는 한결 가을의 전령사로 다가오고, 더 나아가 밤하늘의 아미(蛾眉)를 연상케 하는 초승달이 촌부의 시절 감각을 새삼 일깨우니 무슨 조화일까. 도연명이 그의 시 '사계(四季)'에서

'추월양명휘
(秋月揚明輝)'
라고 노래한 것도 그런
연유이런가. 아마도 그는
보름달을 보고 그렇게 노
래하지 않았을까 싶은데,
촌부는 오히려 초승달에
서 가을 모습을 읽고 있다.

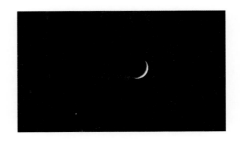

그나저나, 실솔이나 초승달이 자아내는 수심(愁心)의 정체를 애써 찾으려
해도 찾을 길이 없어, 하릴없이 책상머리에 앉아 무심히 책장을 넘기다 보니
이런 구절이 눈에 들어온다.

"귀를 씻고 세상사를 듣지 않으니,
푸른 소나무가 벗이 되고 사슴이 친구가 된다."
(洗耳人間事不聞, 靑松爲友鹿爲群)

그러고 보니 정체 모를 수심(愁心)이 귀를 안 씻고 세상사에 매달리는 병
폐에서 비롯된 것임을 알겠다. 비록 수심(愁心)의 '수(愁)'라는 글자 자체가
'가을(秋)의 마음(心)'을 뜻하기는 하지만, 내 삶의 영역 밖에 있는, 내가 어
찌 할 수 없는 세상사에 애면글면하지만 않아도 수심으로부터 벗어날 수 있
지 않을까 싶다. '방하심(放下心)'이라는 말을 이럴 때 쓰는 걸까.

(2017.09.26)

보고도 말 아니 하니

아직은 만추(晩秋)를 더 즐겨야 하는데, 갑자기 날씨가 추워졌다. 하긴 사흘 후면 입동(立冬)이니 그럴 만도 하지만, 가을이 점점 짧아져 가 아쉬움이 진하게 남는다. 아열대화 되어 가는 기후변화로 중국에는 가을이 아예 없어질지도 모른다는 반갑지 않은 이야기를 심심치 않게 듣는다. 봄 여름 가을 겨울의 4계절 대신 "초여름 → 한여름 → 늦여름 → 초겨울 → 한겨울 → 늦겨울"의 6계절이 일상화될 거라니 어찌 해야 하나. 인간이 자초한 변화이니 그에 맞추어 살아갈밖에.

어제 오늘 한가위 때보다 더 크고 밝은 달이 떴다. 참으로 아름답고 멋진 달이다. 날씨가 쌀쌀하니까 그 달이 더욱 정겹다. 역시 달의 백미(白眉)는 가을달인가 보다.

그런데 그런 달이 떴는지조차 모르고 사는 게 현대인의 자화상이 아닌지 모르겠다. 보름달을 바라보면서 "달이 참 밝구나!" 하는 단편적이고 소박한 감정을 잠시라도 품을 수 있는 삶이 그렇게 먼 나라의 이야기일까? 분초를 다투면서 사는 생활에는 그런 이야기는 오히려 허황되기만 한 것일까.

옛날에 고산(孤山) 선생은 그 달을 보며 노래했다.

내 벗이 몇이나 하니 수석(水石)과 송죽(松竹)이라
동산에 달 오르니 긔 더욱 반갑고야.
두어라 이 다섯 밖에 또 더하여 무엇하리
(중략)
작은 것이 높이 떠서 만물을 다 비추니
밤중의 광명이 너 만한 이 또 있느냐
보고도 말 아니 하니 내 벗인가 하노라

가을밤의 하늘에 높이 뜬 달, 그 달은 세상을 환히 비추어 돌아가는 이치를 다 알련만, 말을 아니 하니 오히려 그 달을 친구로 삼겠노라는 선생의 높은 뜻을 알 듯 말 듯 하다.

미국의 트럼프 대통령이 우리나라를 찾아오고, 사드를 둘러싼 중국과의 갈등이 해결의 실마리를 찾아가는 듯한 모양새이지만, 우리가 발붙이고 사는 한반도의 정세는 여전히 안팎으로 불안하기만 하다. 중천에 높이 떠서 만물을 비추는 보름달이야말로 온 천지에 광명을 가져다주며 다 내려다 볼 터인즉, 가련한 중생들의 불안한 심리를 달래 줄 메시지 한 마디를 전해 줄 수 있으련만, 보고도 말 아니 하니 그 심중을 알 길이 없다.

어지러운 마음에 마당을 거닐며 하염없이 달을 바라보는데, 추위에 놀란 기러기 한 마리가 날아간다. 어디로 가는 것일까. 조조(曹操)가 읊은 대로 "월명성희 오작남비(月明星稀 烏鵲南飛. 달이 밝으니 별빛은 희미한 가운데 까막까치가 남쪽으로 날아가누나)"이런가?

다시 조선 숙종 때의 문인 김두성(金斗性)의 흉내를 내 본다.

추월(秋月)이 만정(滿庭)한데 슬피 우는 저 기럭아
상풍(霜風)이 몰아치면 돌아가기 어려운데
어찌라 한밤 중천에서 깊은 수심(愁心) 자아내나

오늘 아침 신문을 보니까, 임기가 채 두 달도 남지 않은 김용덕, 박보영 두 대법관의 후임자 인선작업이 본격화되고 있다고 한다. 부디 누구나 공감할 수 있는 현철하신 분이 천거되고 임명되기를 기대하여 본다. 올바른 사법부, 나아가 대한민국의 정의로운 미래를 위하여 말이다. 동산에 떠오른 저 달은 답을 알고 있을까? 알아도 여전히 말 아니 하겠지.

(2017.11.04)

유색성향미촉법
(有色聲香味觸法)

사흘 전이 24절기 중 20번째인 소설(小雪)이었고, 이름값을 하느라 눈발이 날리긴 했지만 유심히 보지 않으면 모를 정도였다. 그렇게 적은 양이었지만, 아무튼 눈이 내렸다는 것은 본격적으로 겨울로 접어들었다는 의미가 아닐는지.

그런데 그 사흘 후인 오늘, 이건 또 무언가? 느닷없이 종일토록 한여름 장마를 연상케 하는 비가 내린다. 게다가 천둥번개까지 치니 무슨 조화인지 모르겠다. 열흘 전에는 포항에 강진이 발생하여 대입 수능까지 1주일 연기하게 하더니, 이번엔 겨울에 웬 장맛비인가?

자연재해, 기상이변이 점점 일상화되어 가는 바람에 작금에는 그런 일에 무감각해져 가고 있는데, 오늘처럼 겨울에 천둥번개까지 치고 장대비가 쏟아지면 이야기가 달라진다. 21세기를 살아가는 오늘날에야 그런 말을 하는 사람도 없고, 설사 한다고 해도 안 통하겠지만, 국사의 모든 잘잘못을 궁극적으로 임금의 책임으로 돌리던 옛날 같으면 이 또한 아마도 군주의 탓으로 돌렸을지 모르겠다.

소오름산우회에서 서울 둘레길 탐방에 이어 한양도성 성곽길 순례에 나선 두 번째 날인 오늘, 혜화문에서 출발하여 동대문에 다다르기까지 시종 내리는 겨울비로 인해 변변한 사진 한 장 남기지 못했지만, 그 대신 인적이 드물

[정각사 미래탑. 앞에 있는 과거탑과 묘한 조화를 이룬다]

어(어떤 곳은 아예 인적이 끊겼다) 낙산의 남북으로 뻗은 성곽길을 마치 전세 낸 기분이었다.

그리고 도중에 성곽 밑에 있는 정각사(正覺寺)에 들러 말로만 듣던 미래탑을 친견하고, 주지 정목스님으로부터 절의 정화불사에 얽힌 신화에 가까운 이야기를 들었다. 더불어 마신 차의 향기와 맛이 일품이었고, 거기에 곁들인 제주도 쑥떡은 망외(望外)의 보너스였다. 가난한 동네에서 힘들게 살아가는 분들께 작으나마 위안의 장소가 될 수 있다면 그게 바로 절의 존재의의가 아니겠냐는 스님의 말씀에 고개가 숙여졌다.

밝은 이야기는 하나도 없이, 고고도미사일방어체계(사드) 아니면 이른바 적폐청산과 관련된 구속과 석방에 관련된 이야기들로 가득 차 신문 보기가 싫을 지경인 일상에서 잠시라도 벗어나, 빗속의 성곽길을 거니는 낭만을 즐기는 것도 축복일진대, 고매하신 스님의 고결한 법문까지 들으며 입마저 호강하다니 이 또한 웬 호사인가.

반야심경에서는 "無眼耳鼻舌身意(무안이비설신의) 無色聲香味觸法(무색성향미촉법)"이라고 설파하고 있지만, 겨울비를 맞으며 걷는 범부에게는 향기와 맛이 일품인 차나 스님의 고결한 법문이 "無"가 아니라 "有" 그 자체이고, 온 몸에 절실히 와 닿는 실재(實在)일 따름이었다.

　밤이 깊어갈수록 처마를 두드리는 빗방울 소리가 점점 더 커져 간다. 내일 아침 일찍 날이 밝으면 금당천에 나가 보아야겠다. 개울물이 흐를지도 모른다 생각하니 설렌다.

(2017.11.26)

비바람이 얼마나 불까

지난 22일이 동지(冬至)였다. 마침내 낮이 길어지기 시작했다는 이야기이다. 그리고 이제 닷새 후면 해가 바뀌어 새 해가 시작된다.

전대미문(前代未聞)의 현직 대통령 탄핵과 구속으로부터 시작된 폭풍우와 북한 김정은의 연이은 핵 및 미사일 도발로 인하여 우리가 발 딛고 있는 이 한반도의 지난 1년은 혼돈의 세월 그 자체였다고 해도 과언이 아닐 듯하다.

지난 1년처럼 사회의 이른바 거물급 내지 유력인사들에 대한 수사와 재판에 관한 이야기가 계속 인구(人口)에 회자되고 한국전쟁(6.25 동란) 이후 지금처럼 전쟁 이야기가 자주 신문지상을 장식한 때가 있었던가. 이에 더하여, 입법, 행정, 사법의 각 기관마다 제 나름의 문제들로 논란이 끊이지 않고, 최저임금의 대폭적인 인상, 근로시간의 단축, 금리인상, 외국으로부터의 통상 압력 등 각종 대형 이슈로 경제계도 몸살을 앓고 있다. 거기에 제천에서의 대형 화재로 인한 참사까지 세모를 장식하니, 이 모든 것을 바라보는 장삼이사(張三李四)의 마음이 어떠할지는 새삼 말할 필요도 없을 것이다.

닷새 후면 시작될 무술년 새 해를 맞이하기 위하여 새 달력을 벽에 걸며 조선시대 중종~선조 연간(1526-1576)의 문인 강극성(姜克誠)이 지은 시 "제신력(題新曆)"을 떠올린다. 두 차례에 걸친 사화(士禍)를 지켜본 시인의 마음이 그로부터 600여 년이 지난 작금에도 절절히 전해져 옴은 무슨 연유일까.

天時人事太無端(천시인사태무단)
新曆那堪病後看(신력나감병후간)
不識今年三百日(불식금년삼백일)
幾番風雨幾悲歡(기번풍우기비환)

날씨며 사람 일이며 종잡을 수 없는지라
병 앓은 후에 새 달력 걸고 보려니 감당키 어렵구나.
알 수 없어라, 올 한 해 삼백예순다섯 날
또 얼마나 비바람 불고 얼마나 울고 웃을지.

어제가 크리스마스였다. 기독교 신자인지 여부를 떠나 예수님 탄생의 의미, 인간에 대한 사랑을 음미하여 보면 어떨까. 하룻밤 자고 나면 또 무슨 일이 벌어질지 전전긍긍하는 피곤한 삶이 아니라, 이 땅에 사랑이 넘쳐나 모두가 안락한 삶을 누리는, 그런 세상이 오길 간절히 바라는 마음은 한낱 촌부에게 국한된 일이 아닐 것이다.

그래서 오늘도 국태민안(國泰民安)을 빌어본다. 아울러, 다가오는 무술년은 무슨 일이든지 술술 풀리는 해가 되기를 다 함께 기도하면 어떨까.

(2017.12.26)

변화하는 세상 섭리 그려낼 자 뉘 있으랴

그제가 대한(大寒)이었다. 1년 24절기 중 마지막에 해당하는 날이다. 역술(曆術)에서 한 해의 시작점을 설날이 아닌 입춘(立春)으로 삼는 것도 그런 연유이다. 그리고 보니 아직은 무술년이 아니라 정유년이다.

대한(大寒)을 말 그대로 풀면 '큰 추위'라는 뜻이다. 원래 겨울철 추위는 입동(立冬)에서 시작하여 소설(小雪), 대설(大雪), 동지(冬至), 소한(小寒)으로 갈수록 추워진다. 그리하여 소한(小寒)을 지나 대한(大寒)이 되면 일년 중 가장 춥다고 하여, 절기 이름도 그렇게 지어졌지만, 이는 중국을 기준으로 한 것이고 우리나라는 사정이 다르다. 오히려 소한(小寒) 무렵이 더 춥다. 그래서 예로부터
"춥지 않은 소한 없고 포근하지 않은 대한 없다",
"소한의 얼음이 대한에 녹는다",
"대한이 소한 집에 놀러갔다가 얼어 죽는다"
등의 속담이 전해온다.

올해도 예외가 아니다. 소한이었던 지난 5일 서울 아침 기온이 영하 6도였는데, 대한인 그제는 영하 1도였다. 이날 낮에는 마치 봄날 같아 두꺼운 겨울옷이 다소 거추장스러울 정도였다. 물론 앞으로도 매서운 추위가 또 몰아칠 수 있겠지만, 분명한 것은 바야흐로 겨울이 서서히 물러가고 있다는 것이다. 이제 보름 정도만 지나면 입춘이지 않은가.

과거 어느 정치인이 자주 입에 담아 유명해진 "닭의 모가지를 비틀어도 새벽은 온다"는 말이 상징하듯이, 엄동설한이 아무리 지속되어도 궁극에는 따스한 봄날이 오는 것이 자연의 섭리이다. 아니 어찌 자연의 섭리에만 그치랴. 그 자연 속에서 살아가는 인간의 삶 또한 그러하지 않겠는가. 그래서 앞의 정치인은 당시의 암울했던 현실을 빗대어 그런 말을 한 것이 아닐까.

북한의 연이은 핵실험과 ICBM 발사로 인하여 일촉즉발의 화약고 같은 상황에 놓인 한반도 주변의 정세에 더하여, 대내적으로는 각종 대형사고에 겹쳐 적폐청산, UAE 의혹, 최저임금 인상, 가상화폐 규제, 평창올림픽 남북단일팀 구성 등을 둘러싸고 계속 이어지는 논란에 촌부들은 혼란스럽기만 하다.

때가 되면 대한(大寒)이 지나고 입춘(立春)이 오듯이, 이런 혼란도 결국에는 정리되어 선남선녀의 삶이 안정될 것이라는 기대를 하여 보는 것은 어떨까. 어떤 일이 있어도 희망의 끈을 놓아서는 안 될 테니까.

글을 마치려는데 불현듯 한 생각이 떠오른다.
조선 중기의 어느 시인이 읊었듯이,

'세상에 화가들 무수히 많지만,
변화하는 세상 섭리 그려낼 자 뉘 있으랴'
(人間畫史知無數 難寫陰陽變化功).

(2018.01.22)

손가락 끝에 봄바람 부니 하늘의 뜻을 알겠다

겨우내 얼었던 대동강물도 풀린다는 우수(雨水)가 닷새 전에 지났다. 이번 겨울에는 유난히 추위가 맹위를 떨쳤는데, 그 겨울이 마침내 꼬리를 내리는 중이다. "오늘도 국방부의 시계는 돌아간다."는 말이 있다. 갓 입대한 군인들이 훈련소에서 고된 훈련을 받는 동안 되뇌는 우스갯소리이다. 훈련받는 하루하루가 힘들어도 결국에는 시간이 흘러 훈련이 모두 끝난다는 것이다.

무슨 일이든지 시간이 흐르면 끝나게 마련인 것은 새삼 말할 필요가 없는 삶의 이치이건만, 때로는 그런 단순한 진리가 한동안 잊혀 있다가 불현듯 피부에 생생하게 와 닿는 경우가 있다. 정말 오랜만에 강추위에 떨고, 덩달아 기승을 부린 독감으로 인해 많은 국민이 몸살을 앓을 때는 이 겨울이 언제나 지나가나 하고 애꿎게 하늘을 원망하기도 했는데, 손톱 밑에 소리 없이 찾아온 봄의 전령에서 계절의 변화를 문득 느끼게 된다.

일찍이 추사(秋史) 김정희(金正喜)는,
"積雪滿山(적설만산)하고 江氷欄干(강빙난간)이나 指下春風(지하춘풍)하니 乃見天心(내견천심)이라"
고 갈파했다. (산에는 온통 눈이 수북하고 강에는 얼음이 난간을 이루나, 손가락 끝에 봄바람 부니 하늘의 뜻을 알겠다)

촌부(村夫)야 언감생심 거창하게 하늘의 뜻까지 운위할 수는 없지만, 소매 끝을 스치고 지나가는 바람의 부드러움에서 미미하나마 봄소식을 접하게 된다.

이제 내일이면 평창 동계올림픽이 막을 내린다. 그 후의 한반도 정세가 어떻게 전개될 것인가가 국내외적으로 초미의 관심사이다. 올림픽에 가려져 있던 많은 문제들이 봇물처럼 쏟아져 나올 것이다. 국운이 백척간두(百尺竿頭)에 걸려 있는 것은 아닌지 모르겠다. 손가락 끝에 부는 바람이 부디 동풍(凍風)에서 글자 그대로의 춘풍(春風)으로 순화되길 바라마지 않는다.

(2018.02.24)

아무리 얼우려 한들

닷새 전이 춘분(春分)이
었다. 점점 짧아지는 밤과
점점 길어지는 낮이 교차
하여 이 날 마침내 그 길이
가 같아지고, 이후부터는
낮이 밤보다 길어진다. 양
(陽)의 기운이 음(陰)의 기
운보다 강해지는 것이다.

그러니 자연스레 겨울이 물러가고 봄이 그 자리를 대신하게 된다. 그게 자연
의 섭리이다.

그런데, 이건 뭔가? 춘분날 몰아닥친 한파, 그것도 모자라 함박눈이 쏟아
져 온 천지를 수정궁(水晶
宮)으로 만들다니…. 한반
도의 땅끝 고을 해남에 자
리한 아름다운 절 미황사
의 지붕을 덮은 춘설의 모
습이 너무나 낯설면서도,
다른 한편으로는 감탄사
를 저절로 자아내게 하는

멋진 풍광을 연출한다. 절집 붉은 동백꽃 위에 소담스럽게 내려앉은 저 눈은
또 무엇이라고 이르랴.

옛적에 어느 시인이 읊었던 시 한 수를 응용하여 본다.

바람이 눈을 몰아 산창에 부딪치니
찬 기운 새어들어 잠든 동백을 침노한다.
아무리 얼우려 한들 봄뜻이야 앗을소냐.

원작자인 시인 안민영(安玫英. 1816-?)은 본래 매화를 소재로 시를 읊었
지만 [詠梅歌(영매가). 위 시의 동백을 매화로 바꾸면 된다], 그 매화의 자리
에 동백을 가져다 놓으니 이 봄을 그리는 데 그야말로 안성맞춤이다. 아무리
찬바람이 불고 눈이 수북하게 내린들 천지를 물들이는 봄기운을 어찌 하겠
는가.

봄이 와서 꽃이 피는 것을 시샘하여 기승을 부리는 추위를 꽃샘추위라고
한다던가. 그러나 기실 봄꽃이 피는 것을 자연이 시샘할 리는 없다. 오히려
꽃샘추위는 그와 함께 찾아오는 바람이 봄의 문턱에서 나무를 흔들어 깨워
땅속의 물을 잘 빨아드리게 하는 자연현상이라고 한다. 그런 자연의 섭리를
호사가들이 꽃샘추위라고 명명한 것뿐이다.

목하 이상기온으로 지구가 몸살을 앓아 세계 각지에서 기상이변이 속출하
고 있긴 하지만, 계절 변화의 큰 흐름 속에서 보면 봄이 오고 있는 것만큼은
분명하다. 아니 이미 그 봄이 와 있는지도 모르겠다. 춘재지두이십분(春在
枝頭已十分)이라 하지 않던가.

　그렇게 겨울이 가고 봄이 오듯이, 각종 어려운 문제들이 난마처럼 얽혀 있는 이 땅에도 따뜻한 봄날의 햇볕이 구석구석 스며들지 않을는지⋯. 마땅히 그리해야 할 것이다. 양지 바른 툇마루에 걸터앉아 따스한 봄볕을 즐기는 것, 범부들이야 그 이상 무엇을 바라겠는가. 울안에 핀 복수초를 하염없이 바라보는 저 개도 같은 생각을 할까.

(2018.03.26)

솔불 켜지 마라
어제 진 달 돋아온다

어제가 백곡(百穀)에 봄비(雨)가 내려 기름지게 한다는 곡우(穀雨)였다. 곡우 다음이 입하(立夏)이니 곡우는 입춘(立春)부터 시작하는 봄의 마지막 절기다. 그런데 어제 낮 기온이 서울은 26도, 대구는 무려 31도였다. 이쯤 되면 봄이 아니라 이미 여름이다. 한 달 전 춘분 무렵에는 때 늦은 폭설이 내리더니 이번에는 때 이른 폭염? 날씨가 정말 춤을 춘다.

그런데 춤을 추는 게 어디 날씨뿐인가. 최순실로부터 시작된 국정농단 사건이 어느 정도 마무리단계로 접어드나 했더니, 사회 각 분야에서 '미투(#me_too, 나도 고발한다)'가 꼬리에 꼬리를 물고 번지고, 그것이 잠시 숨을 고르는 사이에 금융감독원장의 임명과 사임을 둘러싸고 벌어졌던 논란에 이어서, 마치 양파껍질 벗기듯 하나씩 하나씩 사실관계가 드러나고 있긴 하지만 아직은 과연 무엇이 진실인지 밝혀지지 않고 있는 '드루킹' 댓글사건이 신문지면을 뜨겁게 달군다.

이어서 남북 정상회담과 미국과 북한의 정상회담을 앞두고 북한의 김정은이 핵실험과 대륙간탄도미사일(ICBM)의 발사시험을 중단하겠다며 풍계리 핵실험장을 폐쇄하겠다는 발표를 해 그 진의가 무엇인지를 놓고 설왕설래가 계속된다.

그뿐이랴, STX조선, 금호타이어에 이어 존폐 기로에서 막판 초읽기에 들어간 한국GM 사태, 일파만파로 점점 커지고 있는 대한항공의 '물컵' 사건…. 하도 이런 저런 굵직한 사건들이 이어지다 보니, 역설적으로 요새 언론사 기자들은 기삿거리 찾아 이리저리 헤맬 일이 없어서 좋겠다는 우스갯소리까지 들린다.

한 때 '다이나믹 코리아'라는 구호(캐치프레이즈 catchphrase) 아닌 구호가 유행한 적이 있었다. 국정홍보처에서 같은 이름의 홍보용 동영상을 만들어 배포하기까지 했다. 요컨대 그만큼 대한민국이 역동적인 사회라는 것이다. 그러나 이는 어디까지나 좋게 해석할 때의 이야기일 뿐, 달리 보면 그만큼 우리 사회가 불안정한 상태라는 뜻도 된다. 오죽하면 6개월 후의 대한민국의 모습을 예견할 수만 있다면 세계 최고의 점쟁이가 될 거라는 말이 나오겠는가.

비록 몇 년째 미뤄지고 있긴 하지만 1인당 국민소득이 3만 불인 시대가 목전에 다가와 있다. 인구 5,000만 명이 넘는 나라 중 1인당 국민소득 3만 달러가 넘는 나라는 미국, 일본, 독일, 프랑스, 영국, 이탈리아 등 6개국에 불과하다고 한다. 그러면 1인당 국민소득이 3만 불을 넘어선다고 말 그대로 선진국이 되는 걸까? 그렇지는 않을 것이다.

촌부의 좁은 식견으로는, 이른바 선진국으로 불리는 나라들 이름 앞에 '다이나믹'이라는 수식어가 붙은 것을 못 보았다. 여기저기서 갖가지 춤판을 벌이는 나라가 아니라, 질서가 잡힌 가운데 국민들이 안정적인 삶을 영위하는 나라가 될 때, 기자들이 기삿거리를 찾아 헤매는 나라가 될 때 비로소 1인당 국민소득 3만 불 돌파의 참된 의미가 있고, 선진국의 자격을 구비하게 되는 것이 아닐는지.

미세먼지가 극성을 부려 천지가 뿌옇던 어제와는 달리 오늘은 다행히 하늘이 열려 금당천 위에 뜬 초승달이 선명하게 빛난다. 그 공중에 걸려 있는 아미(蛾眉)를 바라보며 시조 한 수를 읊조려 본다. 삶에 여유가 있고 그 여유를 또한 즐길 수 있는 선진국민이 될 때를 미리 대비해서 말이다. 아울러 그런 날이 빨리 오기를 고대하면서.

솔불 켜지 마라
어제 진 달 돌아온다.
짚방석 내지 마라
낙엽엔들 못 앉으랴
아이야 잔 가득 부어라
내 뜻대로 하리라.

무술년 곡우 다음날의 삼경에 금당천변 우거에서 쓰다.

(2018.04.22)

창 밖에 해가 느리게 가고
있구나(窓外日遲遲)

푸른 5월이다. 나의 열한 달을 다 주고라도 당신의 5월과 바꾸겠다는 그 5
월도 이제 5일 남았다. 눈 한 번 떴다 감으면 하루 가고, 한 주일 가고, 한 달
간다.

그렇게 빠르게 흐르는 세월이지만, 그래도 이 5월만큼은 제발 천천히 가
라고 매년 빌어보는데, 촌부의 간절함이 부족한 탓인지 영 효험이 없어 안타
깝기만 하다.

판소리 단가 '강상풍월(江上風月)'에는 "오월이라 단오날은 천중지가절
(天中之佳節)이요, 일지지창외(日遲遲窓外)로다"라는 구절이 있다. 여기서
천중지가절(天中之佳節)은 '1년 중 가장 아름다운 절기'라는 뜻이고, 일지
지창외(日遲遲窓外)는 '창 밖에 해가 느리고 느리게 간다'는 뜻이다.

그런데 이 일지지창외(日遲遲窓外)는 제갈공명이 지은 시 '대몽(大夢)'에
서 따온 것이다. 유명한 삼고초려에 나오는 이 시의 전문은 이렇다.

大夢誰先覺(대몽수선각) 큰 꿈을 누가 먼저 알았나
平生我自知(평생아자지) 평생 나 홀로 그것을 알고 있었네
草堂春睡足(초당춘수족) 초당에서 봄 낮잠을 늘어지게 잤는데도
窓外日遲遲(창외일지지) 창 밖에 해는 아직 지지 않고 느리게 가고 있구나

47세의 유비가 제갈공명을 찾아간 것은 공명이 27세 때의 일이다. 공명은 초당에서 농사짓고 글을 읽는 생활을 10년이나 보냈지만, 그렇다고 농사를 주업으로 삼거나 은거(隱居)를 최상의 생활태도로 삼는 은사(隱士)는 아니었다. 그는 은거한 것이 아니라, 오히려 세상 돌아가는 상황을 예의주시하고 혼란한 정국을 어떻게 하면 극복할 수 있을까를 연구하면서 자기의 생각을 펼칠 수 있는 주군(主君)을 내심 찾고 있었던 것이다.

그는 스스로 남양야인(南陽野人)이라 칭했지만, 진정한 야인(野人)은 결코 아니었다. 그는 자기를 알아보고 등용해 줄 사람이 나타나기를 기다리고 있었던 것이다. 마치 그 옛날의 강태공처럼 말이다. 그는 아마도 유비가 자기를 찾아올 것이라는 것을 진즉 알고 있었을지도 모른다. 그 유비가 자기를 세 번째 찾아왔을 때 읊은 시가 바로 이 '대몽(大夢)'이다.

별 능력은 없으면서 착하기만 한 유비가 세 번이나 찾아왔을 때 공명은 내심 부담스러웠을 것이다. 그래서 일부러 봄 낮잠을 길게 잤고, 잠에서 깨어나서도 의관을 정제한답시고 시간을 질질 끌었다. 그런데도 유비가 돌아갈 기미를 보이지 않자 결국 그 유비를 주군으로 택하였고, 그러면서 자신의 심정을 바로 이 시로 나타낸 것이다.

이 시에서 말하는 큰 꿈은 바로 공명이 꾸는 꿈이다. 그것은 동시에 유비의 꿈이기도 하다. 다름 아니라 바로 천하 대사를 도모하는 것이다. 공명은 그 꿈을 누가 먼저 알았단 말인가 하고 묻는다. 그리고 그것은 자기만 알고 있었다고 스스로 답한다. 그러면서 말한다. 초당에는 만물이 소생하고 낮잠을 실컷 자고 나도 해가 많이 남아 있다고 말이다. 즉, 큰 꿈을 이룰 시간은 아직 충분하다는 것이다. 그러니 서두르지 말라는 것이다. 그것은 성미 급한 장비가 기다리다 못해 공명이 자고 있는 초당에 불을 지르려 했던 것을 두고 한 말이기도 하고, 아울러 천하 대사를 도모함에 있어 여유를 가지고 천천히 하자는 말이기도 하다. 급할수록 돌아가라 하지 않던가.

이 시를 읊고 난 공명은 유비를 따라 출사하였고, 그 이후의 일은 주지하는 대로이다.

트럼프와 김정은이 비핵화를 위한 정상회담을 하니 마니 하면서 벌이고 있는 실랑이를 보고 있노라면 착잡하기만 하다. 이는 금당천의 촌자만이 아니라 모든 국민이 다 그렇지 않을까. 북한의 핵은 정작 우리의 생존, 안보와 직결되는 문제인데, 그 비핵화의 문제를 푸는 데 있어 우리는 주연이 아니라 조연에 그쳐야 하는 냉엄한 현실이 안타깝다 못해 참담하기까지 하다. 앞으로 어떤 예기치 못한 난관에 봉착하게 될지 모르니 조심스러울 수밖에 없다.

5월이 거의 다 지나고 곧 6월이 된다. 제갈공명이 설파하였듯이 窓外日遲遲(창외일지지)이다. 시간을 두고 현명한 답을 찾아야 하지 않을까. 무엇보다도 공명의 지혜가 필요한 시점이다.

초파일을 맞아 부처님의 자비와 광명이 온 누리에 펼쳐지듯, 우리가 발 딛고 있는 이 한반도 전체에 자유와 평화 그리고 번영의 물결이 넘쳐나는 날이 오기를 기대하여 본다.

모내기를 끝낸 금당천변 풍경은 평화롭기만 하고, 촌부의 우거에는 장미가 한창이다.

부처님 오신 날이 지난 주말에 금당천변 우거에서 쓰다.

(2018.05.27)

우물 파서 물마시고

하지 지난 지 이제 겨우 나흘밖에 안 되었는데, 오늘 서울의 낮 최고기온이 33도였다. 복지경이 따로 없다.

> "툭하면 전국적으로 30도를 넘는 날씨가 이어지고,
> 복지경이 아닌 6월인데도 낮 기온이
> 35도를 넘어가는 곳이 속출하다 보니,
> 여름을 날 일이 아득하기만 하다."

답답한 마음에 찾아 본 1년 전 6월 28일의 글 중 일부이다. 그 때 상황이 1년 후인 지금 똑같이 되풀이되고 있다. 아무리 역사는 반복되는 것이라고 하지만, 찌는 더위가 일찍 찾아오는 것까지 굳이 같아야 한단 말인가. 결코 반갑지 않은 이야기다.

지난 주말 밤에는 러시아 월드컵 F조 예선 멕시코와의 경기에서 2:1로 졌다는 소식이 전파를 탔다. 첫 경기였던 대(對) 스웨덴전에 이어 두 번째 패배이다. 우리나라 언론들은 경기 전에 애써 희망 섞인 전망들을 쏟아냈었지만, 전 세계 다른 언론들은 이미 우리의 패배를 예상하고 있었다. 이제 남은 한 경기 독일과의 싸움 역시 사실상 승리를 기대하기 어려운 게 냉정한 현실이

아닐는지. 다윗과 골리앗의 싸움이라는 말이 허튼 소리는 아닐 것이다. 객관적인 지표가 우리가 독일보다 나을 것이 없으니 어쩌랴. 그런 판에 공·수 양면의 핵심선수인 주장 기성용마저 부상으로 뛰지 못한다니….

'축구공은 둥글다'는 표현은 실낱같은 희망이라도 놓지 않으려 할 때 외치는 절규나 다름없다. 죽을힘을 다해 뛰겠다는 젊은 선수들의 각오가 가상하기 이를 데 없지만, 그들이 더위를 멋지게 날려 줄 시원한 한 방 소식을 전해 준다면 그것은 기적이나 다름없을 것이다. 그 기적이 일어난다면야 오죽 좋으랴.

'꿩 대신 닭'이라고 했다. 월드컵에서 승전보를 기대하기 어렵다면 그 대신 다른 곳에서 더위를 이길 방도를 찾을 일이다. 촌부는 지난 주말에 금당천변 우거에서 울안에 심은 감자를 캤다. 하지(夏至) 지난 직후이니 말 그대로 '하지감자'이다. 퇴비로 거름만 하였을 뿐 비료나 농약을 일체 사용 안 했는데도 알이 제법 굵다.

땡볕 아래서 감자를 캐는 동안에는 땀이 비 오듯 했지만, 다 캐고 나니까 (고작 한 상자밖에 안 되지만) 뿌듯하였다. 집사람이 먼저 따놓은 완두콩과 더불어 여름농사의 수확물인 셈이다. 오이고추는 덤이고. 감자와 완두콩에서 시원한 기운이 느껴지는 것은 무슨 조화일까. 이열치열(以熱治熱)이 따로 없다. 뿌린 만큼 거두는 것이 자연의 섭리이다.

인간사(人間事)라고 다를 바 없다. 6·13 지방선거가 여당의 일방적인 압승이자 야당의 기록적인 참패로 끝났다. 보는 각도에 따라 그 원인이 여럿일 수 있겠지만, 무엇보다도 탄핵정국 이후 계속 이어져 온 야당의 지리멸렬이 초래한 결과가 아닐는지. 뿌린 대로 거둔 것이다. 이런 상황에서 건강한 야당의 부재가 정부·여당의 폭주로 이어지는 일이 없기를 바라는 것은 포의야부(布衣野夫)만의 생각이 아닐 것이다. 오만과 독선의 유혹으로부터 벗어나야 올바른 길을 갈 수 있다는 것을 위정자들은 늘 유념해야 할 것이다. 그것이 바로 국민이 원하는 바가 아닐까.

완두콩으로 지은 밥에 울안에서 따온 상추, 오이, 고추로 쌈을 싸서 배불리 먹으니 부러울 게 없다. 격양가(擊壤歌)라도 불러 볼 거나.

日出而作 日入而息(일출이작 일입이식)
鑿井而飮 耕田而食(착정이음 경전이식)
帝力於我何有哉(제력어아하유재)

해 뜨면 들에 나가 일하고 해 지면 집에 들어 쉬고,
우물 파서 물마시고 밭을 갈아 밥 먹으니.
제왕의 권력이 나와 무슨 상관인가

전설이 아닌 현실세계에서도 온 국민이 소리 내어 격양가를 부르는 때가 올 수 있을까.

그것이 가능하다면 조조익선(早早益善)이다.

(후기) 2018. 6. 28. 새벽 기적이 일어났다. 러시아 월드컵에 출전한 우리 팀이 세계랭킹 1위인 독일 팀과 싸워 2:0으로 이긴 것이다. 무더위를 한 방에 날려 버린 쾌거이다. "축구공은 둥글다"는 말이 이렇게 현실로 다가올 줄이야. 젊은 선수들의 열정과 패기에 아낌없는 박수를 보낸다. 대한민국 축구팀 만세!

(2018.06.25)

몸 살

 덥다. 참으로 더운 날씨이다. 마치 불가마 속에 들어가 있는 느낌이다. 어제(2018. 8. 1.)는 서울의 낮 기온이 39.6도까지 치솟았는데, 무려 111년 만의 일이라고 한다. 이런 더위가 우리나라만의 일이 아니라 전 세계적인 현상이라니 문제가 더욱 심각하다. 지구의 온난화가 불러온 재앙인 셈이다. 그러니 누구를 탓하랴. 태풍도 올해는 어쩌다 발생하고, 그마저 번번이 한반도를 비켜 중국이나 일본으로 가는 통에 열기를 식힐 재간이 없다. 이런 판국에 그리스처럼 산불이라도 나면 정말 큰 일일 것이다.

 통상 7월말에서 8월초에 사람들의 여름휴가가 몰리기 때문에, 이 즈음에는 시내에 차가 확연히 줄어들어 악명 높은 교통체증에서 잠시나마 해방되기 마련이다. 그런데 그 휴가철인 요새 거리풍경은 그게 아니다. 전통적인 휴양지는 한산하고 서울 시내는 오히려 차가 더 밀린다. 거리에 하루 종일 차가 넘쳐난다. 발걸음을 몇 발짝만 떼어도 땀이 비 오듯 하는 폭염 아래서는 휴가를 즐기러 멀리 떠날 엄두가 안 나고, 시내에서는 지하철이나 버스 등 대중교통을 이용하러 지하철역이나 버스정류장까지 가는 것조차 고역인지라, 짧은 거리를 가도 아예 너나없이 에어컨을 켠 승용차를 몰고 나서기 때문이란다. 그 자동차 열기가 더해져 날씨가 더 더워지는 악순환이 계속되고 있다.

이런 무더위에 지쳐가는 범부들의 심신을 더욱 피폐하게 만드는 것이 날로 악화되고 있는 경제상황이다. 폐업이 속출하는 자영업, 치솟는 실업률, 뜀박질하는 물가, 활력을 계속 잃어가는 기업들…. IMF 경제위기 때보다 더 어렵다는 신문기사를 접하다 보면 문득문득 섬찟해진다. 그런데 미국과 일본은 거꾸로 최고의 호황을 누리고 있다니 이건 또 어인 일인가. 이쯤 되면 사촌이 논을 샀다고 배 아파 할 단계가 아니라 무언가 제대로 된 처방을 찾아야 하지 않을까. 새로이 논을 사지는 못할망정 있는 논이라도 제대로 관리하여야 할 것이다. 경제 문외한인 무지렁이의 눈으로 보아도 경제당국의 냉철한 혜안이 절대적으로 요구되는 시점이다.

어려운 경제사정 만큼이나 목하 심한 몸살을 앓고 있는 사법부의 현주소가 답답하고 암울하다. 있지도 않고 있을 수도 없는 '재판거래'라는 악령이 법관들의 목을 조이는 통에 법대에 앉기가 겁난다는 일선 재판장들의 하소연은 처절하기만 하다.

어제 6년간의 임기를 마치고 퇴임한 김신 대법관이 퇴임사에서 "대법원 재판이 거래의 대상이 되었다는 의혹이 제기되고 국민에게 큰 실망과 충격을 드리게 되어 참담한 마음을 말로 다 표현할 수 없다"면서 "언젠가는 진실이 밝혀지겠지만, 대한민국 대법관들이 무슨 거래를 위해 법과 양심에 어긋나는 재판을 하지 않았다는 점은 분명히 확인되기를 바란다."고 일갈한 것은 의미심장하다.

사법에 대한 신뢰가 무너지면 그 피해는 필경 국민에게 돌아간다.

필부도 1978. 9. 1. 사법연수원에 입소하면서 시작한 공직생활을 그로부터 정확하게 39년 11개월이 지난 2018. 7. 31. 마감하고 나니 여러 가지 소회가 겹친다. 무엇보다도 "청송지본 재어성의(聽訟之本 在於誠意)"를 금과

옥조로 삼고 올바른 재판을 하겠다는 사명감 하나로 살인적인 격무를 감당하고 있는 법관들의 사기가 더 이상 꺾이지 않기를 바라는 마음 간절하다.

　아, 이 더위는 언제나 물러가려나? 올해는 월복을 해서 말복이 8월 16일이다. 히유~~

(2018.08.02)

가뭄에 단비

창밖에 비가 소리 내어 내리는 깊은 밤이다. 어제부터 조금씩 뿌리기 시작하더니 이젠 빗줄기가 제법 굵어졌다. 여름 내내 그토록 기다리던 비가 처서(處暑)도 지나고 백중(百中)이 되어서야 비로소 비답게 온다.

며칠 전에는 제19호 태풍 솔릭(SOULIK)이 호들갑스럽게 요란만 떨었지 비다운 비 한 번 뿌리지 않고 지나가 버렸다. 빈 수레가 요란하다더니 태산명동에 서일필(泰山鳴動 鼠一匹)이 따로 없다. 아무튼 여름 내내 기승을 부리던 폭염을 몰아낸 것이 말만 요란했던 태풍이 아니라 그 태풍 후에 조용히 찾아온 비라는 것이 아이러니이다.

어제가 백중(百中)이었다. '백중에 물 없는 나락 가을 할 것 없다'는 속담이 있다. 백중은 음력 7월 15일로 이 때 벼 이삭이 한창 패기 시작하기 때문에 벼의 생육과정에서 물이 가장 많이 필요하다. 그런 시기에 가뭄이 들어 논에 물을 대지 못하면 벼가 잘 자라지 못해 흉년이 든다는 것이다. 이런 속담에 부응하기라도 하듯이 어제부터 비가 내리고 있으니, 반갑지 않을 수 없다. 특히 밭작물이 타들어 가는 모습을 속절없이 지켜보아야 했던 농민들에게는 그야말로 '가뭄에 단비' 그 자체이다. 죽으라는 법은 없나 보다.

예전에 농촌에서는 백중날은 여름철 휴한기 명절로 음식과 술을 나누어 먹고 놀이를 즐기면서 하루를 보냈다고 하는데, 지금은 흘러간 이야기 아닌가 싶다. 반면 지금도 산사에서는 백중날 스님들이 석 달 동안의 하안거(夏安居)를 끝내고 우란분재(盂蘭盆齋)를 지내는지라, 여전히 여전히 큰 명절이다. 조상의 영혼을 천도하고, 지장보살이 지옥문을 열어 고통받는 중생들을 구제하는 뜻깊은 날이다.

이처럼 산 사람들은 서로서로 화목을 다지고, 죽어서 지옥의 나락에 빠진 사람들은 지장보살의 구원을 받는 날이 백중인데, 그 백중에 과연 우리 사회는 그런 정신을 이어가고 있는지 모르겠다.

빈부 격차는 더욱 심해지고, 고용은 감소하고, 계층간 대립은 격화하고, 인구절벽은 시시각각 다가오고, 강대국들 간의 무역분쟁의 여파는 밀려오고, 북한의 비핵화는 오리무중으로 접어들고⋯. 대내외 환경이 어느 하나 호락호락하지 않은 채 화해와 구원은커녕 오히려 갈등의 골만 깊어가고 있는 형국이다. 오늘 조계사 앞 우정국로를 사이에 두고 같은 시간대에 열린 전국승려대회와 교권수호결의대회야말로 우리 사회의 분열상을 단적으로 보여주고 있는 것이 아닐는지. 부처님의 자비를 앞세우는 불교계마저 이럴진대, 하물며⋯.

타들어 가던 대지를 적시는 단비는 하염없이 내리는데, '내 편 아니면 적'이라는 단세포적 이분법 사고에 젖어 쪼개지고 갈라진 채 이전투구에 골몰하고 있는 군상들의 정신을 번쩍 들게 할 단비는 언제나 내릴까? 내리기는 하는 걸까? (2018. 8. 26.)

(2018.08.29)

제2부

물 같이 바람 같이

(2018.09.~2020.12.)

금상첨화

사흘 전 일요일(23일)은 추분, 그제 월요일(24일)은 추석이었다. 누가 무어라고 해도 정녕 가을이다. 그 가을답게 하늘이 맑고 푸르고, 들녘은 황금빛으로 물들고 있다. 그냥 보기만 해도 정겹고 풍요롭다.

밤하늘은 어떤가. 한가위 보름달이 휘영청 밝다. 추월은 양명휘라고 했던가(秋月揚明輝). 시인의 말 그대로이다. 밤낮의 구분이 없다시피한 서울 같은 대처와는 달리 촌부가 있는 금당천변 우거의 주위는 밤이 되면 깜깜절벽이다. 덕분에 월광보살을 보기가 더 쉽고, 더 멋지다. 아니 아름답다는 표현이 보다 적절할 것 같다.

　옥상에 올라 그 달을 가까이하노라면 혼자 보기 아깝다는 생각이 들곤 한다. 유붕이 자원방래하니 불역낙호아 아니던가(有朋自遠方來不亦樂乎). 허리춤에 술병을 꿰차고 예고 없이 불현듯 내방하는 붕우가 있다면 무엇을 더 바랄까. 그래도 이십오현 가야금에 우리 소리 한 대목 더해진다면 금상첨화이리라. 실현 가능성도 없는데 촌부의 욕심은 가이 없다. 그게 다 '더도 덜도 말고 한가위만 같아라'는 속담이 말해 주듯 풍성한 가을밤의 정취에서 절로 우러나오는 것이다.

　문득 가요 한 구절이 떠오른다.

그 누가 만들었나 저 별과 달을
고요한 밤이 되면 살며시 찾아와
하늘나라 저 멀리서 날 오라 반짝이네

평양에서 제3차 남북 정상회담이 개최되고, 이어서 워싱턴에서 한미 정상회담이 열렸다. 미국과 북한 간의 제2차 정상회담도 빠른 시일 안에 성사될 것이라고 한다. 제발 말의 성찬이 아닌 실질적인 성과를 고대하는 건 촌부만이 아닐 것이다.

바야흐로 결실의 계절 아닌가. 북한에 불가역적(不可逆的)인 완벽한 비핵화가 이루어지고 개방적인 자유시장경제가 도입된다면, 평화통일의 길목에서 이보다 더한 금상첨화가 어디 있을까.

(2018.09.26)

쿠오 바디스(Quo Vadis)

풍상(風霜)이 섞어 친 날에 갓 피운 황국화(黃菊花)를
금분(金盆)에 가득 담아 옥당(玉堂)에 보내오니
도리(桃李)야 꽃인 양 마라 님의 뜻을 알괘라

　면앙정(俛仰亭) 송순(宋純. 1493-1583)이 지은 시조이다. 지금은 모르
겠으나 촌부의 학창시절에는 교과서에 실릴 정도로 유명했다. 옥당(玉堂)은
조선시대 홍문관(弘文館)을 일컫는 말이다.

　명종(明宗)임금이 어느 날 황국을 금분에 담아 옥당의 관원에게 주며 시
를 지어 올리라 했다. 당황한 옥당관이 시를 갑자기 지을 수가 없어 마침 당

직 중이던 송순에게 부탁하였고, 이에 그가 지은 것이 바로 이 시조이다. 명종임금이 보고 크게 칭찬하며 상을 내렸다고 한다. 을사사화를 일으킨 윤원형을 비롯한 권신 모리배들의 국정 농단을 겪어 온 임금의 심정을 정곡으로 헤아렸기 때문이 아니었을까. 매서운 바람과 찬 서리를 견디고 피는 국화는 예로부터 사군자(四君子)의 하나로 올곧은 지조의 상징이었다.

상강(霜降)도 지나고 사흘 후면 입동(立冬)인데 금당천변 우거(寓居)의 뒤뜰에 황국이 만발했다. 이를 금분에 담아 보낼 옥당도 없고, 그럴 처지는 하물며 더더욱 아니니 촌부 혼자 그 앞을 서성이며 국향(菊香)에 취하곤 한다.

마냥 꽃만 바라볼 수 없어 벌들의 전송을 받으며 발길을 대문 밖으로 돌리면 추수를 끝낸 들녘이 한가로이 펼쳐진다. 황금빛으로 빛날 때는 마냥 풍요롭게 느껴지더니 이젠 다소 을씨년스럽게 다가온다. 나무가 단풍이 들어 붉은 색으로 변한 산도 그러하다. 앞으로 엄동설한이 찾아오면 그마저도 적막강산으로 변하리라. 이순(耳順)이 넘도록 보아온 계절의 변화이건만 그 앞에서 심란해지는 마음은 어찌할 수가 없다.

끝을 모르고 암울한 지표들을 양산하는 경제, 과연 어떤 방향으로 진행될지 가늠하기 어려운 북한의 비핵화 문제, 악화만 되어가는 듯한 한일관계, 미국과 중국의 무역전쟁과 그 와중에 터지는 새우등 신세가 될지 모를 우리의 형편…. 밝은 이야기는 없이 하나같이 힘든 소리만 들려오는 작금의 현실이 저물어 가는 늦가을 들녘에 중첩(오버랩)되어 장삼이사(張三李四)의 어깨를 무겁게 한다.

문득 옛날에 보았던 어느 영화에서 주인공이 외치던 절규가 떠오른다.

"쿠오 바디스(Quo Vadis)!"

(2018.11.04)

소설에 내린 대설

그제가 1년 24절기 중 스무 번째 절기인 소설(小雪)이었다. 이날 첫눈이 내린다고 하여 절기 이름이 그렇게 지어졌다. 그런데 그제는 아무런 눈 소식 없이 조용히 지나갔다. 오히려 슈퍼문(Super Moon)에 가까운 보름달이 휘영청 떠올라 밤하늘을 빛냈다.

"그러면 그렇지, 요새 언제 24절기에 맞춰서 기후가 변했던가."

촌부의 짧은 소견이었다.

그랬는데, 그 이틀 후인 오늘 첫눈이 내렸다. 그것도 서울에는 무려 8.8cm나. 관측기록이 있는 범위 안에서는 역대 최고란다. 이쯤 되면 소설 (小雪)이 아니라 대설(大雪)이다. 보름 후에 정작 대설(大雪)이 되면 어떨까. 무릎까지 빠질 정도로 많은 눈이 와서 체면치레 이름값을 할까. 아니면 그 반대일까. 날씨가 하도 조화를 부리니 예측하기 어렵다.

문득 '작년 소설(小雪) 즈음에는 어땠더라?' 하는 궁금증에 그때 쓴 글을 뒤적여 본다.

사흘 전이 24절기 중 20번째인 소설(小雪)이었고, 이름값을 하느라 눈발이 날리긴 했지만, 유심히 보지 않으면 모를 정도였다. 그렇게 적은 양이었지만, 아무튼 눈이 내렸다는 것은 본격적으로 겨울로 접어들었다는 의미가 아닐는지.

그런데 그 사흘 후인 오늘, 이건 또 무언가? 느닷없이 종일토록 한여름 장마를 연상케 하는 비가 내린다. 게다가 천둥번개까지 치니 무슨 조화인지 모르겠다. 열흘 전에는 포항에 강진이 발생하여 대입 수능까지 1주일 연기하게 하더니, 이번엔 겨울에 웬 장맛비인가?

자연재해, 기상이변이 점점 일상화되어 가는 바람에 작금에는 그런 일에 무감각해져 가고 있는데, 오늘처럼 겨울에 천둥번개까지 치고 장대비가 쏟아지면 이야기가 달라진다.

21세기를 살아가는 오늘날에야 그런 말을 하는 사람도 없고, 설사 한다고 해도 안 통하겠지만, 국사의 모든 잘잘못을 궁극적으로 임금의 책임으로 돌리던 옛날 같으면 이 또한 아마도 군주의 탓으로 돌렸을지 모르겠다.

작년 소설(小雪) 즈음에 이처럼 장맛비가 쏟아진 것에 대한 보상으로 올해는 대설(大雪)이 내린 것인가. 분명 그렇지는 않을 것이다. 그럼에도 불구하고 그렇게 억지춘향격인 풀이라도 하고 싶은 게 하찮은 촌부의 마음이다. 이제는 기후도 억지를 안 부리고, 때가 되면 추워지고 눈이 내리는 식으로 절기에 맞게 돌아갈 터이니, 세상사도 순리에 따르라는 자연의 계시가 혹시 아닐까. 나라 경제가 아무리 망가져 가도 전혀 아랑곳하지 않고, 오로지 자기들의 이익만 내세우며 툭하면 목청을 높이는 사람들과 그들에 휘둘려 방향성을 상실하고 어쩔 줄 몰라 하는 당국자들에게 도대체 무엇이 순리인지를 일깨워 주려는 것은 아닐까.

촌구석에 묻혀 사는 필부(匹夫)조차도, 이제는 단순히 경제문제뿐 아니라, 정치, 사회, 외교, 국방 등 모든 분야에 걸쳐 무엇이 순리인지를 정말 곰곰이 짚어볼 시점이 아닌가 하는 생각을 해 본다. 신문의 첫 지면에서 밝고 희망찬 기사를 접해 본 게 언제였던가.

답답한 마음에 사립문을 열고 손돌바람이 부는 밖으로 나서니 은세계가 펼쳐진다. 판소리 사철가의 사설 중에 나오는

"가을이 가고 겨울이 오면 낙목한천 찬 바람에 백설만 펄펄 휘날리어 은세계가 되고 보면은 월백설백천지백하니 모두가 백발의 벗이로구나"

라는 대목 그대로이다.

첫눈으로 은세계가 된 풍경을 바라보며 시 한 수를 떠올린다. 시골구석의 촌자에게는 주제넘게 국사를 걱정하는 것보다 음풍월(吟風月)이 훨씬 격에 어울림을 잊지 말아야겠다. 그게 순리이다.

첫눈 오는 날 만나자
어머니가 싸리빗자루로 쓸어놓은 눈길을 걸어
누구의 발자국 하나 찍히지 않은 순백의 골목을 지나
새들의 발자국 같은 흰 발자국을 남기며
첫눈 오는 날 만나기로 한 사람을 만나러 가자

팔짱을 끼고
더러 눈길에 미끄러지기도 하면서
가난한 아저씨가 연탄 화덕 앞에 쭈그리고 앉아
목장갑 낀 손으로 구워놓은 군밤을
더러 사 먹기도 하면서
첫눈 오는 날 만나기로 한 사람을 만나
눈물이 나도록 웃으며 눈길을 걸어가자

사랑하는 사람들만이 첫눈을 기다린다
첫눈을 기다리는 사람들만이
첫눈 같은 세상이 오기를 기다린다

아직도 첫눈 오는 날 만나자고 약속하는 사람들 때문에
첫눈은 내린다

세상에 눈이 내린다는 것과
눈 내리는 거리를 걸을 수 있다는 것은
그 얼마나 큰 축복인가

첫눈 오는 날 만나자
첫눈 오는 날 만나기로 약속한 사람을 만나

커피를 마시고
눈 내리는 기차역 부근을 서성거리자

(정호승, 첫눈 오는 날 만나자)

right(2018.11.24)

무료급식

사흘 전이 동지(冬至)였고, 오늘은 크리스마스이다. 올 한 해가 저물어가고 있다는 이야기다.

예로부터 우리나라에서는 동지에 팥죽을 먹었다. 지금은 그런 광경을 보기 어렵지만, 촌부가 어릴 때만 해도, 팥죽을 쑤면 먼저 사당에 올려 고사(告祀)를 지내고, 이어서 장독대와 헛간 같은 집안의 여러 곳에 놓아두었다가 식은 다음에 먹었다. 집안 곳곳에 팥죽을 놓는 것은 집 안에 있는 악귀를 쫓아내려고 함이었다. 이것은 팥의 붉은색이 양색(陽色)이므로 음귀(陰鬼)를 내쫓는 데 효과가 있다고 믿었기 때문이다.

촌부도 10년째 그 일원으로 동참하여 무료급식을 하고 있는 원각사에서도 동지에 팥죽을 쑤어 탑골공원을 찾은 노인분들께 제공하였다. 팥죽이 특식이어서였는지, 아니면 맛이 좋아서였는지는 모르겠으나, 다른 날보다 100여 분 더 오셔서 동지팥죽을 즐기셨다.

원각사에서는 탑골공원을 찾은 노인분들께 1993년부터 1년 365일 하루도 안 빼놓고 점심을 무료로 제공하고 있는데, 특히 추운 겨울에는 따뜻한 한 끼의 식사가 남다른 의미를 지닌다. 어렵고 힘든 사람일수록 추운 겨울을 나기가 더 힘들기 때문이다.

우리나라의 1인당 국민소득이 마침내 3만불을 넘어설 것이라고 한다. 이쯤 되면 세계에 내놓을 만한 '부자나라'라는 소리를 들을 법하다. 그러나 그 부자나라의 이면에는 아직도 하루 한 끼의 식사도 제대로 못 하는 어려운 사람들이 적지 않은 게 엄연한 현실이다.

속담에 '가난은 나라님도 구제하지 못한다'고 하지만, 십시일반의 정성이 뭇 대중의 마음에 자리한다면, 이 땅에서 적어도 밥을 굶는 사람만큼은 없게 되리라. 그게 바로 무려 150만 명을 아사(餓死)의 구렁텅이로 몰아넣은 북한의 김씨 세습정권과 다른 대한민국의 모습이 아닐는지. 그나저나 작금의 어려워진 경제를 반영이라도 하듯, 원각사의 무료급식소를 찾는 분들이 늘어나는 현상이 안타깝다.

당초에 무슨 일이든지 술술 풀리는 해가 되길 바랐었지만, 결코 그렇지 못했던 무술년이 며칠 남지 않았다. 소득주도성장, 포용성장, 혁신성장 같은 거대담론은 위정자와 경제전문가들의 몫일 뿐 촌부와는 거리가 먼 이야기이고, 저물어 가는 세모의 크리스마스에 촌부는 그저 단순 소박한 소망을 가져본다.

대한민국이 무료급식소가 필요 없는 사회가 되기를!

(2018.12.25)

오바마 판사와 트럼프 판사

어제 비가 내렸다. 봄을 재촉하는 전령이었다. 서울이 기상관측 이래 처음으로 올 1월 강수량이 0mm라고 할 정도로 그동안 워낙 가물었던 터라, 대지를 충분히 적실 정도로 비가 많이 내렸으면 하고 바랐지만 그러지는 않았다. 그래도 그나마 어디인가, 감사할 일이다. 대문을 열고 나가 비 오는 들녘을 바라보니 마냥 평화롭고 한가하다. 시골 생활의 즐거움이 바로 이런 것 아닐는지.

오늘은 입춘(立春)이다. 기해년(己亥年)의 봄이 시작된다는 뜻이다. 그런가 하면 내일이 설날이다. 그러니 오늘은 무술년(戊戌年)의 마지막 날이기도 한 셈이다. 이처럼 입춘과 설날이 이어지기도 쉽지 않은 일이다. 둘 다 뜻깊은 날이니 올 한 해는 좋은 일이 계속 이어진다는 의미가 아닐는지. 예로부터 입춘날 날씨가 맑고 바람이 없으면 풍년이 들고 병이 없으며 생활이 안정된다고 했다. 어제 종일토록 내리던 비가 그치고 오늘은 맑고 포근했으니, 이 또한 상서로운 징조이려나 보다.

역술가들에 의하면, 기해년인 올해부터 변화무쌍의 난세로 접어든다고 하는데, 현인이 나타나 각자도생의 국운을 잘 이끌어가기라도 하는 걸까.

"입춘에 입춘방(立春榜)을 붙이면 굿 한 번 하는 것보다 낫다"고 한다. 입춘은 24절기 중 첫 절기로 새해 봄의 시작을 알리는 만큼, 예전에는 한 해 동안 대길(大吉), 다경(多慶)하기를 기원하는 갖가지 풍속이 있었으나, 지금은 입춘방만 붙이는 정도일 뿐이다. 그나마도 일부에 국한된 일이 아닐까 싶다. 그리고 보면 입춘이 절일(節日)로서의 기능은 다한 셈이다. 그만큼 세상이 변한 것을 어쩌랴. 금당천변의 촌부는 입춘방을 붙이며 그나마 아쉬움을 달래본다.

내일은 설날이다. 이번에도 예외 없이 설 연휴기간 중 민족의 대이동이 벌어졌다. 각 정당의 정치인들이 서울역과 용산역에 나가 귀성객들한테 인사하는 모습이 TV 화면에 나왔다. 이름하여 '설민심'을 잡기 위하여 총력을 기울인다는 보도도 뒤따른다. 평소에 국민의 마음을 헤아리고 편안하게 하는 정치를 할 것이지, 오히려 국민이 정치를 걱정하는 나라를 만들어 놓고는, 설날 역광장에 나가 추위에 떨며 손을 흔든다고 민심이 잡힐까. 우리는 언제나 이런 모습을 안 보게 될까.

하기야, 내 마음에 안 드는 판결을 했다고 담당 판사를 직설적으로 욕하다 못해 탄핵까지 운운하는 사람들한테 무엇을 바라랴. 더구나 몇 달 전에는 바로 그 판사가 자기들 마음에 드는 판결을 했다고 입에 침이 마르도록 칭송하였던 것을 떠올리면 그저 망연자실할 뿐이다. 번번이 자기들이 만든 제멋대로의 잣대를 들이대며 열을 올리는 세태에서 사법에 대한 신뢰를 운위한다는 게 얼마나 연목구어인가.

이럴 때 떠오르는 일화가 있다.

미국 제9 연방순회법원의 티거 판사는 중남미 이민자 행렬의 망명 신청을 금지하는 트럼프 대통령의 행정명령이 "연방법을 위반했다"며 그 효력을 일시 중지시키는 판결을 하였다. 이에 트럼프 대통령은 2018. 11. 20. 그를 '오바마 판사'라고 비난하였다. 민주당의 오바마 전 대통령이 그를 연방항소법원판사로 임명(2012년)했던 것을 빗댄 것이다. 그러자 바로 다음 날인 2018. 11. 21. 로버츠 연방대법원장이 반박성명을 발표했다. 그는 성명에서,

"우리에겐 '오바마 판사'나 '트럼프 판사' '부시 판사' '클린턴 판사'는 없다"면서, "우리에게는 자신 앞에 선 모든 이에게 공평하도록 최선을 다하는 헌신적인 판사라는 비범한 집단만 존재할 뿐"이라고 했다. 그러면서 "독립적인 사법부는 우리가 모두 감사해야 할 대상"이라고 일갈했다.

로버츠 대법원장은 트럼프와 같은 공화당원인 조지 부시 대통령이 2005년 대법원장에 임명한 인물이다. 그렇지만 사법부의 독립을 훼손하려는 정치권의 책동에 결연하게 맞서는 데 있어, 로버츠 대법원장에게는 자기가 어느 정파의 대통령에 의하여 임명되었느냐는 전혀 고려의 대상이 아니었던 것이다.

비록 바다 건너 멀리 있는 남의 나라 이야기지만, 의미심장한 일화가 아닐 수 없다. 그런데 작금의 우리에겐 정녕 남의 나라 이야기에 지나지 않는 것일까. 그냥 부러움의 대상일 뿐인가.

무술년 마지막 날의 밤이 깊어간다. 이 밤이 지나고 나면 기해년 첫날의 새벽이 열리리라. 새해에는 황금돼지의 해답게 이 땅에 제발 만복이 깃들기를 기도하여야겠다. 무엇보다도 나만의 독단적인 잣대가 아닌, 누구나 공감할 수 있는 올바른 잣대에 기초한 법질서가 재정립되기를 기대하여 본다.

(2019.02.04)

삼한사미(三寒四微)

어제는 기해년(己亥年)의 봄 들어 모처럼 마스크를 쓰지 않고 외출을 하였다. 도대체 얼마만인가.

나흘 전이 경칩(5일)이었다. 봄이 되어 겨울잠을 깨고 나온 개구리가 아직 남은 추위에 깜짝 놀라 도로 움츠린다는 날이다. 그런데 이번 경칩에는 개구리가 움츠릴 추위가 없었다. 대신 추위보다 더 무서운 미세먼지가 온 나라를 뒤덮었다. 때문에 질식사를 한 개구리가 있을지도 모르겠다.

올 겨울 들어 삼한사온(三寒四溫) 대신 삼한사미(三寒四微. 사흘은 춥고 나흘은 미세먼지가 덮는 날이 반복된다는 뜻)라는 말이 유행할 정도로 미세먼지가 자주 하늘을 덮었지만, 그래도 사나흘 지나면 다시 하늘이 맑아지는 것이 보통이었다.

그러던 것이 지난 2월 27일부터 이 나라를 뒤덮은 미세먼지는 그제(3월 7일)까지 무려 9일간 국민을 고통 속으로 몰아넣었다. 특히 개구리가 땅 위로 머리를 내밀던 경칩의 미세먼지 농도는 OECD 국가 중 단연 최고라는 기록을 세웠다. 창피하기 그지없는 노릇이다.

이처럼 온 나라를 뒤덮은 미세먼지로 국민이 고통을 겪고 신경이 날카로워져 있는 판국에, 휴대폰에 수시로 뜨는 미세먼지 주의보(경보) 문자는 불난 데 부채질을 하는 격이다. 온 국민이 이미 몸으로 미세먼지를 절감하고 있는 상황인데 새삼스레 무슨 주의보(경보)란 말인가. 휴대폰을 가지고 있는 국민 전부한테 그런 문자를 보내려면 그 비용 또한 만만치 않을 텐데, 마치 돈 들여 그런 주의보(경보)를 보내 놓기만 하면 내 할 일은 다 한 것이라는 식의 당국의 태도가 너무나 무책임하다. 여론이 악화되어 대통령이 한마디 하자, 그제서야 호들갑을 떨며 각종 땜질처방을 남발하는 태도는 또 무언가.

중국 발 미세먼지의 저감은 중국의 협력을 필요로 하니 일단 논외로 하더라도(중국에 대해 저감조치를 제대로 요구라도 해 보았는지 모르겠다), 경유차의 이용을 권장하고 탈원전을 외치면서 화력발전을 늘린 정책의 당부 등 근본적인 문제에 관하여는 일언반구도 없이, 길거리에 공기청정기를 설치하겠다는 식의 기가 막히는 발상이나 하는 위정자들의 행태에 장삼이사(張三李四)는 가슴이 내려앉을 따름이다. 입만 열면 자기네와는 상관없는 온갖 일에 간섭하고 목청을 높이던 언필칭 환경운동가들은 정작 온 국민을 피폐케 하는 이런 절박한 환경문제에는 왜 침묵하는 걸까.

실사구시(實事求是)는 아예 도외시하고 특정 이념에만 경도되어 파당(派黨)화 되어 있는 위선의 가면을 보는 것 같아 쓸쓸하기만 하다.

이중환(李重煥. 1690-1756)의 택리지(擇里志)에 나오는 글귀가 떠오른다.

"의관을 갖춘 벼슬아치들이 한 자리에 모여 있으면 온 대청에 떠들썩한 웃음소리만 들릴 뿐이고, 정치와 사업에서 하는 행동을 보면 자기에게 이로운 일만 도모하여, 사실상 나라를 걱정하고 공적인 일에 몸을 바치는 사람은 드물다. 관직과 품계를 몹시 가볍게 여기고 관청을 여관처럼 여긴다…(중략)…개벽 이래로 천지간의 모든 나라 가운데 인심을 가장 심하게 어그러뜨리고 망가뜨리며 유혹에 빠져 떳떳한 본성을 잃어버리게 한 것은 무엇보다도 붕당의 폐단이다. 이보다 더 심한 환란은 없다. 이대로 습속을 바꾸지 않는다면 장차 세상이 어찌 될까?"

(2019.03.09)

우전(雨前)과 망징(亡徵)

어제가 24절기 중 곡우(穀雨)였다. 봄비(雨)가 내려 백곡(穀)을 기름지게 한다는 뜻이다. 이제부터 농촌에서는 못자리를 마련하고 본격적으로 농사철이 시작되어 바쁘게

돌아간다. 그런데 어제는 아쉽게도 봄비가 내리지 않았다. 그렇다고 곡우(穀雨)가 아니라고 할 수는 없으리라.

절기상 곡우 전에 딴 어린 잎으로 만들었다 하여 '우전(雨前)'으로 불리는 작설차가 이제 나오게 된다. 그런데 이는 사실 우리나라보다 기후가 따뜻한 중국 남부지방을 기준으로 한 것이라, 우리나라에서는 적어도 앞으로 한 달 내에 딴 잎으로 만든 차라면 '우전(雨前)'으로 불러도 된다는 이야기도 있다. 물론 그리 되면 이름과는 맞지 않는 '우전(雨前)'이 되어 '명실상부(名實相符)'는 아닌 셈이 된다.

한국의 다성(茶聖)으로 불리는 초의선사(草衣禪師)도 일찍이 동다송(東茶頌)에서,

"중국의 다서(茶書)는 곡우 5일 전이 가장 좋고, 5일 뒤가 다음으로 좋으며, 그 5일 뒤가 그 다음으로 좋다고 하였다. 그러나 경험에 따르면 한국 차의 경우 곡우 전후는 너무 빠르고 입하 전후가 적당하다(以穀雨前五日 爲上 後五日次之 再五日又次之, 然驗之 東茶 穀雨前後 太早 當以立夏前後 爲及時也)."

고 하였다.

이제는 지구 온난화의 영향으로 한반도의 아열대화가 진행되는 마당이니, 어찌 보면 우리나라에서도 우전(雨前)이 정말 우전(雨前)이 될 수도 있을 것 같다. 그나저나 본질은 사실 다른 데 있는 것이 아닐까. 우전(雨前)이라는 차가 지니는 속성, 즉 '엄동설한을 이겨낸 차나무에서 새싹이 나와 이제 겨우 참새 혓바닥만한 크기가 된 어린 찻잎으로 만들어 은은하고 순한 맛을 내는 차'라는 데 의미를 둔다면, 달력상의 날짜에 집착하여 우전(雨前)이니 아니니 운운할 일은 아니다. 결국 시대와 상황에 맞게 우전(雨前)을 해석하면 되지 않을까.

이렇듯 세상이 변함에 따라 말도 그에 맞추어 의미를 새롭게 해석하여야 하는 것은 우전(雨前)에 국한된 일이 아니다. 전임자들의 임기가 끝남에 따라 헌법재판소 재판관을 새로 임명하는 문제를 놓고 계속 논란이 분분하다. 참으로 조용할 날이 없다.

얼마 전에 어느 일간신문에 실린 칼럼이 생각난다. 아래에 일부를 인용하여 본다.

(전문은 https://news.joins.com/article/23431168 참조)

망징(亡徵)은 나라가 망할 징조를 뜻하는 말이다.

한비자(韓非子)라는 중국 고대의 정치가가 44가지 망징을 예시하였다.

오늘날 눈여겨 볼 만한 대목 몇 가지를 뽑아봤다.

인사, 외교, 사법, 국방, 상벌, 보훈, 산업 등 국가의 여러 영역에서 생길 수 있는 병증이 실무적으로 제시됐다. 한비자가 살던 시대는 약육강식의 패권적 국제질서가 지배한 1인 군주의 왕국 체제였다. 현대 민주주의 사회와 수평적으로 비교할 수 없겠다. 그렇지만 사람의 본성과 정치의 생리가 크게 달라지지 않았다. 한비자한테 한 수 가르침을 받는다 해서 손해 볼 일은 없을 것이다.

위 칼럼은 한비자의 망징(亡徵)을 우리나라의 현 상황에 대비하여 세밀하게 분석한 후 다음과 같은 말로 글을 맺는다.

한비자는 망징의 마무리를 다음과 같이 장식한다. "원래 망징이라 함은 반드시 멸망한다는 뜻이 아니라 단지 멸망할 수도 있다는 뜻이다. (…) 나무가 부러지는 것은 좀벌레가 속을 갉아 먹었기 때문이고, 제방이 무너지는 것은 어딘가 틈새가 있었기 때문이다. 벌레가 먹었더라도 강풍이 불지 않으면 나무는 부러지지 않을 것이며, 둑에 틈새가 있다 해도 큰 비만 내리지 않으면 무너지지 않는다." (중략) 좀벌레를 찾아 처리하고 틈새를 찾아 메우는 일을 게을리 하지 않는다면 강풍과 큰 비가 와도 나라는 끄떡없을 것이다.

위 칼럼의 글쓴이의 말대로 한비자가 살던 시대와 지금의 시대는 다르다. 따라서 한비자가 말한 망징(亡徵)과 위 글쓴이가 생각하는 망징(亡徵)이 같을 수는 없다. 그렇지만 두 사람이 일갈하고 있는 망징(亡徵)의 저변에 깔려 있는 근본적인 충정만큼은 같지 않을까 싶다. 한낱 무지렁이 촌부는 우전(雨前)은 우전(雨前)이 되더라도 망징(亡徵)은 망징(亡徵)이 되지 않기를 바랄 뿐이다. 괜한 노파심이었으면 좋겠다.

(2019.04.21)

지록위마(指鹿爲馬)

지난 주말에는 금당천변의 우거(寓居)에 봄비가 종일 내렸다. 오랫동안 가물었던 까닭에 반가운 단비가 아닐 수 없었다. '비 오는 날은 공치는 날'이 라고 했던가, 덕분에 화단과 밭에서 씨름하는 대신에 책상머리에 앉아 책장 을 넘겼다.

춘추전국시대를 마감하고 중국을 통일한 진시황이 죽자(BC 210년), 환관 조고(趙高)는 승상 이사(李斯)와 짜고 어리석은 호해(胡亥)를 황제로 앉힌 후 국정을 농단하였다. 많은 신하들을 모함하여 축출한 그는 승상 이사마저 죽이고 자신이 승상의 자리에 올라 조정의 실권을 장악하였다. 급기야 나중 에는 스스로 황제가 될 욕심까지 품는다. 그래서 그는 조정의 중신들 중에서 올바른 소리를 하며 자신에게 반대할 사람들을 골라내려고 획책하였다.

조고가 어느 날 황제 호해에게 사슴 한 마리를 바치면서,
"이것은 말입니다."
라고 하였다.
호해가 웃으며,
"승상이 잘못 본 것이오. 어찌 사슴을 가리켜 말이라 하오?"
라고 하였다.
(趙高欲爲亂 恐群臣不聽 乃先設驗 持鹿獻於二世曰馬也 二世笑曰 丞 相誤邪 謂鹿爲馬) [사기 진시황본기(史記 秦始皇本紀)]

조고가 짐짓 말이라고 계속 우기자, 호해가 중신들에게 물었다.
"아니, 경들 보기에는 저게 무엇 같소? 말이오, 사슴이오?"

호해가 중신들을 둘러보자, 그들 중에는 조고의 의중을 금방 알아채고 말이라고 하는 사람들이 많았지만, 적은 수일망정 말이 아니라 사슴이라고 제대로 말하는 사람들도 있었다. 조고는 사슴이라고 한 사람들을 기억해 두었다가 나중에 죄를 씌워 죽여 버린다. 어리석은 황제 호해는 결국 그 사슴이 말인 줄 여기게 된다. 그 후 궁중에는 조고의 말에 반대하는 사람이 없었다.

이 이야기에서 지록위마(指鹿爲馬)라는 고사성어가 나왔다.

간신에 의해 눈과 귀가 가려져 죽기 전까지도 진나라가 천하태평인 줄 알았던 우매한 군주 호해(胡亥), 그리고 그를 등에 업고 국정을 농단한 간신의 전형 환관 조고(趙高), 이 두 인간에 의해 진나라는 BC 206년에 멸망하고 만다. BC 770년부터 550년 동안 이어져 온 춘추전국의 기나긴 시대를 정리하고 BC 221년 마침내 전국을 통일했던 나라가 그로부터 불과 15년 만에 실로 허망하게 종국을 맞이한 것이다.

간신의 농간에 의해 군주가 사슴과 말을 구분하지 못하는 지경에 이른 나라가 어찌 오래 유지될 수 있었으랴. 진나라의 멸망은 필연이 아니었을까.

역사는 증명한다. 간신이 혼란을 일으키는 근원이라는 사실을.
그러나 반대로 사회적 혼란 또한 간신이 마구 생산되도록 촉진한다는 사실도.
마음 씀씀이가 바르지 못한 자가 늘 기회를 엿보며 기다리다 혼란을 틈타 권력을 빼앗는 것은 하나의 규칙이다.

간신들은 이보다 한술 더 뜬다.

그들은 물을 흐려 물고기를 잡는 데 훨씬 익숙해 있다.

…(중략)…

사회의 혼란은 간신을 생산하고 간신으로 하여금 뜻을 얻게끔 부추긴다.

뜻을 얻은 간신은 다시 사회의 혼란을 더욱 부채질한다.

이는 무수히 많은 사례들이 증명하는 중요한 역사의 경험이자 교훈이다.

[김영수 편역 "간신론"(2002), 218-219쪽]

온종일 비가 부슬부슬 내리는 5월의 봄날에 오래전에 읽었던 "간신론"을 다시 꺼내 보았다. 계절의 여왕에는 안 어울리는 책인데, 우연히 손이 그리로 갔다.

이 책은 또 말한다.

간신은 봉건제의 산물로서 일정한 사회역사 발전단계와 관계가 깊다.

오늘날 사회체제는 간신의 발생을 최대한 제약할 수 있다.

그렇다 하더라도 봉건적 독소는 아직도 우리 사회 곳곳에 남아 있다.

그렇다면 간신의 출현은 피할 수 없다.

간신이나 정치적으로 자질이 나쁜 자들이 국가의 주도권을 장악하면 제 멋대로 권력을 휘둘러 자신의 뜻과 다른 사람을 배척하고 정치를 그르쳐 사회 혼란을 조성하고 말 것이다.

국민의 생활과 생업은 타격을 받고 생산 발전은 저해되어 국가와 국민에게 재난이 닥칠 것이다.

(위 책 39-40쪽)

한 마디로 소름 끼치는 경고이다. 처마 끝에 떨어지는 낙숫물 소리가 한없이 정겨웠던 무지렁이 촌자는, 이 경고를 접하며 지극히 소박한 소망을 하나 품었다. 그것은 다름 아니라, 위와 같은 경고가 말 그대로 그냥 경고에 그치기를 바라는 것이다. 그런 경고가 우리 사회에서 현실화된다면 실로 비극이니까 말이다.

나무관세음보살.

기해년 소만(小滿)을 하루 앞둔 5월의 봄날 삼경(三更)에 쓰다.

(2019.05.20)

자연재해와 인재(人災)

　이미 2주 전이 하지(夏至)였고, 내일이 소서(小暑)이다. 그런가 하면 1주일 후인 12일은 초복(初伏)이다. 바야흐로 더운 여름이라는 이야기이다.

　지난달 26일 장마가 시작되었다고 하나, 정작 비는 찔끔거리고 기온만 치솟고 있다. 오늘 서울의 최고기온은 무려 36.1도였는데, 7월 상순의 기온으로는 80년 만의 더위라고 한다. 벌써 이렇게 더우면 올여름은 그야말로 찜통더위 속에서 보낼 가능성이 크다.

　그런데 이런 더위가 올해 처음으로 생긴 기상이변이 아니라서 상황이 심각하다. 작년에도, 재작년에도 한여름 무더위가 기승을 부렸고, 해가 갈수록 그 정도가 심해지고 있다. 우리나라 기후가 아열대기후로 변하고 있다는 말이 이제는 새삼스럽지 않다. 나아가, 우리나라뿐만 아니라 지구촌 곳곳이 찜통더위로 몸살을 앓고 있다고 외신은 전한다.

　더위뿐인가. 미국 캘리포니아주에서는 오늘 규모 7.1의 강진이 발생했다. 중국 만주에서는 지난 3일에 최대풍속 초속 23m의 강력한 회오리바람(용오름. 토네이도)이 불어 190여 명의 사상자가 발생했다. 열대에 가까운 저위도 지역에서나 발생하는 줄 알았던 토네이도가 지구 온난화의 영향으로 고위도 지역에서도 발생하고 있는 것이다. 만주보다 위도가 낮은 한반도도 토네이도로부터 자유로울 수 없다는 이야기이기도 하다.

인간이 망쳐놓은 자연환경 탓에 그 자연으로부터 보복을 당하고 있는 것이라면 인과응보인 셈이다. 이런 자연현상은 인간의 힘으로는 극복할 수 없는 것이니 누구를 원망하겠는가. 예전처럼 하늘에 대고 주먹질을 해본들 무슨 소용이 있으랴.

자연재해야 그렇다 치더라도, 작금의 대(對)일본 관계는 또 무언가. 일본이 지난 4일부터 반도체 생산에 필요한 핵심 소재 세 가지의 우리나라에 대한 수출을 규제하기 시작했다. 이로 인해 최악의 경우 3-4개월 후에는 우리나라에서 반도체 생산이 중단될 수 있다는 이야기도 나온다. 반도체가 우리나라 경제에서 차지하는 비중을 생각하면 실로 소름이 끼치는 일이다.

일본이 이런 조치를 취하는 이유는 대법원의 강제징용 판결에 대한 보복이라고 한다. 과연 일본답다는 생각을 떨칠 수 없다. 일본이 경제면에서 세계적으로 부유한 나라인 것은 분명하지만(그들은 '경제대국'임을 자처한다), 그들의 평소 언행은 여전히 예전의 속 좁은 왜국(倭國) 단계를 벗어나지 못하고 있다. 이는 새삼 거론할 필요도 없는 이야기지만, 일본에 아베 정권이 들어선 후 그런 경향이 더욱 심해지고 있다는 게 문제이다.

강제징용에 관한 판결은 우리 대법원이 심사숙고 끝에 법리에 충실하게 내린 판결이다. 사법부는 독립된 기관이고, 그 사법부의 최고법원인 대법원이 법리에 따라 내린 판결을 두고 법리 외적인 관점에서 옳으니 그르니 하는 것은 온당치 못하다. 그런데 그에 따른 후속 조치 과정에서 발생할 수 있는 외교적인 문제는 별개의 것으로서, 이는 전적으로 외교 당국이 나서서 해결할 일이다. 강제징용판결과 관련하여 일본이 반발할 것은 충분히 예상되었던 일이고, 그 판결이 나온 후 상당한 기간이 지난 만큼, 그동안 외교부를 비롯한 관계 당국에서 그에 관한 대책을 세워 놓은 줄 알았다.

그런데 막상 일본의 보복 조치로 반도체 소재 수출 규제가 현실화되기에 이르러 작금에 벌어지고 있는 사태는 촌부 같은 무지렁이 장삼이사(張三李四)들의 생각과는 동떨어져 있다. 막연히 손 놓고 있다가 속 좁은 일본인들한테 속수무책으로 당하고 있고, 그제야 뒤늦게 허둥대고 있다는 인상을 지울 수 없다.

  미국과 중국 간의 무역분쟁으로 인한 피해야 우리가 어떻게 해 볼 수 없는 자연재해에 가까운 것이지만, 일본과의 관계에서 당하고 있는 지금의 피해는 정녕 인재(人災)가 아닐까. 감정이나 당파적 이익이 국익을 앞서는 순간 외교는 엉망이 된다. 그리고 그 결과 자칫 치명상을 입을 수 있음을 우리는 구한말의 난맥상에서 여실히 찾아볼 수 있다.

  '자연재해야 어쩔 수 없다지만, 인재(人災)만큼은 막아야 한다.'

  너무나 평범한 말인데도 무더위가 기승을 부리는 이 밤에 새삼 곱씹게 된다. 아, 덥다.

  (2019.07.06)

청량제

그제가 말복(末伏)이었다.

카자흐스탄, 우즈베키스탄, 키르키스스탄, 타지키스탄, 중국에 걸쳐 있는 천산산맥은 총 길이가 무려 2,500km에 이른다. 2,400km의 히말라야 산맥보다 긴 셈이다. 그 산맥의 키르키스스탄에 있는 알틴 아라샨(Altyn-Arashan) 지구 트레킹을 다녀와 지난 토요일(10일)에 인천공항에 발을 내디디니 후끈한 열기가 얼굴을 덮쳤다. 알틴 아라샨의 아라콜(Ala-Kol) 패스(해발 3,900m)를 넘을 때는 추위에 몸을 움츠렸는데, 이제는 반대로 더위에 몸이 늘어진다. 지난 주 수요일(7일)이 입추(立秋)였음에도 지난 토요일 서울의 낮 최고기온이 37도로 전국에서 제일 높았다고 한다(특히 영등포는 38.2도였다). 대구 같은 전통적인 고온지역을 다 제치고 서울의 기온이 전국 최고를 기록했다는 게 놀랍다. 촌자의 좁은 지식과 경험으로는 처음 있는 일이 아닌가 싶다. 이 땅에서 도대체 무슨 일이 벌어지고 있는 것인지….

더위로 온 국민이 열을 받아 있는 판국에, 북한은 보란 듯이 미사일을 또 두 발 발사했다. 며칠 간격으로 밥 먹듯이 미사일을 쏘아댄다. '내 말 안 듣고 까불면 이런 것으로 혼내 주겠다'며 겁주는 전형적인 조폭의 모습 같다. 그러면서 북한의 김정은은 미국의 트럼프 대통령에게는 친서를 보냈다. 올해 들어서만도 벌써 몇 번째 친서인가. 대한민국의 위정자들을 향해, '나는 미국 대통령하고나 이야기할 터이니 너희는 내가 시키는 대로나 해라'라는 식의 김정은식 교시전략은 아닌지 모르겠다. 그나저나 이제는 면역이 되어 가는 건가, 북한이 미사일을 쏘아대도 국군최고통수권자가 주재하는 국가안전보장회의(NSC)가 열렸다는 소식은 들리지 않는다. 촌부들은 그저 "군은 북한의 관련 동향을 면밀히 감시하면서 확고한 대비태세를 유지하고 있다"는 합참의 발표만 믿고 안심하고 있어도 되는 건지….

진즉부터 침체에 빠진 경제가 미·중 간의 무역전쟁으로 타격을 입고 있는 것도 모자라, 일본의 수출규제라는 악재까지 겹쳐 미로를 헤매고 있는 상황이 암울하다. 이마트마저 적자를 냈다는 소식이 작금의 우리 경제의 현주소를 단적으로 보여 주는 것 아닐까. 그런데 새로 공정거래위원장으로 지명된 사람은 전임자보다 한술 더 뜨는 인물이어서 기업들이 잔뜩 긴장하는 모양새라고 한다.

이런 경제도 경제려니와, 검찰총장이 새로 취임하고 단행한 인사가 너무 편파적이라는 비판을 받더니, 급기야 촉망받던 엘리트검사들이 무려 50명 넘게 사직했다고 한다. 이에 더하여 '내 편과 네 편'을 이분법적으로 가르기로 유명한 인물이 법무부 장관 후보자가 되었고, 그의 적격 여부를 놓고 청문회에서 여야 간의 치열한 공방이 예상된다고 한다. 그런데 아무리 공방을 벌인들 공방 이상의 의미가 있을까. 청문회 무용론이 이미 설득력을 얻어가고 있는 상황이니 말이다.

오늘에 이어 내일도 최고기온이 34도까지 올라갈 것이라고 한다. 찌는 더위를 식혀줄 시원한 소식은 없을까. 청량제가 그립다.

(2019.08.13)

추야우중(秋夜雨中)

　모레가 추분이니 완연한 가을이다. 황금빛 농촌 들녘에는 바야흐로 벼 베기가 시작되었다. 그 가을에 비가 내린다. 그것도 제법 많은 비가. 태풍 '타파'의 영향이라고 한다. 한밤중에 창문을 두드리는 빗소리는 왜 늘 촌부를 상념에 젖게 하는 것일까. 특히 가을밤이면 더욱 그러하다. 하긴 촌부만 그런 것도 아니다. 1,100년 전의 어느 묵객(墨客)은 지금도 자주 회자(膾炙)되는 유명한 시를 한 수 남겼다.

秋風唯苦吟(추풍유고음)
世路少知音(세로소지음)
窓外三更雨(창외삼경우)
燈前萬里心(등전만리심)

가을바람에 상념에 젖어 시를 읊지만
세상에는 그 소리를 알아주는 이가 없구나.
한밤중 창밖엔 비가 내리는데
등불 앞에 있는 마음은 만 리 밖을 달리누나.

　　통일신라시대의 최치원(崔致遠)이 지은 시 "秋夜雨中(추야우중)"이다.
최치원은 골품제 때문에 꿈이 좌절된 대표적인 6두품 지식인이었다. 능력
있는 자신을 알아주지 않는 세상이 원망스러웠다. 변방의 수령으로 떠돌다
가 끝내는 정치에서 등을 돌리고 조용한 곳을 찾아 홀로 은거했다.

　　어느 가을날 밤이 깊었다. 이미 삼경(三更. 밤 11시에서 새벽 1시 사이)이
다. 최치원은 잠을 못 이루고 등불 아래서 책을 뒤적이다 창밖의 빗소리를
들으며 상념에 젖는다.

'내 나이 열두 살에 중국 유학길에 올랐지.
인고의 세월을 보내고 스물여덟 살에 조국에 헌신하기 위해
돌아온 지 어언 스무 해가 지났구나.
그 스무 해 동안 육두품이라는 신분의 굴레에서 끝내 벗어나지 못했구나.
지방 수령 자리만 맡아 변방을 떠돈 게 얼마이던가.'

품은 뜻은 만 리 밖 큰 꿈을 향해 내달리는데, 현실은 골품제의 벽을 넘을 수 없어 좌절할 수밖에 없었던 지식인, 그가 바로 최치원이다. 그의 호가 바로 '孤雲(고운)' 즉, '외로운 구름'인 이유이다. 깊은 산중에 홀로 은거하면서도 최치원의 마음 한쪽에는 중앙정계에 대한 참을 수 없는 그리움이 있었다. 위 시에는 그의 바로 그런 안타까운 마음이 드러나 있다.

지금은 바야흐로 21세기이다. 골품제 같은 굴레는 먼 옛날의 이야기일 뿐이다. 카스트 제도가 사실상 아직도 잔존하고 있다(공식적으로는 폐지)는 인도에서조차도 하층민 출신의 모디(Narendra Modi)가 총리를 하고 있을 정도이다. 따라서 이제는 그 누구도 최치원 같은 한탄을 할 필요가 없고, 능력이 있다면 누구나 정계로 진출해 이른바 '권력'을 잡을 수 있다. 그런데, 그렇다고 누구나 그렇게 한다는 것이 과연 옳은가 하는 것은 또 별개의 문제이다. 일찍이 김창업(金昌業. 1658~1721)이 남긴 시조에 이런 명구가 있다.

벼슬을 저마다 하면 농부 할 이 뉘 있으며
의원이 병 고치면 북망산이 저러하랴

그렇다. 모든 사람이 다 벼슬을 할 수는 없는 노릇이고, 의사라고 모든 병을 다 고칠 수는 없는 노릇이다. 그럼에도 너나없이 벼슬을 하려 하고, 너나없이 모든 병을 다 고치려고 한다면 이는 욕심일 뿐이다. 그리고 그런 욕심은 끝내 화를 불러온다.

이와 관련하여 오늘 아침에, 100세 인생을 살고 계신 김형석 교수님이 어느 신문에 기고하신 글을 재미있게 읽었다. 음미할 만하기에 여기에 그대로 옮긴다.

(제목) 금이건 권력이건…혼자 가지려 하면 비극뿐이다

어렸을 때 톨스토이의 '어리석은 농부' 이야기를 읽었다.
아침 해가 뜰 때부터 질 때까지 한 보라도 더 넓은 땅을 차지하기 위해 뛰었으나, 지나친 욕심으로 과로에 지쳐 숨을 거두었다는 얘기다.
책에도 소개하였고 강연할 때 인용하기도 한다. 소유욕의 노예가 되면 누구나 빈손으로 왔다가 빈손으로 간다는 인생관이 절실히 느껴지기 때문이다.

대학에 있을 때 독일어 공부를 하면서 '세 강도 이야기'를 읽었다.
요사이 사회 현실을 보면서 기억에 떠올리게 된다.
아마 독일에서는 많이 읽히는 동화였는지 모르겠다.

어느 날 세 강도가 만나 길을 함께 가고 있었다. 그들은 신세타령을 했다.
'우리도 최소한의 수입이라도 주어진다면 강도질을 끝내고 부끄럽지 않게 인간다운 생활을 할 수 있겠다'는 소원이었다. 돈이 없어 할 수 없이 강도가 되었다는 후회였다.

그들이 길가에 앉아 쉬고 있는데, 맞은편 언덕 숲속에 번쩍이는 물건이 보였다. 무엇인가 싶어 가보았다. 황금 덩어리였다. 세 사람은 이것을 나누어 가지면 부자는 못 되지만 남들같이 고생 안 하고 살 수 있겠다고 생각했다.

셋은 발길을 돌려 고향으로 돌아가 안정된 삶을 꾸리기로 했다. 강가에 있는 빈 나룻배를 타고 강을 건널 때였다. 앉아 있던 두 강도가 노를 젓던 친구를 강물에 밀어 넣고 몽둥이로 때려죽였다. 금괴를 삼등분 하지 말고 둘이서 차지하고 싶었던 것이다.

늦은 오후에 한 마을에 이르렀다. 한 강도는 동네로 들어가 도시락을 준비하고 남은 강도는 금괴를 지키기로 했다. 도시락을 사 들고 나오던 강도는 생각했다. '저놈을 치워버리면 내가 고향에서 큰 부자가 되겠는데' 하고. 술병 안에 독약을 타 넣었다. 남아 있던 강도도 같은 생각을 했다. 도시락 준비를 하러 간 강도가 갖고 있던 칼을 내던지고 허리에 비수를 감추고 기다렸다.

점심 도시락을 차려놓은 강도에게 칼을 든 놈이 대들었다. 두 강도는 싸웠으나 칼을 든 놈이 상대방을 죽여 시신을 가까운 모래밭에 묻어버렸다. 이제 이 금괴를 혼자 가지면 부자가 되어 가정도 꾸미고 행복해질 거라며 웃었다. 격렬한 싸움을 했고 시신을 묻는 동안에 갈증을 느낀 강도는 죽은 강도가 남긴 술병을 열고 한참을 들이켰다. 눈앞이 캄캄해지면서 그는 쓰러졌다. 세 강도는 이렇게 모두 저승으로 떠나고 금덩어리만 남겨 놓았다.

톨스토이는 소유가 인생의 목적이 되거나 전부라는 인생관을 갖고 산다면 허무한 인생으로 끝난다는 교훈을 남겼다. 세 강도 이야기는 탐욕에 빠져 이웃을 해치거나 독점욕의 노예가 되면 본인은 물론 사회에 악을 저지르게 된다는 뜻이다. 우리와 현 사회에 해당하는 경고이기도 하다.

욕망의 대상은 돈과 경제에 그치지 않는다. 정치 권력은 더욱 무섭다. 권력의 독점욕에 빠지게 되면 상대방과 선한 서민들에게 불행을 초래한다. 조선 왕조 500년의 역사만이 아니다. 권력을 독점하려다 국민을 불행하게 만드는 사례는 지금도 허다하다.

(출처 : http://news.chosun.com/site/data/html_dir/
2019/09/20/2019092001364.html)

(2019.09.21)

어느 가을날의 단상

추석이 지나고 벌써 한 달이 흘렀다. 한로(寒露)도 일주일 전이었다. 정말로 유수(流水) 같은 세월이다. 그 흐르는 물처럼 빨리 스쳐가는 나날 속에 가을이 익을 대로 익어간다. 농촌 들녘에는 벼 베기가 한창이고, 봄부터 소쩍새가 울면서 기다린 국화들이 만개를 하며 고운 자태를 뽐낸다.

광화문 민심과 서초동 민심이 끝없이 갈리고 대립하며 갈등을 빚어내는 목하 대한민국의 수도 서울은 몸과 마음이 불편하기 그지없다. 그래서 그 서울을 벗어나 찾는 금당천변의 우거(寓居)는 촌부에게는 영원한 안식처이다. 금당천에 물안개가 피어오르는 여명(黎明)의 풍경은 가히 선경(仙境)이다. 이제는 두터운 겉옷을 거쳐야 할 정도로 어침 기온이 쌀쌀하지만, 선경 삼매경에 젖어 미음완보(微吟緩步)로 걷는 뚝방길은 찬 공기마저 잊게 한다. 아직 일부가 남아 있는 길가의 코스모스는 어찌 그리도 곱고 아름다운가.

'산천경개 좋고 바람 시원한 곳'이 '희망의 나라'라는 어느 노랫말이 떠오른다. 그렇다. 산천경개가 좋은 데다, 가을이 무르익어 금풍(金風)이 삽삽하니, 어찌 희망의 고을이 아니겠는가. 적어도 이 순간만큼은, 무엇이 정의이고 무엇이 부정의인지, 무엇이 공정이고 무엇이 불공정인지를 따지는 분별지심은 멀

리 하고[일찍이 부설거사(浮雪居士)가 갈파한 '분별시비도방하(分別是非都放下. 분별과 시비를 다 놓아버려라)'는 이를 이름인가], '자유, 평등, 평화, 행복 가득한' 희망의 고을을 여명 속에서 바라볼 뿐이다. 그곳이 지척에 있어 노를 저어갈 것도 없으니 금상첨화이다.

촌노(村老)의 발걸음이 느릿느릿하다 보니 점차 사위(四圍)가 환해지고 황금벌판이 눈에 들어온다. 올 가을에는 유난히 태풍이 잦았지만, 그 신고(辛苦)를 이겨낸 들녘은 풍요롭기 그지없다. 머지않아 삭풍한설이 몰아치면 메마르고 황량한 대지가 되겠지만, 그것은 그 때의 일이고 지금은 그저 바라보는 범부(凡夫)의 가슴을 넉넉하게 할 따름이다.

생각 같아서는, 촌자(村子) 혼자에 그칠 것이 아니라 이 땅에 발을 붙이고 있는 온 백성의 가슴이 다 전국 황금들녘의 기운을 듬뿍 받아 넉넉하고 평안

해지면 얼마나 좋으랴 싶은데, 민심이 갈기갈기 찢어져 나날이 황폐화되고 있는 판국에 그것이 가당키나 하겠는가. 마침 북쪽을 향해 날아가는 기러기 한 쌍의 울음소리가 촌부를 환상에서 깨어나게 한다.

길을 나설 때는 분명 주위가 어둑어둑한 새벽이었는데, 집으로 돌아오니 개와 고양이가 어디 갔다가 이제야 오냐며 꼬리를 치며 짖어댄다. 아침이 밝은 게 언제인데 왜 여태 밥을 안 주냐는 시위이다. 지난주에 사 온 닭들도 가세한다.

"야, 이놈들아, 나도 아직 아침 안 먹었어!"

소리쳐 본들 그들이 어찌 알랴. 서둘러 먹이를 챙겨 주고 촌부도 민생고를 해결한다. 그러고 보니 진즉부터 속이 출출했다. 세상사 모든 것이 다 먹고 살자고 하는 것 아니던가. 다만 촌부의 혼밥이니 거창할 것도 없다. 하지만 일찍이 공자님께서 말씀하시지 않았던가.

"飯疏食飲水(반소사음수)하고 曲肱而枕之(곡굉이침지)라도
樂亦在其中矣(낙역재기중의)니,
不義而富且貴(불의이부차귀)는 於我(어아)에 如浮雲(여부운)이라."

거친 밥을 먹고 물을 마신 후에 팔을 베고 누워도
그 가운데 또한 즐거움이 있으니,
의롭지 않은 방법으로 부귀하게 되는 것은 나에게는 뜬구름과 같다

그나저나 오늘 밤에는 지난 추석에 날씨가 흐려 못 본 보름달을 볼 수 있으려나 모르겠다. 그래야 야은(冶隱) 선생을 흉내내는 일에 화룡점정(畵龍點睛)을 할 텐데….

臨溪茅屋獨閑居(임계모옥독한거)
月白風淸興有餘(월백풍청흥유여)

시냇가에 초가집을 짓고 홀로 한가롭게 지내니
밝은 달과 맑은 바람에 흥취가 절로 난다

(追) 늦은 밤 귀경길 고속도로 위로 보름달이 구름을 뚫고 휘영청 떠올랐다. 비록 비가 온 후는 아니지만, 광풍제월(光風霽月)이 이 아니랴.

[2019. 10. 13.
구름 사이에서 빛나는 보름달]

(2019.10.14)

어느 가을날의 단상 **165**

쌍계루의 미(美)

10월의 마지막 주말이다. 말 그대로 만추(晩秋)이다.

 전남 장성의 백양사와 그 산내 암자인 천진암에 다녀왔다. 2017년 10월에 이어 2년 만이다. 두 절의 스님들도 뵙고 단풍 구경도 할 겸 나선 길이었다. 스님들은 여전하시고 천진암의 유명한 공양도 한결같은데, 예년에 비해 기온이 높은 데다 가을비가 잦고 툭하면 태풍까지 한반도를 찾아오는 통에, 백양사의 얼굴인 아기단풍은 그다지 신통치 않았다. 날씨가 계속 맑고 일교차가 심해야 단풍이 예쁘게 물들지만, 그게 어디 맘대로 될 일이던가. 사람의 힘을 벗어난 영역이니 어찌하겠는가.

[쌍계루]

그래도 쌍계루의 빼어나게 아름다운 모습만큼은 금당천 촌자의 발걸음을 능히 멈추게 하였다. 그 쌍계루는 백양사 앞의 두 계곡이 만나는 지점에 세운 것이니, 어디까지나 인력으로 한 것이고, 이처럼 적어도 사람의 힘이 미치는 범위 내에서만큼은 그 힘과 지혜를 어디에 어떻게 쏟느냐에 따라 명품이 탄생하고, 그 반대의 경우도 생기는 것이다. 주위와의 조화를 무시하고 세워, 보는 이의 눈살을 찌푸리게 하는 흉물 같은 조형물이 어디 한둘이던가.

적재적소가 강조되는 것이 어찌 건축물뿐이랴. 가까운 예로, 치국을 위한 인재의 기용은 어떤가. 마침 한양대학교의 정민 교수가 쓴 글(정민의 世說新語)이 있어 그 일부를 인용한다.

1652년 10월 윤선도(尹善道·1587~ 1671)가 효종께 당시에 급선무로 해야 할 8가지 조목을 갖추어 상소를 올렸다. '진시무팔조소(陳時務八條疏)'가 그것이다.
하늘을 두려워하라는 외천(畏天)으로 시작해서, 마음을 다스리라는 치심(治心)을 말한 뒤,
셋째로 인재를 잘 살필 것을 당부하는 변인재(辨人材)를 꼽았다.

"정치는 사람에게 달렸다(爲政在人)"고 한 공자의 말을 끌어오고,
"팔다리가 있어야 사람이 되고, 훌륭한 신하가 있어야 성군이 된다(股肱惟人, 良臣惟聖)"고 한 '서경'의 말을 인용한 뒤 이렇게 말했다.
"삿된 이를 어진 이로 보거나, 지혜로운 이를 어리석게 여기는 것, 바보를 지혜롭게 보는 것 등은 바로 나라를 다스리는 자의 통상적인 근심입니다. 다스려지는 날은 늘 적고, 어지러운 날이 항상 많은 것은 모두 이 때문입니다(以邪爲賢, 以智爲愚, 以愚爲智, 此乃有國家者之通患. 而治日常少, 亂日常多, 皆由於此也)"
라고 운을 뗐다.

이어 적재적소에 인물을 발탁하는 문제를 설명한 뒤,

"마땅한 인재를 얻어서 맡긴다면,
전하께서는 그저 가만히 있어도 나라를 다스릴 수 있고,
높이 팔짱을 끼고 있어도 아무 근심이 없을 것입니다.
마땅한 인재를 얻지 못한 채 나라를 다스리려 한다면,
이는 진실로 수레를 타고서 바다로 달려가고, 양을 길러 날개가 돋기를
바라는 것과 같아,
애를 써 봤자 한갓 수고롭기만 하고, 나날이 위망(危亡)의 길로 나아가게
될 것입니다
(如此等人材得而任之, 則殿下可以垂衣而治, 高拱無憂矣.
不得其人, 而欲治其國, 則誠如乘輦而適海, 拳羊而望翼, 徒勞於勵精,
而日就於危亡矣)"
라고 했다.
(중략)

효종은 비답(批答)을 내려

"내가 불민하지만 가슴에 새기지 않을 수 없다"며, "앞으로도 나의 과실
을 지적하고 부족한 점을 채워 달라"
고 당부했다.

새삼 말하지 않아도 구구절절이 옳은, 참으로 지당한 이야기인데도, 이런 이야기가 새삼 가슴에 와 닿는 이유는 무엇일까. 공자님이나 윤선도가 살던 시대보다는 문명이 훨씬 발달한 21세기를 살아가면서, 왜 우리는 마치 처음 듣는 것처럼 이런 경구(警句)에 귀를 기울이고 공감을 하는 것일까. 좁디좁은 땅덩어리에 살면서 남북으로 분단된 것도 모자라, 어찌하여 광화문 민심과 서초동 민심이 극단적으로 갈리고, 장삼이사(張三李四)는 그런 세태에 절망하여야 하는 것일까.

위 정민 교수의 또 다른 글들의 일부를 인용하여 본다.

"사대부는 마땅히 천하가 가볍게 여길 수 없는 사람이 되어야지, 천하 사람이 상식적이라 여길 수 없는 일을 해서는 안 된다
(士大夫當爲天下必不可少之人, 莫作天下必不可常之事)."
상식에 벗어나는 일을 아무렇지 않게 하면서 천하가 무겁게 대접해 주기를 바랄 수는 없다.
(중략)
"군자는 사소한 혐의를 능히 받아들인다. 그래서 변고나 싸움 같은 큰 다툼이 없다.
소인은 작은 분노를 능히 참지 못하므로 환히 드러나는 패배와 욕됨이 있게 된다
(君子能受纖微之小嫌, 故無變鬪之大訟. 小人不能忍小忿, 故有赫赫之敗辱)."
작은 잘못은 인정하면 그만인데, 굳이 아니라고 우기다가 아무것도 아닐 일을 큰일로 만든다.
안타깝다.

(출처 : http://news.chosun.com/site/data/html_dir
/2019/10/23/2019102303802.html)

"법이란 천리를 바탕으로 인정을 따르게 하는 것이다. 이를 위해 제도를 세워 막고 금한다.

마땅히 공평하고 정대한 마음으로 경중(輕重)을 합당하게 해야지, 한때의 희로(喜怒)로 법을 만들어서는 안 된다.

그렇게 하면 공평함을 얻지 못하는 사람이 많아진다

(法者因天理循人情. 而爲之防範禁制也. 當以公平正大之心, 制其輕重之宜, 不可因一時之喜怒而立法. 若然則不得其平者多矣)."

의도를 가지고 만든 법은 반드시 공평함을 해친다.

(출처 : http://news.chosun.com/site/data/html_dir
/2019/10/02/2019100202863.html)

(2019.10.27)

사야일편부운멸
(死也一片浮雲滅)

수능시험 날(11월 14일)을 전후하여 반짝 추웠던 날씨가 풀리면서 비가 내리고 이어서 비교적 포근한 나날이 이어졌다. 그래서 24절기 상으로 소설(小雪)이었던 어제도 밤낮의 기온이 모두 영상이어서 눈이 오지 않았다. 오히려 내일은 전국적으로 비가 올 거라고 일기예보는 전한다.

이제는 달력상의 24절기가 실제의 날씨와 부합하지 않는 경우가 많아진 느낌이다. 앞으로 시간이 지날수록 더욱 그렇게 될 것 같다. 지구 온난화가 그 주된 원인이 아닐까 싶다. 이래저래 예측이 어려워져 가는 날씨 탓에 일기예보를 담당하는 사람들이 힘들어지지 않을는지.

그런데 신기하게도 과거의 대학입시일에도 그랬듯이 지금도 수능시험 날이 되면 한파가 찾아온다. 맞춤형 날씨라고 해야 하나, 마치 조물주가 보고 있다가 때 맞춰 추위를 보내는 것만 같다. 올해라고 해서 예외가 아니었다.

그 전날에 비해서 수은주가 뚝 떨어진 11월 14일(바로 올해 수능시험을 본 날이다), 어머니가 갑자기 세상을 떠나셨다. 2-3일 감기 기운으로 기침을 하셨지만 크게 걱정할 바는 아니었다. 고령으로 기력이 떨어져 요양병원에서 1년 여를 보내고 계셨지만, 특별한 질병이 있었던 것이 아닌 마당이라, 갑작스러운 부음에 당혹스러울 따름이었다.

오히려 내년이면 아흔이 되시는 분이 진즉 환갑이 넘은 아들을 보고 조석으로 '어디 가냐? 춥지 않냐? 밥은 먹었냐? 배고플 텐데 얼른 가서 밥 먹어라'라고 걱정하셨던 터라, 그렇게 갑자기 떠나신 게 실감이 나지 않았다. 사람이 죽는 것은 진정 한 조각 구름이 스러지는 것에 다름없는 것이런가.

어머니를 여주 선영에 모시던 날(11월 17일)은 왜 그리도 종일토록 비가 내리는지…. 돌아가시는 날까지도 환갑 넘은 아들이 춥거나 배고플까봐 걱정하셨던 어머니의 모습이 그 빗속에 어른거렸다. 촌부의 애달픈 심사를 알기라도 하는 것일까, 빗줄기 사이로 불어오는 서풍과 하늘을 가로질러 날으는 기러기 소리가 예사롭지 않았다.

어인 일로 서풍은 불어 나무숲을 흔들고(何事西風動林野),
찬 기러기 울음소리는 먼 하늘에서 맴도는가(一聲寒雁唳長天)

장례를 모두 마치고 서울로 돌아오는 귀경길 내내 득통(得通)선사의 말이 머릿속을 맴돌았다.

사람이 날 때는 어느 곳에서 왔으며,
죽어서는 어느 곳으로 가는가
나는 것은 한 조각 뜬 구름이 생겨나는 것이고
죽는 것은 그 한 조각 뜬 구름이 스러지는 것이다.
뜬 구름 자체는 본래 실체가 없나니
죽고 사는 것 또한 이와 같다네.

生從何處來 死向何處去(생종하처래 사향하처거)
生也一片浮雲起(생야일편부운기)
死也一片浮雲滅(사야일편부운멸)
浮雲自體本無實(부운자체본무실)
生死去來亦如然(생사거래역여연)

한 조각 뜬 구름이 스러지듯 그렇게 어머니는 가셨지만, 남아 있는 아들은 생전에 좀 더 잘해드리지 못한 회한에 가슴이 미어졌다.

"어머니, 죄송합니다. 부디 극락왕생하여 편히 지내세요."

(2019.11.24)

이 또한 즐겁지 아니한가
(不亦快哉)

2019년 11월의 마지막 날이자 주말이다. 일주일 전에 소설(小雪)이 지나고 분명 겨울 문턱으로 들어섰건만, 아직은 본격적인 추위가 시작되지 않았다. 기상청의 날씨 전망에 따르면, 올겨울은 예년에 비해 덜 추울 거라고 한다. 나이가 들어감에 따라 더위보다는 추위가 더 부담으로 다가오는 촌부의 처지에서는 반가운 이야기지만, 그래도 겨울이면 겨울답게 추워야 하는 게 만물이 돌아가는 이치가 아닐는지.

소설이 지나고 곧 대설(大雪)이 다가올 터이니, 판소리 단가 '사철가'의 한 대목처럼 "낙목한천(落木寒天) 찬 바람에 백설(白雪)만 펴~~~얼 펄 휘날리어 으~~~~은세계(銀世界)가 되"리라고 기대했는데, 그래서 바야흐로 겨울의 참맛이 날 것이라고 혼자 생각했는데, 그렇지 않을 모양이다. 지난해 이맘때는 큰 눈이 내려 월백설백천지백(月白雪白天地白)이었는데, 대설을 일주일 앞둔 내일, 2019년의 12월 1일에는 전국적으로 눈 대신 비가 온다고 한다.

겨울의 금당천변(金堂川邊) 우거(寓居)에서 홀로 주말을 보내는 촌부에게는 아침에 일어났을 때 산과 들이 하얗게 덮인 모습이 훨씬 보기 좋다. 메마른 대지를 적시는 이슬비가 촉촉하게 내리는 봄날이면 모를까, 바야흐로 엄동지제(嚴冬之際)에 추적추적 내리는 비는 을씨년스럽기만 하다.

지공선사가 될 날이 얼마 남지 않았음에도 불구하고 새삼 눈을 기다리는 소녀적 감정이 남아 있는 것은 뭔가. 안팎으로 마당 가득한 눈을 쓸려면 적잖이 힘이 드는데 말이다. 일찍이 승환공이 촌부더러 질책한 것처럼 아직도 철이 덜 들은 건 아닌지….

마당 한가운데 철을 잊고 피어 있는 장미의 밑동에 은박지를 둘렀다. 얼마나 효과가 있을지는 모르겠으나, 한겨울 추위를 견뎌내는 데 도움이 될까 해서이다. 담장을 따라 군락(群落)을 이루고 있는 것들과는 달리 군데군데 나 홀로 있는 장미들은 아무래도 추위에 약할 것 같다. 꽃이 다 지고 나면 윗부분을 전지(剪枝)하는 것도 고려해 봐야겠다.

촌부는 요사이 들어 촌에서 지내는 즐거움을 부쩍 더 느끼고 있다. 이달 초에는 여름에 직접 씨를 뿌리고 키운 무와 배추로 김장도 했다. 지난주에는 가을 내내 진한 향기를 뿜어내며 벌을 부르다 이제는 시들어버린 국화의 밑동을 잘라 정리하고, 닭장도 청소했다. 닭장에서 퍼낸 흙은 대추, 앵두, 모과, 블루베리 같은 유실수의 좋은 밑거름이 된다.

이제껏 삶의 대부분을 책상머리에서 보낸 백면서생(白面書生)에게는 그 하나하나의 일이 다소 힘에 부치기도 하지만, 일하느라 굽혔던 허리를 펴고 푸른 하늘을 바라보면서 삶의 새로운 즐거움을 맛보곤 한다.

하루가 멀다고 터져 나와 신문지면을 장식하는 갖가지 비리 의혹과 여야의 극한적인 대립, 한동안 조용한가 싶더니 다시 불이 붙기 시작하는 집회와 시위, 나날이 악화일로를 걷고 있는 어려운 경제 사정, 묘책은 보이지 않고 실타래처럼 얽혀가고 있는 대외관계, 이제는 대놓고 연이어 무력시위를 하면서 긴장을 고조시키고 있는 북한의 김정은 정권….

적어도 금당천변의 우거에 머무는 동안에는 이런 것들에 신경을 쓰지 않고 지낼 수 있어 좋다. 한낱 촌부 주제에 분에 맞지 않는 우국지심(憂國之心) 운운할 것도 아닌지라, 그냥 평범하게 안빈낙도(安貧樂道)에 젖어 들 뿐이다.

감히 다산(茶山) 선생의 표현을 빌리자면,

이 또한 즐겁지 아니한가(不亦快哉)!

(2019.11.30)

동짓달 기나긴 밤을
한 허리를 베어내어

오늘이 동지(冬至)이다.

 한 해 중에서 밤이 제일 긴 날이다. 햇빛이 비치는 낮이 짧고 그만큼 밤이 기니 추울 수밖에 없다. 그래서 예로부터 "호랑이가 불알을 동지에 얼리고 입춘에 녹인다"는 속담이 있고, 나아가 "동짓날에 날씨가 따뜻하면 다음 해에 질병이 돌아 사람이 많이 죽는다"는 속설까지 나올 정도였다. 그런 절기의 속성상 동짓날에는 당연히 추워야 한다. 그런데 기해년(己亥年)의 오늘 동지에는 눈이 내리는 추운 날씨는 고사하고 평년보다 따뜻할 뿐만 아니라, 일부 지역에서는 비가 내릴 것이라는 예보도 전해진다. 이쯤 되면 겨울 실종이다. 한반도의 온난화가 어디까지 이어질 것인가?

 오지 않는 추위야 하늘의 소관이니 한낱 미물(微物)에 불과한 인간이 어찌할 도리가 없지만, 기나긴 밤을 보내야 하는 범부들에게는 그래도 동지가 나름의 의미를 지니고 다가온다. 무엇보다도 기나긴 밤에 야식으로 먹는 팥죽의 맛이 별미이다. 21세기에 팥죽을 쑤어 옛날처럼 사당에 올려 동지

고사(冬至告祀)를 지낼 일도 없고, 장독과 헛간 같은 집안 곳곳에 놓아둘 일도 없지만, 동치미를 곁들인 팥죽의 맛만큼은 예나 지금이나 다를 게 없다. 팥의 붉은색이 양색(陽色)이어서 음귀(陰鬼)를 쫓는다는 것까지는 생각할 것도 없다.

진관사의 스님들이 정성스레 쑤어 동치미와 함께 보내주신 팥죽의 맛이 기막히다. 그 맛을 음미하며 목은(牧隱) 산생의 시를 한 수 떠올린다.

冬至鄕風豆粥濃(동지향풍두죽농)
盈盈翠鉢色浮空(영영취발색부공)
調來崖蜜流喉吻(조래애밀류후문)
洗盡陰邪潤腹中(세진음사윤복중)

동짓날 풍습대로 팥죽을 되게 쑤어
청자 사발에 가득 담으니 짙은 빛깔 띠는구나
벼랑에서 채취한 꿀을 타서 목구멍으로 흘려 넣으니
삿된 기운 다 씻겨 나가 뱃속이 든든하네

목은(牧隱) 선생은 팥죽에 꿀을 타서 먹은 모양이다. 당시의 풍습이었나보다. 지금도 일부 지방에서는 설탕을 타서 먹는다고 한다. 그러나 촌부는 가미를 하지 않은 담백한 것에 더 끌린다. 아무려면 어떠랴, 그야말로 취향에 맡길 일이다. 그나저나 동짓날 기나긴 밤에 먹는 그 팥죽을 더불어 즐길 이가 있다면 얼마나 좋으랴. 아래 시조를 읊조린 황진이(黃眞伊)의 마음이 그랬을까.

동짓달 기나긴 밤을 한 허리를 베어내어
춘풍 이불 밑에 서리서리 넣었다가
고운 님 오신 날 밤이어든 굽이굽이 펴리라

　동지가 지나면 낮이 다시 길어진다. 그리고 곧 해가 바뀌어 경자년(庚子年)의 창이 열린다. 극성을 부리던 음이 기운이 쇠하면 양의 기운이 찾아오듯, 어둠의 끝에서 여명이 시작되는 것이다. 정치, 경제, 사회, 문화…. 온갖 분야에서 혼돈에 혼돈을 거듭하여 기해년 내내 마음 편할 날이 없던 범부들에게 경자년 새해는 어떤 모습으로 다가오려나. 황진이가 고대하던 '고운 님'의 모습이려나…. 그러기를 소망하여 본다. 적어도 여말선초(麗末鮮初)의 권근(權近. 1352-1409)이 동짓날에 걱정하던 아래 모습만큼은 아니었으면 하는 바람이다.

大道有興替(대도유흥체)
浮生多是非(부생다시비)
仲冬天氣暖(중동천기난)
宿霧日光微(숙무일광미)
朝市風流變(조시풍류변)
郊墟煙火稀(고허연화희)
時危無補效(시위무보효)
袍笏謾牙緋(포홀만아비)

대도(大道)에도 성쇠(盛衰)가 있고
덧없는 인생에는 시비도 많은데,
동짓날에 날씨가 따뜻하니

짙은 안개에 햇빛조차 희미하구나.
조정과 저잣거리는 풍속이 변하였고
들녘은 텅 비어 밥 짓는 연기조차 드문데,
위태로운 시절에 아무런 보람도 없이
헛되이 비단 관복(官服)에 큰 띠만 둘렀구나.

(2019.12.22)

오리무중(五里霧中)

경자년(庚子年)을 맞은 설 연휴의 마지막 날이다. 작년 기해년(己亥年) 1월처럼 겨울 가뭄이 계속되고 있는 가운데, 차창을 찔끔찔끔 적시는 빗방울을 보며 반갑다기보다는 걱정이 앞선다. 올겨울 들어 실종된 추위와 가뭄의 폐해가 봄에 어떤 식으로 나타날까 두렵다.

강수량의 절대부족으로 저수지가 마르고, 춥지 않은 날씨로 병충해가 기승을 부리지는 않으려는지…. 중국의 우한에서 시작되어 목하 전 세계를 강타하고 있는 우한폐렴은 어디까지 퍼질는지….

설 연휴를 내내 금당천변에서 보내며 모처럼 한가한 시간을 가졌다. 설을 맞아 사당에서 차례를 지내고 산소를 다녀왔지만, 그 밖의 시간에는 바쁜 삶

의 공간에 휴식을 불어넣
는 여유를 부렸다. 영릉
(세종대왕과 효종대왕의
능)에 가서 그 지하에 계신
분들을 생각하며 숲길을
산책하고, 여주온천(구 삿
갓봉온천)에 가서 온천욕
도 즐겼다. 목아(木芽)박
물관을 둘러보기도 하고,
4대강 사업의 일환으로 만
든 강천보도 가보았다. 모
두 고향 땅에 있는 것들이
건만, 평소 대처생활에 쫓
기다 보니 그동안 발걸음이 쉽게 미치지 못했다.

어느덧 지공선사(地空禪師)의 반열에 들어선 촌부의 나이를 반추하며, 이제부터라도 좀 더 삶의 여유를 찾아야겠다는 생각을 해 본다.

추위가 실종되다 보니 그 대신 안개가 자주 낀다. 설 다음날인 어제(2020. 1. 26.) 아침에는 특히 안개가 짙었다. 새벽에 개 짖는 소리와 닭 울음소리에 깨어, 이른 아침의 신선한 공기를 마시며 말 그대로 오리무중(五里霧中)인 금당천변을 따라 걸으려니, 마치 선경 속에 들어와 있는 것 같다.

촌부가 신선놀음을 흉내 내는 데는 그런 오리무중이 제격인데, 또 다른 오리무중인 작금의 우리나라 모습이 문득 떠올라 씁쓸하다. 아무리 둘러보아도 '일찍이 경험하지 못했던 나라'가 내우외환의 소용돌이 속에 놓여 있건만, 계속되는 선문답, 끊임없는 '편 가르기'와 정쟁으로 국론이 쪼개질 대로 쪼개져, 앞날이 그야말로 '오리무중'이라 답답하기 그지없다. 그런 오리무중

에서 올바른 방향을 잡아 나라를 제대로 이끌어갈 생각은 않고, 손바닥으로 하늘을 가린 채, '설 민심'이랍시고 국민의 마음을 제멋대로 아전인수식으로 해석하며, 오로지 다가오는 총선에만 매달리는 위정자(僞政者)들의 모습에서 절망감을 느끼는 것이 한낱 촌부만의 일이려나….

어둠이 짙을수록 새벽이 가깝듯이, 안개가 짙을수록 밝은 해가 빛나게 될 것이라고 기대하여 본다. 그래서, 귀경하여 찾은 진관사의 주지스님(계호스님)이 정성껏 타 주신 명품 보이차처럼, 맑고 깨끗하고 향기로운 하늘을 보고 싶다. 오리무중(五里霧中)에서 천리광명(千里光明)을 구하는 것이 정녕 연목구어(緣木求魚)일까.

(2020.01.28)

빼앗긴 들에도 봄은 오는가?

어느덧 2월의 마지막 날이다. 올해가 윤년이라 하루를 더 벌었음에도 기어이 두 달이 가버리고 말았다. 그 사이 입춘도 지나고, 우수도 지났다. 그리고 닷새 후면 경칩이다. 경자년(庚子年)이 시작된 지 얼마 되었다고 벌써 두 달이 지났단 말인가. 도대체 무엇이 그리 급하길래 이렇게 세월이 초고속으로 달려가는 것일까.

거 참 세월이 유수(流水) 같다더니, 게으른 촌자에게 미처 준비할 틈도 안 주고 봄이 왔다며 되도 않는 투정을 부리면서 마당에 나섰더니, 오호라, 봄의 전령 복수초 네 송이가 노랗게 피어 있다. 지난주만 해도 못 보았는데, 백내장 수술을 앞둔 촌자의 눈이 흐려 안 보였던 건가.

　그뿐이 아니다. 발걸음을 더 옮기니 꽃봉오리가 올망졸망 맺힌 매화나무 가지가 보란 듯이 자태를 뽐낸다. 대문 밖의 논에도 봄빛이 완연하게 감돈다. 아, 이젠 겨우내 피웠던 게으름과 도리없이 이별해야겠구나.

　뒷짐 졌던 손을 들어 올려 한껏 기지개를 펴면서 조선 명종 때의 문인인 성운(成運. 1497-1579)이 지은 시조 한 수를 떠올린다.

전원에 봄이 오니 이 몸의 일이 하다
꽃나무는 뉘 옮기며 약밭은 언제 갈리
아이야 대 베어 오너라 삿갓 먼저 결으리라.

　봄이 오자 할 일이 많다. 꽃나무도 옮겨야 하고, 약초밭도 갈아야 한다. 그보다 더 급한 것은 대나무를 쪼개서 삿갓을 만드는 일이다. 이제부터는 봄비가 자주 올 테니까 말이다.

그래, 시인 말마따나 전원에는 할 일이 많다. 동사(凍死)를 막기 위해 겨우내 장미를 감싸 주었던 볏짚도 풀고, 제멋대로 뻗은 나뭇가지들 전지도 하고, 작년에 김장할 때 뽑지 않고 남겨둔 배추 위의 비닐막도 벗기고, 닭장에서 나온 퇴비로 과일나무에 거름을 주고, 뜰에 벌써 제법 머리를 내민 잡초들도 뽑고…. 그러다 보니 문을 활짝 열고 집안을 청소하는 것은 일축에 속하지도 않는다.

잠시 허리를 펴면서 라디오를 켜니 오늘 신종 코로나 확진 환자가 813명 발생했다는 뉴스가 전파를 탄다. 연일 기록 갱신을 하고 있다. 현재 확진자가 총 3,150명이라고 한다. 대구에서만 2,000명이 넘었다. 이쯤 되면 재앙 수준이다. 일찍이 사스나 메르스가 유행했을 때보다 훨씬 심각하다. 그때보다 월등하게 잘 대처하고 있다고 큰소리치던 낯 두꺼운 위정자들은 지금 어디서 무엇을 하고 있나 모르겠다.

이 신종 코로나는 엄연히 중국에서 처음 발생한 것이고, 우리 정부가 무슨 까닭인지 그에 대한 근본적인 방역 대책을 차일피일 미루고 있는 상황에서 급속히 퍼진 것인데도, 국민 보건을 책임지고 있는 장관이라는 사람은 오히려 국민 탓을 하며 염장을 지른다. 도대체 눈곱만큼이라도 양심과 이성이 있는지 의심스럽다.

예로부터 '말 한마디로 천 냥 빚을 갚는다'고 했다. 천 냥 빚을 갚는 것은 고사하고, 제발 천 냥 빚을 지지나 않았으면 좋겠다. 혼주(昏主) 옆에는 오로지 일신의 영달만을 추구하며 그의 눈과 귀를 가리는 간신이 들끓기 마련이고, 양자가 주거니 받거니 하는 사이에 백성은 도탄에 빠지고, 종국에는 나라가 망하고 마는 것이 동서고금 역사의 교훈이다.

금당천의 촌부는 고작 게으름에서 벗어나 봄맞이를 해야겠다고 없는 부지런이라도 떨지만, 신종 코로나 발병 확진자가 2,000명을 넘어선 대구를 생각하면 그것도 사치스러운 짓이다. 늘 사람으로 붐비던 동성로가 텅 빈 죽음의 거리처럼 되어 버린 모습에 가슴이 먹먹해진다. 그 대구 출신의 시인 이상화(李相和)가 일찍이 갈파한 시구가 귓가에 맴돈다.

　　"빼앗긴 들에도 봄은 오는가?"

(2020.02.29)

연목구어(緣木求魚)

　오늘(2020. 4. 4.)이 청명(淸明)이고, 내일이 한식(寒食)이다. 거두절미하고 단도직입적으로 말해 봄의 한가운데에 있는 것이다.

　진달래, 개나리, 목련, 매화, 벚꽃, 산수유….
　앞을 보고 뒤를 보아도,
　왼쪽을 보고 오른쪽을 보아도,
　땅을 보고 하늘을 보아도,
　온통 백화제방(百花齊放)이다.

날씨가 춤을 추다 보니 온갖 꽃이 한꺼번에 피어 저마다 자태를 뽐낸다.

"날 보러 와요~"

유혹의 손길을 뻗치는 것이다. 거기에다 행여 봄날이 아니랄까 봐 바람까지 옷깃을 날리게 한다. 적어도 시절만큼은 말 그대로 호시절이다.

이른 아침 창문을 두드리는 새 소리에 눈을 떠 마당에 내려서니 벚꽃이 바람에 날려 적잖이 떨어져 있다. 빗자루를 들고 쓸려다 문득 한 생각이 떠올랐다.

간밤에 불던 바람에 만정(滿庭) 벚꽃 다 지거다
노옹(老翁)은 비를 들고 쓸으려 하는구나
낙환들 꽃이 아니랴 쓸어 무삼 하리오.

촌노(村老)가 조선 숙종 때의 문인 정민교(鄭敏僑. 1697-1731)가 지은 시조를 표절했다고 해서 누가 시비 걸 일이 있으랴.

마당 쓰는 것을 단념하고 금당천(金堂川) 가로 나섰다. 아직은 냉기가 남아 있지만 아침 공기가 상쾌하기 그지없다. 인적 없는 한적한 시골의 이른 아침 개울가에 코로나 바이러스가 돌아다닐 일은 없을 터이니, 번거롭게 마스크로 얼굴을 가리지 않아도 된다.

청명지제(清明之際)의 갯가에서 홀로 거니는 촌부를 그래도 반기는 게 있다. 눈 녹은 개울에 소리 내어 흐르는 물소리, 연초록색을 띤 버들, 그리고 물 위를 나는 백로가 바로 그것이다. 비록 간밤에 비가 오지는 않았지만, 눈에 띄게 물이 불은 금당천의 아침풍경이 촌부가 포기한 아침잠을 넉넉하게 보상해 준다.

어디선가 포은(圃隱) 선생의 시구가 들려오는 듯하다.

春雨細不滴(춘우세부적)
夜中微有聲(야중미유성)
雪盡南溪漲(설진남계창)
草芽多少生(초아다소생)

봄비가 가늘어 내리는 듯 마는 듯하더니
밤중에 작은 소리가 들려오누나
눈 녹은 남쪽 개울에 물이 불으니
새싹이 여기저기 돋아났구나

-정몽주(鄭夢周)의 시 "春興(춘흥)"-

자연을 벗 삼아 유장하게 지내는 일은 아무리 강조해도 지나침이 없다. 그런 면에서 현대인들, 특히 대처에 사는 사람들이 늘 시간에 쫓겨 종종거리는 삶을 사는 것이 안타깝다. 시간은 '나는 것이 아니라 내는 것'이라는 평범한 진리를 깨달으면 좋으련만…

그나저나 갯가의 저 버들 사이로 피어오르는 아지랑이는 혹시 홍랑(洪娘)의 영혼이 아닐까. 타임머신을 타고 500년 전으로 거슬러 올라간다.

때는 바야흐로 1574년 봄이다. 함경도 경성(鏡城)에서 북평사(北評事)로 있던 고죽(孤竹) 최경창(崔慶昌, 1539-1583)은 임기를 마치고 한양으로 돌아가게 된다. 그런데, 먼 변방의 외직으로 떠돌다 한양의 내직으로 영전하는 최경창이야 영광일지 몰라도, 그가 경성에 머문 두 해 동안 그와 운우지정(雲雨之情)을 나누었던 관기 홍랑에게는 슬픈 순간이 아닐 수 없다.

홍랑은 이별이 못내 아쉬워 영흥(永興)까지 따라가 배웅한다. 그리고 떨어지지 않는 발길을 돌려 경성으로 돌아가는 길에 함관령(咸關嶺. 함흥 밖 70리에 있다)에서 하룻밤을 지내게 되는데, 마침 봄비가 내려 수심(愁心)을 더욱 자극한다. 홍랑은 그 애절한 감정을 시조 한 수에 담아 버들가지와 함께 최경창에게 보낸다.

그 시조가 바로, 촌부의 고등학교 시절 국어 교과서에도 실렸고, 국문학자 양주동 박사가 우리 시조 사상 최고의 걸작이라고 평했다는 시조이다.

묏버들 갈히 것거 보내노라 님의손디
자시는 창(窓)밧긔 심거 두고 보쇼셔
밤비예 새닙곳 나거든 날인가도 너기쇼셔

세류춘풍(細柳春風)이다. 신록이 찾아온 버드나무에 봄바람이 부니 늘어진 가지들이 이리저리 춤을 춘다. 그 모습이 마치 연두색 주렴이 좌우로 흔들리는 것 같다. 그 버드나무의 가지가 멀리 낭군을 떠나보내며 꺾어준 사랑의 징표가 된 연유는 무엇일까. 봄에 잎이 빨리 나는 버들가지의 신록이 가장 아름다울 때는 4월 초순의 고작 한 주간뿐이다. 그 버들의 신록처럼 청춘도 덧없이 짧으니, 속히 돌아오라는 간곡한 뜻이 담긴 것이다.

한양으로 돌아간 최경창이 병석에 누웠다는 말을 전해 듣자, 홍랑은 2천 리나 되는 머나먼 길을 이레 동안 밤낮으로 달려 한양에 도착한다. 그리고 지극정성으로 최병창을 간호하여 그의 병을 낫게 한다. 그러나 호사다마(好事多魔)랄까, 그 때가 마침 명종비 인순왕후(1532-1575)의 국상 중이었는지라, 이런 일이 인구(人口)에 회자(膾炙)되자 최경창은 삭탈관직당하고 홍랑은 경성으로 돌아가야 했다.

이번에는 최경창이 홍랑을 배웅할 차례이다. 그는 홍랑의 위 시조를 한역(漢譯)한 시를 그녀에게 건넨다.

折楊柳寄千里人(절양류기천리인)
爲我試向庭前種(위아시향정전종)
須知一夜新生葉(수지일야신생엽)
憔悴愁眉是接身(초췌수미시첩신)

그리고 자신의 애끓는 석별의 정을 담은 시를 한 수 읊는다.

相看脈脈贈幽蘭(상간맥맥증유란)
此去天涯幾日還(차거천애기일환)
莫唱咸關舊時曲(막창함관구시곡)
至今雲雨暗靑山(지금운우암청산)

말없이 마주 보며 그윽한 난(蘭)을 건네나니
이제 하늘 끝 저 멀리로 떠나고 나면 언제나 돌아오랴
함관령의 옛 노래를 부르지 말게
지금도 비구름에 첩첩 청산이 어두울 테니

　훗날 최경창이 죽어 파주 땅에 묻히자, 홍랑은 다시 달려와 그의 묘 옆에 초막을 짓고 9년 동안 시묘살이를 한다. 그러다 임진왜란이 일어나자 최경창의 유고(遺稿)를 거두어 경성으로 피난하는데, 최경창의 시를 모은 "孤竹詩集"이 오늘날 전해지는 것은 순전히 그 덕분이다. 홍랑은 세상을 떠난 후 최경창의 묘 발치(시묘살이 하던 초막이 있던 곳 아닐까)에 묻힌다. 후생에서나마 그와 함께 지내게 된 것이다. 그녀의 무덤 앞에 있는 고죽시비(孤竹詩碑) 뒷면에는 위에서 본 "묏버들…" 시조가 새겨져 있다.

홍랑의 애절한 사랑 이야기에서 벗어나 다시 발걸음을 옮긴다. 금당천변은 대부분의 구간이 물가의 나무와 풀들이 어우러져 가벼운 마음으로 걷기에 참으로 좋은데, 한 구간 국회의원 선거 현수막이 난무하는 곳이 있어, 이곳을 지나야 할 때는 어쩔 수 없이 마음이 무거워진다.

의료진의 눈물 나는 헌신적인 노력과 밤낮을 가리지 않는 택배기사들의 노고, 그리고 심성 고운 국민들의 질서의식 덕분에 세계적인 코로나의 광풍 속에서도 나라가 굳건히 지탱되고 있건만, 그 공이 마치 자기들 덕인 양 분칠하는 위정자들을 보면서, 투표소에 들어가는 유권자들이 과연 옥석을 가려낼 수 있으려나 걱정이 앞선다.

70%의 국민에게 1인당 100만 원의 긴급재난지원금을 주겠다는 달콤한 말로 그간의 실정(失政)이 과연 가려질 수 있을까. 100만 원도 좋으나, 제발 이제라도 '문 열어놓고 모기 잡는 일'만은 그만두면 좋겠다. 그것이 정녕 물정 모르는 촌자(村者)의 어리석은 생각이런가.
'정권 밀어주기'든 '정권 심판'이든, 이번 4.15 총선에서는 '정권'이 아니라 진정으로 '나라'의 안정과 번영을 추구하는 결과가 나오길 기대하여 본다.
이 또한 연목구어(緣木求魚)이고 일장춘몽(一場春夢)인가.

(2020.04.05)

춘풍이 몇 날이랴

오늘이 곡우(穀雨)이다. 그리고 종일 비가 내린다. 본래 곡우의 의미가 봄비(雨)가 내려 백곡(穀)을 기름지게 한다는 것이니, '곡우'라는 절기 이름에 걸맞는 비인 셈이다.

한동안 비 소식이 없어 날이 가물었는데, 무슨 약속이라도 한 것처럼 오늘 비가 내리는 것을 보면, 천지의 조화가 참으로 절묘하다는 생각이 든다.

봄비치고는 처마 끝에 떨어지는 낙숫물 소리가 제법 요란하다. 그 소리의 유혹을 떨치지 못해 책장을 덮고 냇가로 나갔더니, 비 듣는 소리에 운치가 묻어나고, 제방의 꽃들과 백로는 흥이 절로 나는 듯 춤을 춘다.

봉림대군(조선 효종임금의 왕자시절) 흉내를 내 볼거나.

금당천에 비 듣는 소리 그 무엇이 우습관데
백로와 봄꽃들이 휘두르며 웃는고야
춘풍이 몇 날이랴 웃을 대로 웃어라.

***병자호란 후 청(靑)나라에 볼모로 잡혀갔던 봉림대군이 지은 시조의 원문은 다음과 같다.

청강(靑江)에 비 듯는 소리 긔 무어시 우읍관대
만산 홍록(滿山紅綠)이 휘드르며 웃는고야
두어라 춘풍(春風)이 멋 날이리 우을대로 우어라

백로가 비에 놀라 날아
오르고, 봄꽃들이 바람에
몸을 흔드는 모습이 마치
웃고 떠들며 춤추는 듯하
다. 헌데 그 상큼한 봄바
람이 얼마나 오래 불겠나,
봄날이 제아무리 즐겁다
한들 겨우 한때이다. 그러
니 그냥 내버려 둘 일이다.

비가 제법 내리니 곳곳에 물이 가득하다. 일찍이 도연명(陶淵明)이 표현
한 그대로 '춘수만사택(春水滿四澤)'이다. 그러지 않아도 농촌에서는 곡우
즈음에 논에 물을 가득 댄다. 바야흐로 농사철이 시작되는 것이다.

겨우내 얼었던 논둑에 물이 새지 않도록 가래질을 하는 것이 청명 즈음의 일이라면, 그 논에 물을 가득 채운 다음 쟁기로 갈고 써레질을 하여 못자리를 만드는 것이 곡우 때의 일

이다. 촌부가 어릴 때만 해도 소가 그 쟁기와 써레를 끌었는데, 지금은 그 일을 트랙터가 대신한다. 기계문명의 발달로 짧은 시간에 힘들이지 않고 쉽게 할 수 있어 좋긴 한데, 그만큼 워낭소리를 듣는 낭만은 먼 옛날의 추억 속에서나 반추(反芻)할 수 있는 대상이 되어 버렸다.

아무튼 곡우(穀雨)가 그 이름값을 제대로 하려면 비가 와야 한다는 것이 속설이다. 그래서 속담에도 '곡우에 비가 오면 풍년이 든다.'거나 '곡우에 가물면 땅이 석 자가 마른다.'고 했고, 촌부는 그게 당연한 것으로 알았다.

그런데, 이건 무언가. 경남 남해나 전북 순창에서는 '곡우에 비가 오면 농사에 좋지 않다.'고 한다는 것이다. 그런가 하면 인천 옹진에서는 '곡우에 비가 오면 샘구멍이 막힌다.'고 하는데, 샘구멍이 막힌다는 것은 가뭄이 든다는 말이다. 이럴 수가, 어느 장단에 춤을 추어야 하나. 헷갈린다.

하긴, 하나의 사물을 놓고 관점에 따라 전혀 상반되게 보는 게 어디 곡우뿐인가. 지난 4월 15일에 제21대 국회의원을 뽑는 총선거가 실시되었고, 집권당인 여당(더불어민주당+더불어시민당)의 압승(300석 중 180석 차지)과 야당(미래통합당+비례한국당)의 참패로 종결되었다. 그 결과로 여당은 짐짓 표정 관리에 들어갔고, 야당은 우왕좌왕 갈피를 못 잡고 있다. 유례없는 선거결과를 놓고 한쪽에서는 당연한 귀결이라 하고, 다른 한쪽에서는 통

탄할 일이라고 한다. 각자 자기가 취하는 입장에 따라 보는 관점이 그만큼 다른 것이다.

관점이 '다른 것은 다른 대로' 존중하는 것이 민주주의이니, 이를 왈가왈부할 일은 아니다. 문제는 '견제와 균형', 이것이 바로 올바른 민주주의의 정립을 위한 요체이고, 견제받지 않는 권력은 아집과 독선에 빠져 폭주할 수 있는 위험이 늘 도사린다는 것이다. 그것이 동서고금의 역사가 가르쳐 주는 교훈이다.

그런데 리더십 부재의 지리멸렬하는 야당은 폭주하는 권력을 견제하기는커녕 오히려 그에 일조하기 십상이고, 이는 국민에게는 크나큰 재앙이다. 명색이 제1야당이 시대의 변화하는 흐름에 눈감은 채, 사리사욕에 눈이 멀어 선거에 참패하고도 여전히 구태에 머문다면 희망이 없다. 속히 처절한 자기반성 위에 환골탈태하여 건전하고 힘 있는 견제세력으로 거듭나길 기대해 본다. 그것만이 여야는 물론 한걸음 나아가 국민을 위한 길이다. 한낱 촌부의 소박한 소망이 부디 '희망고문'으로 그치지 않기를 바라는 것이 과욕이려나.

밤이 깊도록 비가 계속 내린다. 왠지 을씨년스럽게 느껴지는 분위기를 바꿔보려고 찻물을 끓인다. 남녘에 계신 어느 스님이 지난해 곡우(穀雨) 전(前)에 딴 찻잎 새순으로 만든 우전(雨前)을 보내주셨는데, 귀한 것이라 이제껏
아껴두면서 이따금 꺼내 음미하곤 한다. 코끝을 스치는 그 우전의 향기에 시름을 잊는다. 나무관세음보살.

(2020.04.19)

녹비홍수(綠肥紅瘦)

　매년 봄이면 한반도로 날아드는 황사, 중국발 미세먼지로 고통을 겪었는데, 올봄에는 신기할 정도로 하늘이 청명하기 그지없다. 코로나 바이러스의 창궐로 중국의 공장들이 멈춘 덕에 미세먼지가 현저하게 줄어든 까닭이다. 그런데 미세먼지가 아닌 황사까지 코로나 바이러스가 무서워 안 생기는 건가? 모를 일이다.

　하늘이 맑은 것은 좋으나, 한동안 비 구경하기가 어렵다 보니 이제는 오히려 봄 가뭄이 찾아오나 걱정이 되었다. 다행히도 금요일 저녁부터 빗방울이 떨어지기 시작했다. 반가운 비가 아닐 수 없다. 모내기가 한창인 농촌에서는 더더욱 그러하다.

그 비가 토요일 내내 흩날리고 바람까지 불었다. 바람이 이렇게 불면 꽃들이 다 떨어질 텐데, 어쩌나. 칠흑 같은 어둠 속에서 개구리 울음소리만 들리는 우거(寓居)의 밤이 삼경(三更)을 넘어 깊어 가는데, 창문을 두드리는 빗소리에 꽃이 질까 새삼 걱정하며 잠 못 이루는 것은 또 무어람. 하릴없이 시집을 들척이다 한 곳에서 손길이 멎었다.

昨夜雨疏風驟(작야우소풍취)
濃睡不消殘酒(농수불소잔주)
試問捲簾人(시문권렴인)
卻道躑躅依舊(각도척촉의구)
知否,知否(지부, 지부)
應是綠肥紅瘦(응시녹비홍수)

간밤에 비 뿌리고 바람도 세차게 불었지
깊이 자고 났건만 술기운이 아직도 남아있네그려.
발 걷는 아이에게 물었더니
철쭉은 그래도 여전하다고 하는구나
이런, 이런, 뭘 모르네
녹음은 질을지라도 붉은 꽃은 시드는 것을.

[여몽령(如夢令)의 원문에는 '철쭉(躑躅)'이 아니라 '해당화(海棠)'로 되어 있다]

이청조(李淸照. 1084-1151?)가 지은 '여몽령(如夢令)'이라는 작품이다. 엄밀히 말하면 시(詩)가 아니라 사(詞)이다. 당나라 때의 시가 운율을 엄격히 따진 데 비하여 송나라 때의 사(詞)는 자유분방하다. 마치 노랫말 같다.

이청조는 옛날 중국의 송나라 사람으로 중국 최고의 여류 시인으로 손꼽힌다. 여성에 대한 유교적 속박을 거부하고 남자와 동등한 여자의 삶을 추구했다. 그에 걸맞게 호도 이안거사(易安居士)이다. '월하독작(月下獨酌)'을 읊은 이백은 술 한 말에 시 100편을 지었다. 이청조 또한 그에 못지않은 술꾼으로 '음주 시인'이었다. 바늘 가는 데 실 가듯, 시인의 옆에는 늘 술이 따라다닌 것이 아닌지. 천고제일재녀(千古第一才女)로 일컬어진 그녀는 음악, 회화 그리고 금석학에도 일가견을 가진 팔방미인이었다.

　　위 시를 좀 더 감상해 볼거나.

계절이 봄에서 여름으로 바뀔 즈음의 비바람이 부는 밤이다.
춥지도 덥지도 않은 날씨에 비가 내리는 밤이니 시인은 술맛이 더 난다.
얼마나 마셨을까,
술김에 푹 자고 아침에 눈을 떴는데 술기운이 아직도 남아있다.
불현듯 걱정이 앞선다. 간밤에 비바람이 몰아쳤는데, 철쭉이 떨어지지 않고 그대로 있을까?
궁금하여 발 걷는 아이에게 물었더니 대답이 심드렁하다. '그대론데요.'
에이, 네가 뭘 모르는구나.
초록 잎은 무성해도 꽃은 보나마나 다 지고 말았을 거야.
바야흐로 짙어져 가는 녹음에 반비례하여 붉은 꽃들은 시들어 떨어지는 시절 아니냐.

'녹비홍수(綠肥紅瘦)'라는 말이 이 시에서 유래했다. '초록색은 짙어지고 붉은색은 줄어든다'는 뜻으로, 계절이 봄에서 여름으로 바뀌면서 녹음이 짙어지는 대신 그에 반비례하여 꽃들은 시드는 것을 나타낸다. 떠나는 봄을 절묘하게 요약한 시인의 이 한마디는 봄의 끝자락을 형용하는 성어가 되었다. 판소리 단가 '사철가'에 나오는 '봄아 왔다가 가려거든 가거라. 네가 가도 여름이 되면 '녹음방초승화시(綠陰芳草勝花時)라'와 일맥상통한다.

촌부도 시인을 흉내내 아침 일찍 창문을 여니, 간밤에 몰아친 비바람에 지다 남은 철쭉들이 물을 잔뜩 머금은 채 애처롭게 고개를 숙이고 있는 모습이 눈에 들어온다. 오호, 우거져 가는 녹음 속에 아직도 몇몇은 보란 듯이 남아있구나. 그래, 며칠 못 가겠지만 그때까지 만이라도 가는 봄을 잡아두렴. 벌써 닷새 전(5일)이 입하(立夏) 아니었더냐. 지붕에서 떨어지는 낙숫물이 그 위로 겹쳐지고 있었다.

(2020.05.10)

점이라도 보러 갈까

경자년 윤사월의 초하루(2020. 5. 23.)이다.

윤사월이 되어 해가 길어졌다고 꾀꼬리가 울어대면, 산지기 외딴집의 눈 먼 처녀는 문설주에 귀를 대고 그 소리를 엿듣는다고 했던가.

봄이 왔나 했더니 5월 초에 벌써 낮 최고기온이 전국적으로 28도를 웃돌아 한여름을 방불케 하는 날씨가 계속되는 바람에 한반도에서 마침내 봄이 사라졌구나 했다. 그런데 웬걸, 5월 중순이 되면서 오히려 기온이 낮아져 입하(立夏)는 물론 소만(小滿)이 지나도록 아침저녁으로 한기를 느낄 정도로 선선하고, 22일 전국의 낮 최고기온이 16−25도를 기록해 평년(1981−2010년) 이맘때보다 1−5도 낮은 색다른 이상기후(?)가 이어지고 있다. 이쯤 되면 봄이 물러가려다 되돌아온 셈이나 마찬가지이다.

거기에 더하여 미세 먼지도 크게 줄고, 봄의 불청객인 황사도 찾아오지 않아 마치 청명한 가을인 듯한 나날이 이어지고 있다. 5월이 계절의 여왕이라서 하늘이 축복을 내려 주는 걸까.

신문기사를 보니 기상전문가들은 이런 날씨가 이어지는 원인으로, "러시아와 알래스카 사이 차가운 베링해에서 시작되는 저기압으로 밀려 내려온 찬 공기와 변덕스러운 기단(공기 덩어리)의 움직임, 내몽골의 황사 발생 감소, 코로나 사태로 인한 중국과 우리나라의 오염물질 배출 감소 등

세 가지"를 꼽는다고 한다(https://news.chosun.com/site/data/html_dir/2020/05/23/2020052300041.html).

전문가들의 분석이야 그 렇다 치고, 범부의 입장에 서는 아무튼 청명하고 선 선한 날씨가 반갑기만 하 다. 덕분에 아침 우면산에 올라 북쪽을 바라보면 한 강 너머 남산은 물론 북한 산까지 손에 잡힐 듯 다가 오고, 서울 시내 한복판인 광화문 일대에서는 한낮 에 북으로 북악산과 그 산 밑에 자리한 경복궁, 동으 로 청계천, 남으로 시청 등

어느 방향으로 눈을 돌려도 선명한 자태를 뽐내는 풍경을 대하게 된다.

산지기 외딴집의 눈먼 처녀는 꾀꼬리 울음소리를 엿듣고 가슴이 설레지 만, 그동안 온갖 공해에 찌든 도심 속에서 살아온 장삼이사(張三李四)들은 예기치 못한 날씨의 축복에 어리둥절하기만 하다. 일찍이 이런 봄날 풍경을 본 게 언제였는지 기억조차 가물가물하다.

코로나19가 중국 우한에서 작년 12월에 처음 발생한 지 6개월 만에 전 세 계에서 530만 명이 넘는 확진자가 생기고 사망자가 34만 명에 이르고 있다. 최초 발생 원인을 둘러싸고 국제적인 논쟁이 벌어지고 있지만, 아직 뚜렷하 게 밝혀진 것은 없다.

그런데 흥미로운 것은 인구과잉, 환경 오염 등으로 몸살을 앓고 있는 지구가 자정(自淨)작용을 하는 것이라는 분석도 있다는 것이다. 15세기 중세 유럽을 휩쓴 페스트(유럽 인구의 30% 사망), 20세기 초의 스페인 독감(전세계에서 5,000만 명 이상 사망), 그리고 작금의 코로나19 모두 지구가 더이상 못 참겠다고 비명을 지를 때 발생하였다는 것이다. 공장이 멈춰서고, 비행기와 자동차가 안 다니고, 사람들이 집 밖을 안 나가다 보니 공기가 깨끗해져, 서울의 우면산에서 북한산이 보이듯이, 인도에서는 히말라야가 보이고, 중국에서는 천산산맥이 보인다고 한다. 그래서 이제껏 BC(Before Christ)와 AD(Anno Domini)로 해 온 시대구분을 이제는 BC(Before Corona)와 AC(After Corona)로 바꾸어야 한다는 말도 나온다.

코로나 발생 원인에 관한 지구자정설(地球自淨說)이 과연 얼마나 설득력이 있는지는 모르겠지만(그야말로 '믿거나 말거나'이다), 적어도 분명한 것은 매사 엉클어지고 망가지다 보면 막판에 가서는 복원을 위한 자정기능이 발동하며, 그것이 세상사라는 것이다.

비근한 예로, 우리나라의 정치판에서는 한때 폐족임을 자인했던 정당이 부활하여 집권당이 되었다. 그런가 하면 반대로 한때 집권당의 위세를 내세우며 세상 무서울 게 없는 것처럼 으스대던 정당은 거의 궤멸 수준으로 전락하였는데, 이 또한 앞으로 자정기능이 발동하여 재기할 것인지 지켜볼 일이다. 역사의 수레바퀴는 돌고 돌게 마련이고, 그 바퀴를 누가 얼마나 잘 굴리느냐에 따라 흥망성쇠가 정해질 것이다.

코로나가 완전히 극복된 세상은 어떤 모습일까 하고 벌써 설왕설래하고 있는데, 범부들이 발을 딛고 있는 이 나라의 모습은 그 와중에 어떻게 달라질까 못내 궁금하다. 그 그림을 그릴 능력이 전혀 없는 촌부는 점이라도 보러 가야 하는 걸까? 하늘은 청명한데, 윤미향 의원 사태에 더하여 한명숙 전

총리 사건을 전하는 신문기사를 접하는 촌부의 마음은 그렇지 못하다. 촌부만 그런 건가.

(후기) 이 글을 쓰고 며칠이 지난 2020. 5. 28. 한양대학교의 정민 교수가 신문에 쓴 '우수운산(雨收雲散)'이라는 제목의 칼럼을 보게 되었다(https://news.chosun.com/site/data/html_dir/2020/05/27/2020052704698.html). 극히 공감이 가는 글인지라 여기에 그 일부를 옮긴다.

(전략, 前略) … 원나라 무명씨의 '벽도화(碧桃花)'에도 이런 시가 나온다.
"우렛소리 크게 울려 산천을 진동하니, 이때 누가 하늘을 두려워하지 않겠는가? 비가 개고 구름이 흩어지길 기다려선, 흉도(凶徒)와 악당들은 또 앞서와 똑같으리(雷聲響亮振山川, 此際何人不怕天? 剛待雨收雲散後, 凶徒惡黨又依然)."
악당들이 천둥 번개가 꽝꽝 칠 때는 하늘이 두려워 쩔쩔매다가, 잠시 후비가 걷히고 구름이 흩어지면, 언제 그랬냐는 듯이 또 말짱하게 온갖 못된 짓을 계속할 것이라는 뜻이다.

조선 후기 원경하(元景夏)는 '영성월(詠星月)'에서 이렇게 노래했다.
"하늘에 뜬 밝은 별 반짝반짝 빛나다가, 흐린 구름 문득 덮자 어두워 별도 없네. 나그네 방 삼경에 빗기운 캄캄해서, 숲 끝에 보이느니 반딧불이 몇 개뿐. 비 걷히고 구름 흩어지자 별이 다시 나와서는, 반디 불빛 스러지고 산 달만 환하더라(明星出天光炯炯, 陰雲忽蔽暗無星. 客堂三更雨冥冥, 林梢唯看數點螢. 雨收雲散星復出, 螢光自滅山月明)."
먹구름이 몰려와 하늘의 별을 지웠다. 어두운 숲에는 반딧불이 몇 마리만 보인다. 이윽고 비가 개고 구름이 흩어지자 가렸던 달이 제 빛을 찾아, 천지는 광명한 본래 모습을 문득 되찾았다.

(중략, 中略) … 비가 개고 구름이 흩어지면 가렸던 달빛이 다시 환해질까? 아니면 못된 무리가 면죄부를 받고서 다시 횡행하는 세상이 될까?

(2020.05.25)

달도 차면 기운다

1주일 전(2020. 6. 21.)이 하지(夏至)였다. 서울 기준으로 오전 5시 11분에 해가 떠서 오후 7시 57분에 졌다. 낮의 길이가 무려 14시간 46분이다. 그리고 다음 날부터 다시 낮이 짧아지기 시작했다. 달도 차면 기울 듯이, 지난해 동지 이후 길어져 오던 낮이 마침내 정점을 찍고 다시 짧아지는 것이다.

낮은 짧아질지언정 더위가 본격적으로 시작되어 머지않아 찜통더위가 온 나라를 들끓게 할 것이다. 장마도 또한 찾아올 것이다. 아니 이미 찾아왔다. 비록 장대비는 아닐지라도 찔끔거리는 비가 간헐적으로 계속된다. 결국 범부들은 고온다습한 기후에 혀를 내두를 일만 남았다. 지구 온난화의 끝은 어디일까.

울안의 텃밭에서 감자를 캤다. 이름하여 '하지감자'이다. 씨알이 제법 굵다. 극히 소량이지만, 두 식구밖에 안 되니 오래 두고 먹을 수 있다. 김장배추만큼이나 크게 자란 상추와 더불어 눈과 입을 즐겁게 하는 수확물이다. 무슨 연유인지 토마토는 줄기와 잎이 시들

시들 말라간다. 매실도 작년만 영 못하다. 대문 밖의 논은 벼가 하루가 다르게 자라고 있다. 짙은 녹색의 향연이 펼쳐진다.

그나저나 하지가 되었다는 것은 곧 올해도 절반이 지나갔다는 이야기다. 경자년의 새해가 밝았다고 가슴 설레며 한 해를 설계하던 때가 엊그제 같건만 벌써 반환점을 돌다니…. 그동안 이 땅에서는 무슨 일이 일어났었나 반추해 보니, 코로나 19가 온 나라를 멍들게 하여 가뜩이나 휘청이던 경제에 치명타를 가하고, 그런 와중에 실시된 총선거에서 집권 여당이 압승을 거둔 게 제일 먼저 떠오른다.

그리고 시리즈로 이어지는 북한 김여정의 막말 퍼레이드와 김정은의 평화 위장극이 다음순서를 장식한다. 김여정을 내세워 개성연락사무소를 폭파하고 비무장지대에 확성기를 설치하더니, 김정은이 마치 커다란 은혜라도 베푸는 듯이 무력시위를 보류시키는 척하는 연극을 펼친다. 그들이야 본래 무뢰배들이니 그렇다 치더라도, 그들의 말 한마디에 일희일비하면서 온갖 굴욕을 감수한 채 그들의 심기를 건드리지 않으려고 애쓰는 위정자들의 행태는 또 무언가. 왼쪽 뺨을 맞은 것도 모자라 오른쪽 뺨도 때려달라고 내미는 것인가. 구걸한다고 해서 평화가 보장되나.

세상만사에는 불변하는 이치가 하나 있다. 넘쳐나는 권력에 온 세상이 마치 내 것인 양 설쳐댄들 그것이 무한으로 계속되는 법은 없다는 것이다. 권불십년(權不十年)이라는 말이 그래서 나왔고, 한때 '해가 지지 않는 나라'라고 뽐냈던 영국도 지금은 "아, 옛날이여~"를 되뇔 뿐이다. 그게 역사가 주는 교훈이건만, 오만과 아집에 사로잡힌 위정자들이 애꿎은 민초들을 고난에 빠뜨리는 일이 국내, 국외를 막론하고 되풀이되고 있다. 그들은 역사를 잊은 것일까, 아니면 애써 외면하는 것일까.

그런데 권력이 세습되던 과거 봉건사회와는 달리, 명색이 선거를 통해 국민으로부터 권력을 부여받았다는 미명(美名)하에, 작금의 위정자들은 그것을 무소불위로 휘두르는 데 주저하지 않는다. 마치 '조자룡이 헌 칼 쓰듯' 한다. 더구나 날이 갈수록 그게 더 심해지는 경향이다. 그러면서도 그들은 당당히 주장한다. "나만큼은 어디까지나 선의로 일을 한다고. 나만큼은 진정으로 국민을 위한다고." 기가 막힐 노릇이다. 이런 '내로남불'이 또 어디 있나.

위정자들의 권력 남용으로 인한 폐해는 국민이 고스란히 뒤집어써야 하는데, 가만히 보면 자업자득이다. 그런 사람들에게 권력을 쥐여준 게 바로 국민이니 말이다. 뒤늦게 후회를 하여 보지만, 차는 이미 떠났다. 다음 선거 때 보자고 벼르며 기다린들, 그 때 가서 막상 어떤 결과가 나올지는 알 수 없다. 오히려 또다시 교언영색, 감언이설에 속아 그들의 농간에 정당성만 부여해 줄지도 모른다. 슬픈 이야기이다.

과거 유신시대 때 '유정회'라는 괴물이 국회를 좌지우지한 일이 있다. 그 때 내건 모토가 "일하는 국회"였다. 그런데 그 유신정권이 붕괴하고 이 땅에 민주화의 꽃이 핀 지 벌써 몇십 년이 지난 지금에 그 "일하는 국회"의 모토를 다시 볼 줄이야. 유신정권 시절 법과대학 다닐 때 헌법교수님이 "우리나라 국회는 입법부(立法府)가 아니라 통법부(通法部)다"라고 하신 말씀이 새삼 기억난다. 목하 '法務部'를 '法無部'로 만들고 있는 해당 부처 장관의 언행은 또 어떤가.

역시 역사는 돌고 돈다.

그렇지만 달도 차면 기운다. 이 또한 역사이다.

(2020.06.27)

개 대신 닭

어제가 중복(中伏)이었다.

여름 더위를 일컫는 삼복더위, 그중에서도 가운데인 중복이건만. 오랜 기간 간헐적으로 내리고 있는 장맛비로 인해 그다지 덥지 않았다. 남부지방이나 강원도 영동지방만큼은 아닐지라도 서울을 비롯한 중부지방에도 비가 제법 내렸다. 그 비가 삼복더위를 잠시 뒤로 물린 모양이다.

우리나라도 장마로 침수피해가 발생한 곳이 있지만, 그래도 비가 어느 정도 오다 그칠 모양인데, 서해 건너 중국은 폭우로 인한 피해가 사뭇 심한 듯하다. 특히 양자강 유역에 계속 쏟아지는 비로 인해 삼협(三峽) 댐의 붕괴 우려가 커지고 있다.

삼협댐은 높이 185m, 길이 2,309m, 너비 135m이며, 최고 수위 175m, 총 발전용량 2,240만kW(연간 발전량 847억kW)로 세계 최대라고 한다. 댐의 완공으로 생긴 호수는 길이 660㎞, 평균 너비 1.1㎞,

[구글지도로 본 삼협댐]

총면적 632㎢, 총저수량 393억t에 달하는데, 이 저수량은 한국 전체 담수량의 2배(소양호의 담수량이 27억t이다), 일본의 전체 담수량과 맞먹는다.

만리장성 축조 이후 행해진 세계 최대의 토목공사 끝에 완성된 이 댐이 불어나는 물을 견디지 못하고 붕괴하면, 실로 엄청난 피해가 발생할 것이다. 4억 명의 수재민이 발생하고, 양자강 하류의 남경과 상해도 물에 잠길 가능성이 있다고 한다. 사드 배치 이후 계속 속 좁은 모습을 보이고 있는 작금의 중국 위정자들의 행태를 보노라면 댐이 무너져도 그만이라는 생각이 들기도 하지만, 애꿎은 백성들이 무슨 죄가 있으랴, 무사하길 빈다.

각설하고, 우리나라의 오랜 전통에 의하면 복날에는 '복(伏)'이라는 글자가 말해 주듯 사람(人)이 개(犬)를 가까이 해야(^^) 격에 맞겠지만, 세월이 흐름에 따라 시대가 변하다 보니 보신탕은 이젠 극소수 사람들의 음식이 된 듯하다. 대신 그 자리를 삼계탕이 차지했다. '꿩 대신 닭'이라는 속담이 '개 대신 닭'이라는 말로 대체되었다고나 할까.

그래서 지난 주말 탑골공원 원각사 무료급식소에서도 삼계탕을 준비했다. 말 그대로 '복지경'이라 준비나 배식 모두 쉬운 일이 아니었지만, 어려운 발걸음을 해서 맛있게 드시고 가는 어르신들의 모습을 보면 힘이 난다. 식사 후에 'Grit 918'에서 보내온 단팥빵을 받으신 할머니 한 분이,

"빵도 줘유? 원 세상에, 별일이네유~!"
하신다.
"예, 할머니 맛있게 드세요~"

사람이 산다는 게 별건가, 한쪽에서는 천정부지로 치솟는 아파트값으로
난리를 치는데, 다른 한쪽에서는 빵 한 봉지에 감격하는 게 세상이다.

그나저나 언제나 끝이
보일지 모르는 '코로나19'
로 인해 이젠 농촌 들녘에
마저 방역소독차가 등장
했다. 장마로 인해 수시로
내리던 비가 그쳐 그야말
로 청명한 하늘이 반기는
데, 그런 풍경 속에서 보는

소독차의 모습이 영 낯설기만 하다.

그렇다고 들판을 거닐며 마스크를 쓸 일도 아니다. 이른 아침의 금당천변
에 지나는 사람이 있어야 거리 두기를 하든, 마스크를 쓰든 하지, 제상제하
에 유아독존(堤上堤下唯我獨尊)으로 미음완보(微吟緩步)하며 걷는 발걸음
이 새삼 달라지랴. 어릴 적
에 피라미, 붕어, 송사리
잡던 물가가 유난히 다정
스럽다. 그 물가에 이젠 아
이들은 없고, 촌노만 홀로
옛 추억에 잠기니 이를 어
쩔 거나….

경자년(庚子年)의 중복(中伏), 비 갠 뒤의 파란 하늘과 그 밑의 녹색 산하가 유난히 깨끗하게 다가온 날이다. 다산(茶山) 선생은 이럴 때 "불역쾌재(不亦快哉)!"를 외치지 않았을까. 선생의 시를 한 수 옮겨본다.

跨月蒸淋積穢氛(과월증림적예분)
四肢無力度朝曛(사지무력도조훈)
新秋碧落澄寥廓(신추벽락징요곽)
端軒都無一點雲(단헌도무일점운)
不亦快哉(불역쾌재)

한 달 넘게 찌는 장마에 퀴퀴한 기운 쌓여
팔다리 나른하게 아침저녁 보냈는데
초가을 푸른 하늘 툭 터져 해맑으니
끝까지 바라보아도 구름 한 점 없구나.
이 또한 유쾌하지 아니한가?

(2020.07.27)

용(龍)과 가붕개
(가재, 붕어, 개구리)

내일이면 백로(白露)다.

아무리 세상이 번잡해도 세월은 어김없이 흐른다. "더워, 더워" 하던 게 엊그제인데, 벌써 오늘 아침 기온이 18도였다. 오리떼와 노니는 금당천의 백로(白鷺)를 볼 날도 얼마 남지 않았다. 백로(白露)가 지나 기온이 내려가기 시작하면 백로(白鷺)는 따뜻한 남쪽으로 날아가기 때문이다.

백로(白露)는 말 그대로 '흰 이슬'이라는 뜻이다. 이때쯤이면 밤에 기온이 이슬점 이하로 내려가 풀잎에 이슬이 맺히는 데서 유래한 말이다. 통상 이 무렵에는 지루한 장마가 끝나고 맑은 날씨가 계속된다.

그러나 간혹 남쪽에서 불어오는 태풍과 해일로 곡식이 피해를 겪기도 한다. 올해가 꼭 그럴 상황이다. 8호 태풍 '바비', 9호 태풍 '마이삭'에 연이어 10호 태풍 '하이선'이 한반도에 들이닥칠 기세다. 아니 이 크지도 않은 땅에 이렇게 며칠 간격으로 태풍이 찾아오는 건 도대체 뭐람.

기록적으로 54일이나 이어진 기나긴 장마로 인한 피해를 미처 다 복구하기도 전에 태풍이 연타를 가하니 죽을 맛이다. 더구나 코로나19가 다시 창궐하고 있지 않은가.

이 나라 백성은 지금 왜 이다지도 자연재해와 역병에 시달려야 하는가. 도대체 어린 백성이 무슨 큰 죄를 지었길래 이런 시련을 겪어야 하는가. 그냥 개천에서 '가붕개(가재, 붕어, 개구리)'로 살지 주제넘게 용(龍)이 되어 구름 위로 날아오르려고 용을 쓴 업보인가. 분수를 모르는 미망에 사로잡혀 산 죄의 대가인가.

그런데 궁금하다.

가붕개 주제에 '교육을 통한 신분 상승'이라는 헛된 욕망을 가진 게 그리도 큰 죄인가? 가붕개 주제에 정부가 잔뜩 늘린 공무원 자리와 공공기관에서 감지덕지하며 고분고분 일할 것이지 쓸데없이 의사 같은 고소득자가 되려는 어리석은 욕망을 가진 게 그리도 큰 죄인가? 가붕개 주제에 공공 임대주택에 살고 싶다는 마음가짐을 가져야 하거늘 당치도 않게 영혼까지 끌어다 '내집 마련의 꿈'을 꾸는 주제넘은 욕망을 품은 게 그리도 큰 죄인가? 대역죄라도 되나?

이런 것들이 과연 그렇게 큰 죄인가? 큰 죄가 맞다고 하면 할 말이 없다. 그러면 가붕개들은 이런 큰 죄를 짓고 그나마 남은 목숨을 부지하려면 어찌해야 하는가. 길이 없는 게 아니다.

가붕개들끼리 서로 남자와 여자로 갈려 싸우고, 서울 사람과 시골 사람으로 갈려 싸우고, 영남, 호남, 충청의 지역별로 갈려 싸우고, 노인과 청년의 계층별로 갈려 싸우고, 임대인과 임차인으로 갈려 싸우고, 의사와 간호사로 갈려 싸우고…. 그렇게 서로 싸우고 싸우며 청맹과니로 지내면 된다.

가붕개는 마땅히 이이제이(以夷制夷)에 순응해야 한다. 연작(燕雀)인 주제에 홍곡(鴻鵠)의 뜻을 알려고 나서서는 안 된다. 나중에 알려줄 때를 기다려 천천히 알면 된다. 또한 괜히 눈을 제대로 뜨고 교육이나 자산 축적을 통해 신분 상승을 도모할 일도 아니다. 얼토당토않은 신분 상승은 자칫 보수화로 연결되나니, 이는 곧 천벌을 받을 짓임을 깨쳐야 한다. 그간의 적폐청산 교훈을 하시라도 잊어서는 안 된다.

옛 성현의 가르침에 삼분지족(三分之足)이란 것이 있다. 사람은 모름지기 '분수를 알고, 분수를 지키고, 분수에 만족'하며 살아야 한다는 것이다. 오늘날 이 땅의 가붕개들은 모름지기 이 삼분지족(三分之足)의 지혜를 터득해야 한다. 분수를 모르고 감히 DNA가 전혀 다른 용(龍)이 되려고 애쓰면 절대 안 된다. 가붕개는 가붕개일 뿐이다.

미망에 사로잡혔던 가붕개들이 이제라도 이렇게 자신의 죄를 알고 성현의 가르침에 순종한다면, 더이상 자연재해나 역병에 시달리지 않고 안온한 삶을 누릴 수 있을 것이다. 명심할 일이다.

계절의 변화는 아무래도 대처보다 촌에서 빠르게 느낀다. 자연의 색이 눈에 띄게 변하기 때문이다. 대문 밖 논이 그동안의 짙푸른 초록색에서 서서히 황금색으로 변해가고 있다. 울안에는 가을꽃이 피고 있다. 엊그제의 애호박이 어느새 늙은 호박으로 변했다. 가을이 눈앞에 다가오고 있는 것이다. 이제 곧 하늘이 높아지고 사람이 살찌리라(天高人肥).

오곡(五穀)이 여물어 가는 때에 그동안 역병, 장마, 태풍에 시달린 백성들에게 시원한 사이다를 선물한 '시무7조'에 위정자(僞政者)들은 무어라고 답할까. 결실의 계절답게 좋은 결실을 보게 되려나. 가붕개도 이제부터는 용이 되려는 꿈을 꾸어도 될까. 붕어가 국토부 장관이 되고, 개가 법무부 장관이 될까.

물정 모르는 촌부의 한낱 망상인가. 사뭇 하회가 기다려진다.

(2020.09.06)

우심전전야(憂心輾轉夜)

닷새 전에 추분(秋
分)이 지나고 완연한
가을이다. 아침 기온이
15도 밑으로 내려가고,
해가 눈에 띄게 짧아지
더니 이젠 오후 6시가
조금 넘으면 이내 사위
(四圍)에 어둠이 짙게

깔린다. '추월양명휘(秋月揚明輝. 가을은 달이 높이 떠 밝게 비춘다)'라고
했던가, 맑은 날씨가 이어지는 덕분에 달이 밝게 빛나건만, 그 달에서 온기
를 느끼지는 못한다. 봄에 모내기를 한 논을 보며 설레었던 벌판은 황금빛으
로 변하고, 바람에 흩날리는 갈대가 정겹게 다가온다.

　찬 기운이 여실하게 도는 금당천에 아직 남은 백로가 외로이 서 있다. 왠지 쓸쓸해 보이는 것은 촌부만의 생각일까. 동료들은 다 따뜻한 곳을 찾아 남쪽으로 날아갔건만 저 백로는 왜 홀로 남아 개울가를 맴돌까.

　그 백로를 바라보면서 이순신 장군의 시를 한 수 차용해 어쭙잖은 흉내를 내본다.

金堂秋光暮(금당추광모)
驚寒白鷺孤(경한백로고)
憂心輾轉夜(우심전전야)
殘月照茅屋(잔월조모옥)

금당천에 가을빛이 저무니
찬 기운에 놀란 백로 외로이 서 있고
이런저런 걱정에 잠 못 이루는 밤
아직 남은 새벽달이 누옥을 비추누나

한때는 자기도 법관이었고, 지금은 명색이 한 나라의 법무부 장관 직책에 있는 사람이, 법원, 검찰을 정권에 순종하는 기관으로 만드는 것을 사법개혁, 검찰개혁이라고 우기는 것을 멀쩡한 눈으로 바라만 보아야 하는 것이 작금의 현실이다. 어찌 '우심전전야(憂心輾轉夜)'가 아니랴.

그런데 이보다 더한 일이 발생했다. 북한 해역에서 표류하던 해양수산부 소속 어업지도원인 우리 국민을 북한군이 사살하고 시신을 불태우는 천인공노할 일이 벌어졌다. 그런데 긴급 소집된 국가안전보장회의(NSC)에 국군통수권자인 대통령은 없었다. 그 시각에 아카펠라 공연을 관람하고 있었다. 세월호가 침몰했을 때 국정 최고책임자가 어디 있었냐고 난리 치던 모습이 겹쳐진다.

청와대, 국방부, 통일부, 국회…. 관련된 곳이라면 모두 나서서 북한을 규탄하는 모습을 보이더니, '미안하게 됐다'는 김정은의 말 한마디에 언제 그랬냐는 듯 꼬리를 내린다. 아니 그것도 모자라, 김정은을 '계몽군주'라고 치켜세우기까지 한다. 기가 막힐 노릇이다.

참담하다. 금당천변에 사는 일개 촌부조차 계속 '우심전전야(憂心輾轉夜)'를 해야 하는 걸까. 문득 득통(得通. 1376-1433년) 선사의 시가 떠오른다.

步月仰看山疊疊(보월앙간산첩첩)
乘風俯耳水冷冷(승풍부이수냉냉)
道人活計只如此(도인활계지여차)
何用區區順世情(하용구구순세정)

달빛 따라 걷다가 고개 들어 첩첩산중 바라보고
바람 타고 가다가 귀 기울여 졸졸 물소리를 듣는다
도인의 사는 이치 이와 같으니
어찌 구구하게 세상사에 매이랴

머릿속을 어지럽히는
온갖 상념에서 벗어나려
고, 도인의 흉내라도 내보
려고, 뜨락으로 나서니 가
을꽃이 만발했다.

지난달에 점봉산 곰배
령 천상의 화원에서 보았
던 온갖 종류의 야생화가 참으로 아름다웠는데, 지금 뜨락에서 보는 이 꽃들
이 훨씬 더 예쁜 것은 무슨 까닭일까. 일찍이 다산 정약용 선생이 그 답을 가
르쳐 주었다.

折取百花看(절취백화간)
不如吾家花(불여오가화)
也非花品別(야비화품별)
祇是在吾家(지시재오가)

백 가지 꽃을 다 꺾어 와 보아도
내 집에 있는 꽃만 못하네

이는 꽃이 달라서가 아니라
단지 내 집에 있기 때문일세

　그나저나 저 꽃들은 어지러운 세상사를 알까. 촌부의 마음을 읽기라도 한 듯, 꽃들이 한마디 하는 것 같다.

　不義而富且貴(불의이부차귀)는 於我(어아)에 如浮雲(여부운)이라.
　(의롭지 못한 부귀와 권세는 나에게는 한날 뜬구름일 뿐이다)

　환청인가.

(2020.09.27)

블루문(blue moon)

어느새 2020년 10월의 마지막날이다. 추석, 한로(寒露), 상강(霜降)이 다 지났으니 가을이 다 간 거나 진배없다. 더구나 1주일 후면 입동(立冬) 아닌가.

황금빛을 자랑하던 들녘에는 추수를 끝낸 잔해만 앙상하다. 금당천에도 낮아진 기온으로 안개가 짙게 끼고 여름내 무성했던 갈대가 흰옷으로 갈아 입었다. 피어오르는 물안개 위로 빛나는 태양이 왠지 처연한 느낌이 드는 것 은 보는 이의 심사가 그래서인가.

이처럼 풍요의 계절이 가고 상풍(霜楓)이 삭풍(朔風)으로 변할 날이 시시각각 다가오지만, 그래도 아직은 만추의 끝자락이 남아 있다. 한반도에도 지구 온난화의 영향이 미치고 있지 않은가.

오상고절(傲霜孤節)이라고 했던가, 풍상(風霜)이 섞어 칠수록 고고한 모습을 홀로 뽐내는 국화가 자칫 쓸쓸해질 수 있는 촌부의 마음에 위안을 준다. 울안에 국화를 심기를 잘했다.

오랫동안 암중모색하던 윤석열 검찰총장과 추미애 법무부 장관이 국정감사를 계기로 공개적으로 일합(一合)을 겨루더니, 급기야 평검사들이 집단으로 법무부 장관에 반기를 드는 사태가 벌어지고 있다.

법무부 장관이 검찰개혁의 미명 하에 조자룡 헌 칼 쓰듯 인사권, 감찰권, 지휘권을 휘둘러 댈 때 물밑에서 끓고 있던 일선 검사들의 불만이 마침내 봇물 터지듯 쏟아져 나오는 형국이다. 바야흐로 조만간 '검란(檢亂)'이 일어날 듯하다.

이런 사태를 애당초 야기한 법무부 장관더러 결자해지(結者解之)하라고 해야 하나, 아니면, 검사들더러 당랑거철(螳螂拒轍)하라고 해야 하나. 해결의 칼자루를 쥐고 있는 국정 최고책임자는 말이 없다.

연작(燕雀)이 어찌 홍곡(鴻鵠)의 뜻을 알리오마는 이이제이(以夷制夷) 후 토사구팽(兎死狗烹)의 수순은 아니려나. 한낱 촌부는 앞으로의 추이가 궁금할 따름이다.

마침 블루문(blue moon)이 떴다. 지난 1일(추석)에 이어서 한 달 내에 두 번째로 보름달이 뜬 것이다. 우리는 보름달을 보면 반갑고 풍요를 떠올린다. 그러니 그런 보름달이 한달에 두 번이나 뜨면 더욱 좋아할 일이다. 그렇지만 서양사람들은 다르다.

서양사람들은, 보름달이 한 달에 한 번 뜨는 게 정상인데 두 번이나 뜨는 것은 비정상이니, 이는 '배신(belewe. betrayer의 고어)'으로서 불길한 징조라고 생각하였다. 여기서 'blue moon'이라는 단어가 나왔다고 한다. 그런가 하면 두 번째 뜨는 보름달을 암울한 색인 푸른색에 연결지어 그렇게 부른다는 말도 있다. 아무튼 절묘하게도 터키에서 지진이 일어나서 사상자가 많이 나왔다는 뉴스가 전해진다.

[10월 1일에 뜬 보름달]

[10월 31일에 뜬 보름달]

시국이 시국이라서 그런가, 블루문(blue moon)을 서양사람들의 이야기라고 치부해 버리기에는 왠지 께름칙하다. 역사책을 보면 달과 별을 보며 길흉화복을 점치는 장면이 많이 나온다. 그러나 촌부에게는 그럴 능력이 없다.

그래서, 밤이 깊을 대로 깊었건만, 오상고절(傲霜孤節)의 국화를 다시 찾아 상념에 잠긴다.

경자년 10월의 마지막 밤이 그렇게 지나간다.

(2020.11.01)

물 같이 바람 같이

1주일 전(11월 22일)이 소설(小雪)이었고, 1주일 후(12월 7일)면 대설(大雪)이다. 비록 눈 소식은 없지만, 정녕 겨울의 초입으로 들어선 것이다. 아침은 물론이거니와 낮에도 수은주가 영하에 머물고 있다. 가을은 이제 저만치 물러갔다.

그 가을이 못내 아쉬워 '삽살이'를 데리고 금당천 들녘으로 나섰다. 삽살이는 오랫동안 정들었던 래브라도 리트리버를 말썽이가 데리고 가는 바람에 경산의 한국삽살개재단에서 새로 구해 온 삽살개다. 삽살개는 천연기념물 제368호로 우리나라 토종개인데, '삽살개'라는 이름은 귀신이나 액운을 쫓는 뜻을 지닌 '삽(쫓는다, 들어내다)+살(귀신, 액운)+개'의 합성어로, 순수 우리말이다.

해가 서산으로 기울어 가 듯 한 해가 저물어 가는 때 이지만, 그래도 금당천변에 는 아직 가을의 흔적이 남 아 있다. 냇가의 갈대도 여 전히 바람에 날리고, 추수 가 끝나 텅 빈 논은 또 다 른 황금색을 띠고 있어 정 감이 간다. 그 정경을 필설 로 그리려니 촌부의 빈약 한 재주로는 언감생심이다.

그래서 일찍이 고려 후 기의 문인 함승경(咸承慶)이 읊었던 가락을 흉내 내 본다.

黃昏日將沒(황혼일장몰)
雲霞光陸離(운하광육리)
江山更奇絕(강산갱기절)
老子不能詩(노자불능시)

황혼에 해가 지려 하니
구름과 노을에 눈이 부시네
강산 풍경이 너무나 아름다워
늙은이 재주로는 시를 짓지 못한다

[원문은 제1행이 '淸曉日將出(청효일장출: 맑은 새벽에 해가 뜨려 하니)'이다.]

230 법창에 기대어

금당천에는 촌부가 시를 짓지 못한다고 해서 흉볼 사람이 없다. 마음 가는 대로 발길 닿는 대로 거닐며 정경을 눈과 가슴에 담을 뿐이다. 가을이 가고 겨울이 오는 모습을 있는 그대로 보고 즐기면 된다. 그런다고 관람료를 낼 일도 없다. 계절이 바뀌는 길목의 청산은 촌부더러 말없이 살라 하고(靑山見我無語居. 청산견아무어거), 창공은 촌부더러 티 없이 살라고 한다(蒼空視吾無埃生. 창공시오무애생).

그렇다. 그게 자연이 가르치는 순리이다. 유한(有限)한 인생이니, 물 같이 바람 같이 살다가 가면(水如風居歸天命. 수여풍거귀천명) 된다. 그렇지 않고 탐욕과 성냄으로 점철되는 나날을 보내는 것은 실로 어리석은 짓이다. 종국에는 커다란 화를 입게 되고, 그게 업보임을 깨달았을 때는 이미 늦게 된다.

소위 '검찰개혁'이라는 이름 아래 목하 벌어지고 있는 지록위마(指鹿爲馬) 수준의 이전투구(泥田鬪狗) 현장에 대고 '탐욕과 성냄'을 벗어 놓으라고 한다면 그야말로 우이독경(牛耳讀經)이려나. 순리를 벗어난 종착역은 필시 이이제이(以夷制夷)와 토사구팽(兎死狗烹)일진대, 그것이 한낱 무지렁이 촌부의 눈에만 보이는 걸까.

옛 시조 한 수를 읊조리며 삽사리와 집으로 돌아가는 금당천변에는 어느새 어둠이 깔리기 시작했다. 그 어둠의 끝은 새벽이겠지.

물노라 부나비야 네 뜻을 내 몰라라
한 마리 죽은 후에 또 한 마리 따라오니
아모리 푸새엣 것인들 네 죽을 줄 모르난다.

(2020.11.30)

해마다 해는 가고 끝없이 가고(年年年去無窮去)

동지(冬至)도 지나고, 크리스마스도 지나고, 경자년(庚子年)의 마지막 주말이다. 예전 같으면 시끌벅적할 연말이건만, '코로나19'로 인해 어디를 가도 그런 분위기를 느낄 수 없다. 실로 대단한 위세를 떨치는 감염병이다. 올 1년 내내 전 세계를 공포의 도가니로 몰아넣었으니 더 말해 무엇 하랴.

다행히 미국에서 개발한 백신의 접종이 시작되어 한 시름 놓을 듯하다. 그러나 이는 미국을 비롯하여 백신을 구입한 나라들의 이야기일 뿐이다. 중동이나 중남미 국가들조차도 백신을 구입했건만, K-방역을 자랑하느라 자만에 젖어 있던 우리나라는 아직 기약이 없다. 어쩌다 이런 상황에 놓이게 되었는지 언젠가는 명백히 밝혀져야 할 것이다. 그래야 똑같은 잘못을 되풀이 안 할 테니 말이다.

일찍이 교과서를 통해 최치원(崔致遠)이 토(討)황소격문(본래 명칭은 檄黃巢書〈격황소서〉)을 지었다(881년)는 말만 들었는데, 근자에 그 전문(全文)을 읽을 기회가 있었다. 그 중 특히 눈길을 끄는 대목이 있다.

지혜로운 사람은 시세에 순응하여 성공하고,
어리석은 자는 이치를 거스름으로써 패망한다.

비록 우리의 백 년 인생이 하늘의 명에 달려있어,
죽고 사는 것을 기약할 수는 없으나,
만사가 마음먹기에 달려있으니,
옳고 그른 것은 가히 분별할 일이다.
(智者成之於順時 愚者敗之於逆理 然則雖百年繫命 生死難期 而萬事
主心 是非可辨)

또 다른 대목을 보자.

"회오리바람은 하루아침을 가지 못하고, 소낙비는 하루 종일 내리지 않는
다" 하였으니,
하늘의 일도 이처럼 오래가지 못하거늘 하물며 사람의 일이랴.
(飄風不終朝 驟雨不終日 天地尚不能久 而況於人乎)

하늘이 악한 사람을 잠시 도와주는 것은 그를 복되게 하려는 것이 아니라,
그의 악행이 쌓이게 하여 벌을 내리려는 것이다.
(天之假助不善 非祚之也 厚其凶惡而降之罰)

최치원이 이 격문을 지은 후 1,000년 넘게 지난 지금에 이르러서도 읽을
수록 참으로 소름이 돋는 경구(警句)이다.

코로나19 말고 또 경자년 한 해를 뜨겁게 달궜던 윤(尹)·추(秋) 전쟁(윤석열 검찰총장과 추미애 법무부장관의 갈등)과 윤석열 총장의 거취문제가 일단락되는 모양새다. 현재로서는 호가호위(狐假虎威)하던 추미애 장관의 완패 형국이다. 사상 초유의 검찰총장 징계라는 뜨거운 감자에 내려진 법원의 집행정지결정이 최종적으로 어떤 결과로 이어질지 두고 볼 일이다.

징계나 집행정지의 당부를 떠나, 집행정지결정이 묘하게도 크리스마스 이브날 밤에 내려져, '원수를 사랑하라'는 예수님의 가르침을 실천한 것이라는 이야기는 호사가들의 한낱 우스개 소리일 뿐이다. 김삿갓의 시구대로 '시시비비시시비'(是是非非是是非. 시시비비를 가리려고 하는 것, 그게 바로 시비이다)이런가.

알지도 못하는 세상사의 이치를 알려고 골치를 썩이느니, 언제나 말없이 촌부를 반겨 주는 금당천으로 발길을 옮기는 것이 백배 낫다.

저물어 가는 경자년을 상징하듯, 서산으로 넘어가려는 해가 연출하는 저녁노을이 황홀하기만 하다. 하늘의 해와 물속의 해는 어느 것이 진짜이고, 어느 것이 가짜인가. 이런이런, 또 시비를 가리려고 하네. 부설거사(浮雪居士)가 진즉에 '분별시비도방하'(分別是非都放下. 분별과 시비를 다 놓아버려라)를 설파하였거늘, 고질병은 어쩔 수가 없다.

　마침 물가에 있던 해오라기 한 마리가 푸드득 날아오른다. 추운 겨울이 왔건만 어째서 따뜻한 남쪽 나라로 가지 않고 예서 머무는 것일까. 동료들 떠날 때 무리 지어 함께 갈 것이지 홀로 남아 보는 사람의 마음을 애잔하게 만든다.

　어쩌면 짝을 찾고 있을지도 모르겠다. 금슬 좋기로 유명한 캐나다 거위는 짝이 먼저 죽으면 그 주변을 맴돌다 죽는다고 하던데. 금당천의 저 백로도 그런 건가. 홀연히 세상을 등진 님을 못 잊어 남아 있는 걸까.

　아무튼 백로 한 마리가 홀로 남은 사연은 알 길이 없는데, 여울을 차고 오르는 날갯짓이 왠지 처연하기만 하다. 반백(半白)의 노부(老夫)가 느끼는 공연한 심사인가.

조선 중기의 무신 임억령(林億齡, 1496~1568)을 이곳으로 불러내 본다.

人方憑水檻(인방빙수함)
一鷺飛沙灘(일로비사탄)
白髮雖相似(백발수상사)
吾閒鷺未閒(오한로미한)

촌부가 물가의 정자에 기대 있노라니
백로 하나 여울에서 날아오른다.
나나 너나 똑같은 백발이다만
나는 한가로운데 너는 그렇지 못하구나.

***원문은 2행이 '鷺亦入沙灘'(노역입사탄. 백로 또한 여울로 내려선다)이다.

혹시 저 해오라기의 날갯짓이 가는 해를 아쉬워하는 몸짓은 아닐까. 만일 그렇다면 내 일러주리라.

아서라, 해가 진다고 아쉬워할 일이 전혀 아니란다. 오늘 진 해가 내일 떠오르고, 올해가 가면 내년이 온다. 그래서 그 옛날 김삿갓이 노래하지 않았더냐.

年年年去無窮去(연년년거무궁거)
日日日來不盡來(일일일래부진래)
年去日來來又去(연거일래래우거)
天時人事此中催(천시인사차중최)

해마다 해는 가고 끝없이 가고
나날이 날은 가고 쉼 없이 오네.
해가 가고 날이 오고, 오고 또 가는데
밤낮으로 사람 일만 그 속에서 바쁘구나.

해가 가고 달이 가도 새날은 끊임없이 온다. 그렇게 흐르는 시간 속을 가는 나그네가 바로 뭇 중생이다. 그러니 물 흐르듯 흘러가야 한다. 오는 인연 막지 말고, 가는 인연 붙잡지 말 일이다. 그게 순리다. 이를 거스르려 하니 괜스레 부산스럽고 바쁘다. 더구나 실속도 없고, 자칫 패가망신하기까지 한다.

앞서 본 최치원의 글 첫머리를 다시 한번 읽어본다.

지혜로운 사람은 시세에 순응하여 성공하고,
어리석은 자는 이치를 거스름으로써 패망한다.
(智者成之於順時 愚者敗之於逆理)

(2020.12.27)

제3부

구름은 바람이 푼다
(2020.01.~2022.04.)

오두막에 바람이 스며들고
(破屋凄風入)

소한(小寒. 1월 5일)이 지나면서 닥쳐온 추위가 맹위를 떨친다. 급기야 8일 서울의 아침 기온이 영하 18.6도까지 내려갔다. 한강도 얼었다. 엎친 데 덮친 격으로 6일 밤에는 폭설이 내려 서울 시내 교통이 순식간에 엉망이 되었다. 퇴근하는 데 무려 3시간 걸렸다.

그런데 서울시의 제설대책은 늑장을 부리고, 교통상황을 실시간으로 전해야 할 교통방송(TBS)은 정치방송으로 일관해 거센 비난을 자초했다. 4월의 시장 보궐선거를 앞두고 권한대행체제로 운영되는 서울시 시정(市政)의 난맥상이 날로 더해 간다. 안타까운 일이다.

서울살이의 번잡함을 뒤로하고 금당천(金堂川)으로 내려왔다. 눈을 하얗게 뒤집어쓰고 있는 산천의 모습이 한결 정겹다. 맨땅이 을씨년스럽게 드러난 나대지보다는
눈이 덮인 산하가
훨씬 운치 있다.

이곳은 고층빌딩도 없고, 길을 오가는 자동차도 적으니 기온이 대처(大處)보다 3-4도 낮다. 그러지 않아도 추운 서울보다 더 춥다는 이야기이다. 오늘 아침 기온도 영하 18도였다.

그래도 그 추위가 상큼한 것은 공기가 맑고 자유롭기 때문이리라.

그래서 금당천을 따라 걷는 산책길은 촌부에게 언제나 여유와 즐거움을 선사한다. 그 길에서는 눈으로 보지 않으니 분별할 일이 없고(目無所見無分別. 목무소견무분별), 귀로 듣지 않으니 시비할 일도 없다(耳聽無聲絶是非 이청무성절시비).

다만 '답설야중거 불수호란행(踏雪野中去 不須胡亂行)'이라, 눈 덮인 들판을 함부로 어지럽게 걷지만 않을 일이다.

욕심 같아서는, 소가 있어 소를 타고 즐기면 좋으련만, 트랙터와 경운기가 일반화된 요새는 농촌에서도 소를 볼 수가 없으니 어쩌랴. 그 옛날 소를 타고 유람했던 선인들의 기분은 어땠을까. 글로나마 그 기분을 느껴 본다.

(전략) 눈으로 사물을 볼 때 빨리 보면 대충 보고, 천천히 보면 미묘한 것까지 다 볼 수 있다. 말은 빨리 가고 소는 천천히 가니, 소를 타는 이유는 천천히 보기 위해서이다. (중략). 맑은 바람이 부는데 휘파람 불며 소가 가는 대로 몸을 맡긴 채 마음껏 술을 마시면 가슴속이 시원하여 절로 즐겁다.

여말선초(麗末鮮初)의 문신 권근(權近. 1352-1409)이 지은 '기우설(騎牛說. 소를 타는 즐거움)'의 일부이다.

촌부는 비록 소를 타지는 못하고, 술도 마시지 못하지만, 소를 타고 노닐던 선인들의 흥취를 다소나마 알 것 같다. 소걸음은 천천히 가는 것의 징표이다. 빨리 가는 말이 아니라 천천히 가는 소를 타고 둘러보니 천지사방의 자연이 구석구석 다 보였으리라.

2021년 신축년(辛丑年)의 새해가 밝았다. 음양오행상으로 신축년(辛丑年)의 신(辛)은 금(金)에 해당하고, 축(丑)은 토(土)에 해당한다. 토생금(土生金)이니 토(土)가 금(金)을 낳는 게 자연의 이치이다. 마침 올해의 간지(干支)가 바로 이런 음양오행의 원리에 딱 부합한다. 그에 걸맞게 서로서로 상생하고 발전하는 한 해가 되면 얼마나 좋을까.

지난해 1년 내내 벌어졌던 꼴불견의 이전투구(泥田鬪狗)가 제발 되풀이되지 않기를 바라는 것은 한낱 촌부만의 마음이 아닐 것이다. 신축년에는 정상이 당연히 정상이 되고, 비정상은 어디까지나 비정상일 따름인 세상이 펼쳐지길 소망하여 본다. 우생마사(牛生馬死)이고 우보만리(牛步萬里)라고 했다. 세상의 올바른 흐름에 역행하지 않고, 순리에 맞게 뚜벅뚜벅 가다 보면 비정상의 정상화가 이루어지지 않을까.

한겨울 금당천의 밤이 깊었다. 북극 한파가 몰고 온 찬 바람이 누옥 깊숙이 스며든다. 문을 열고 텅 빈 뜨락에 쌓인 눈을 바라보며 상념에 잠긴다. 그러다 시 한 수를 떠올리고 붓을 놀린다.

破屋凄風入(파옥처풍입)
空庭白雪堆(공정백설퇴)
愁心與燈火(수심여등화)
此夜共成灰(차야공성회)

허름한 오두막에 스산한 바람 스며들고
빈 뜰에는 흰 눈이 쌓여만 가네.
시름겨운 내 마음과 저 등불이
이 밤을 함께 태워 재가 되누나.

김수항(金壽恒. 1629-1689)이 지은 '설야독좌(雪夜獨坐. 눈 오는 밤 홀로 앉아)'라는 시이다. 한때 '일인지하 만인지상(一人之下 萬人之上)'의 영의정이었다가 진도로 유배되어 끝내 사약을 마셔야 했던 저자가 그 진도에서 이 시를 남겼다.

시인의 아리고 아렸을 심정이 느낌으로 전해져 온다. 동시에 조선시대 숙종 임금 시절 서인과 남인 간의 피비린내 났던 당쟁이 오버랩된다. 예나 지금이나 정적(政敵)에 대해서는 왜 그리도 잔혹한 것일까. 위정자들에게는 '대립과 갈등' 대신 '포용과 상생'이 그리도 어려운 일일까.

늦은 밤 문방사우(文房四友)와 씨름하는 촌부의 붓끝이 잘 돌아가지 않음은 스산한 바람 때문인가, 시름에 겨운 마음 때문인가.

(2021.01.09)

과부와 고아

신축년(辛丑年) 설 연휴가 나흘간 이어졌다. 가족조차도 5인 이상 모이지 말라는 정부 지침에 조상님을 모시는 차례상 앞에조차도 참석자의 숫자를 세어야 했다. 코로나19가 빚어낸 참극이다. 나라 꼴이 꼴이 아니니 명절이 명절답지 못한 것이다. 온 국민이 너나 할 것 없이 조심해야 하니 누구를 탓하랴.

마스크를 쓰고 절을 하는 모습을 보고 지하의 계신 조상님들은 어떻게 생각하실까. 누구인지 알아보시기나 하려나.

차례를 지낸 후 아들과 며느리를 떠나보내고 다시 조용한 일상으로 돌아왔다. 모처럼 북적였던 집안에 도로 적막이 감돌자 삽살이도 얌전하다. 담장의 나무 밑에서 돌하르방

을 하염없이 바라보며 나름의 휴식을 취하는 모습이 시선을 끈다.

그 삽살이를 데리고 금
당천으로 나섰다. 봄이 오
는 길목의 개울가 버드나
무와 잔해만 남은 갈대가
묘한 조화를 이루고, 서
산으로 뉘엿뉘엿 넘어가
는 석양이 붉은빛을 한껏
뽐낸다. 우수(雨水), 경칩
(驚蟄) 즈음에 꽃샘추위
가 한두 번 더 찾아오긴
하겠지만, 계절이 바뀌는
자연의 섭리는 변함이 없

다. 번다한 대처(大處)가
아닌 벽촌(僻村)이라 사계절의 변화를 더 뚜렷이 보고 느낄 수 있다는 게 촌
부의 작은 행복이자 즐거움이다. 다산(茶山) 선생의 표현을 빌리자면 '불역
쾌재(不亦快哉)'이다.

삽살이를 앞세우고 우거(寓居)로 돌아와 책상머리에 앉았다. 어느 누구의
방해도 받지 않고 온전히 책을 가까이 할 수 있는 시간이다. 이 또한 '불역쾌
재(不亦快哉)'이다.

벼슬길을 마다하고 지리산 자락에서 학문을 익히고 후학을 양성한 남명
조식(南冥 曹植. 1501-1572) 선생의 글을 읽었다. 익히 알고 있는 시조가
아닌 산문(散文)이다.

조식은 1555년(명종 10년. 을묘년) 단성현감(丹城縣監)에 제수되었지만, 이를 사직하는 상소문을 명종(明宗) 임금께 올린다. 이를 을묘사직소(乙卯辭職疏) 또는 단성소(丹城疏)라고 한다. 단성현(丹城縣)은 지금의 경남 산청군 단성면 일대이다.

조식은 단성현감직을 사직하는 이유로, 자신의 나이가 예순에 가까운데 학문이 부족하다는 것과 나라의 위급한 상황을 막고 백성을 보살필 만한 능력이 없다는 것의 두 가지를 들었다. 그러면서 그는 직설적으로 명종임금께 정치를 제대로 하라고 직언한다. 몇 대목을 인용해 본다.

"전하의 국사(國事)가 이미 잘못되고 나라의 근본은 이미 망했습니다. 하늘의 뜻이 이미 떠나갔고, 인심 또한 이미 등을 돌렸습니다(抑殿下之國事已非, 邦本已亡, 天意已去, 人心已離)."

"자전께서는 생각이 깊으시나 깊은 궁중의 한낱 과부에 불과하고, 전하께서는 어리시니 선왕께서 남기신 일개 고아일 뿐입니다. 온갖 천재지변을 어찌 감당하며, 수많은 백성의 마음을 어찌 보살피겠습니까(慈殿塞淵 不過深宮之一寡婦. 殿下幼沖 只是先王之一孤嗣. 天災之百千 人心之億萬 何以當之)."

"분발하여 학문에 힘쓰면 덕을 밝히고 백성을 새롭게 하는 도리를 홀연히 터득할 것입니다. 그리하면 온갖 선(善)이 모두 갖추어져 모든 교화가 그곳에서 나올 것입니다. 그리고 이를 시행하기만 하면 나라를 공평히 할 수 있고, 백성을 화합하게 할 수 있으며, 위태로운 상황을 안정시킬 수 있습니다(奮然致力於學問之上, 忽然有得於明新之內. 則明新之內, 萬善具在, 百化由出. 擧而措之, 國可使均也, 民可使化也, 危可使安也)."

"임금이 임금답지 않으면 나라가 나라답지 않습니다(極不極 則國不國矣)."

조식은 상소문에서 명종임금의 어머니 문정왕후(文定王后)가 정권을 장악하여 국정을 농단하는 것을 정면으로 비판한다. 을사사화(乙巳士禍)와 왜구의 거듭되는 침략으로 나라가 흔들리고 있는데 임금이 제구실을 못 하고 있으니 각성하라고 읍소(泣訴)한다.

다름 아닌 왕조시대에, '임금은 선왕이 남긴 고아일 뿐이고, 그 모친 문정왕후는 궁중의 한낱 과부일 뿐'이라고 대놓고 폄하(貶下)할 때는 아마도 죽기를 각오했을 것이다. 그러나 조식은 멀쩡했다. 조식 같은 훌륭한 선비에게 벌을 주는 것을 반대한 신하들의 뜻을 명종이 따랐기 때문이다.

그리고 보면 명종은 무능하기는 할망정 협량(狹量)은 아니었던 듯하다[선비들이 대거 살육된 을사사화는 문정왕후가 수렴청정(垂簾聽政)할 때 벌어진 일이었는데 비해, 조식이 단성소를 올린 것은 명종이 친정(親政)을 할 때의 일이다].

이처럼 단성소에서 직언을 한 조식의 진면모를 한층 더 보여주는 글이 있으니, 바로 그의 '민암부(民巖賦)'이다. 민암(民巖)은 '위험한 백성'이라는 뜻이다. 그 글의 몇 대목을 보자.

"백성은 물과 같다. 백성은 임금을 떠받들기도 하고 나라를 뒤집기도 한다(民猶水也. 民則戴君, 民則覆國)."

"임금 한 사람이 선하지 않은 것이 으뜸가는 위험이다(由一人之不良 危於是而甲仍)."

"끝없이 세금을 거두는 것은 위험을 쌓음이요(稅斂無藝 巖之積也), 절제않는 사치는 위험을 세움이요(奢侈無度 巖之立也), 탐관오리가 관직에있는 것은 위험으로 가는 길이요(掊克在位 巖之道也), 형벌을 제멋대로시행하는 것은 위험을 공고히 하는 것이다(刑戮恣行 巖之固也)."

실로 통렬한 꾸짖음이다. 특히 다음 대목은 위정자의 폐부를 찌른다.

"백성의 마음보다 위험한 것은 없다. 그러나 폭군만 없으면 다 같은 동포이다. 그런데 동포를 원수로 여긴다. 도대체 누가 그렇게 만들었는가(險莫危於民心. 非暴君則同胞. 以同胞爲敵讎, 庸誰使而然乎)."

500여 년 전 초야에 묻혀 있던 선비의 글이 21세기의 지금도 그대로 피부에 와 닿는 것은 무슨 까닭일까. 10년이면 강산도 변한다는데, 위정자의 행태는 예나 지금이나 변하지 않으니, 그에 대한 꾸짖음 또한 여전히 유효할수밖에 없는 것일까. 본래 다 같은 선량한 백성인데, 어쩌자고 이리저리 편을 갈라 서로 원수처럼 반목하게 한단 말인가.

전술한 단성소의 한 구절이 마치 절규처럼 맴돈다.

"임금이 임금답지 않으면 나라가 나라답지 않습니다(極不極 則國不國矣)."

(2021.02.14)

아니 벌써

'벌써'라는 말이
2월처럼 잘 어울리는 달은 아마
없을 것이다

새해맞이가 엊그제 같은데
벌써 2월

　오세영 시인이 쓴 '2월'이라는 시의 첫머리 부분이다. 시인은 그렇게 2월을 노래했지만, 촌부는 위 시의 2월 자리에 3월을 떠올린다.

　신축년의 시작을 설렘으로 장식한 게 바로 엊그제인데, 모레면 벌써 3월이다. 그 사이 소대한(小大寒)은 물론이고, 입춘(立春), 설날, 우수(雨水)가 지나고, 어제는 정월 대보름이었지요. 경칩(驚蟄)도 1주일밖에 안 남았다.

　대동강 물은 이미 녹았을 것이고, 봄날인 줄 알고 겨울잠에서 깨어나 땅 밖으로 얼굴을 내밀던 개구리가 추위에 깜짝 놀라 목을 움츠릴 날도 지척에 다가온 것이다. 산울림이 부른 노래의 제목처럼 말 그대로 "아니 벌써"이다. 어쩌면 그리도 시간이 빨리 지나가는 것일까.

사람들이 '벌써'라는 말을 입에 담을 때는 흔히 그 안에 아쉬움이 내포되어 있기 마련이다. 그래서

"어영부영하다가 벌써 O 달(또는 OO 일)이 지났네",

"벌써 O 달(또는 OO 일)이 지나도록 무얼 했지?"

하고 반성 아닌 반성을 하게 된다.

어제(2월 26일) 마침내 코로나19 백신 접종이 시작되었는데,

"다른 나라 사람들은 벌써 백신을 맞았는데, 우리는 뭘 하고 있다가 이제야 겨우 시작이지?"

하는 것도 마찬가지 아닐까.

우리나라가 세계에서 고작 102번째(OECD 국가에서는 꼴찌) 국가밖에 안 된다는 것인가. 아니 도대체 이 나라가 세계 10위권의 경제 규모를 자랑하던 나라 맞나? 국민의 자존심에 멍이 든 걸 아는지, 아니면 애써 무시하는지, 위정자들은 지금도 여전히 'K-방역'의 자화자찬(自畵自讚)에 바쁘다.

아서라, 벽촌(僻村)의 한낱 노부(老夫)가 나랏일을 걱정하는 것은 실로 주제넘은 짓이다. 책장을 덮고 문밖으로 나서자, 보름달(음력 1월 15일이 아닌 16일, 즉 양력 2월 27일의 달이 더 둥글다)이 동산 위로 휘영청 떠오르고 있다. 어느 옛 시인이 수석(水石)과 송죽(松竹)에 이어 다섯 번째 벗으로 삼은 바로 그 달이다.

"달하 노피곰 도다샤 어긔야 머리곰 비취오시라.
어긔야 어강됴리 아으 다롱디리."

보름달이니 정읍사(井邑詞)의 이 노랫말처럼 굳이 빌지 않아도 높이 떠오를 것이다. 그래서 멀리멀리 세상을 환하게 비출 것이다. 이 노래에서는 여인네가 집으로 돌아오는 낭군의 발길을 환하게 비춰달라고 간절히 빌지만, 촌부는 달님에게 그냥 소박한 소망을 전해 본다.

"달님, 온 누리에 광명의 빛을 비추어,
이 나라와 백성이 올바른 길로 나아갈 수 있게 해 주십시오."

그나저나 저 둥근 보름달은 하루만 지나면 다시 이지러지리라. 둥글게 되기까지 보름이나 걸렸는데, 이지러지는 것은 순간이니 허망하다. 개인이든 나라든, 세우기는 어려워도 허물기는 쉬운 것이 세상의 이치 아니던가.

비록 봄이 오는 길목이긴 하지만, 밤이 깊으니 아직은 쌀쌀하다. 송익필(宋翼弼 1534-1599)의 시 '望月(망월)'를 읊조리며 집 안으로 총총걸음을 옮긴다.

未圓常恨就圓遲(미원상한취원지)
圓後如何易就虧(원후여하이취휴)
三十夜中圓一夜(삼십야중원일야)
世間萬事摠如斯(세간만사총여사)

안 둥글 때는 더디게 둥그는 것이 늘 안타까웠는데
막상 둥근 뒤에는 어찌하여 이리도 쉬 이지러지나.
서른 밤 가운데 둥근 것은 단 하루 밤뿐이니
세상만사가 모두 이와 같구나.

(2021.03.03)

조고각하(照顧脚下)

　오늘(2021. 3. 20.)이 춘분(春分)이다. 태양이 남쪽에서 북쪽으로 올라오다 적도를 지나는 날이다. 낮과 밤의 길이가 같고(해가 오전 6시 33분에 해가 떠서 오후 6시 41분에 졌다), 추위와 더위가 같다. 이처럼 음양이 서로 반반이다.

　예로부터 춘분에 비가 오면 질병이 드물다고 했다. 반대로 하늘이 청명하고 구름이 없으면 만물이 제대로 자라지 못하고 열병이 많이 돈다고 했다. 그런데 오늘 종일 비가 내렸다. 좋은 징조 아닐까. 코로나19로 지난 1년 내내 온 국민이 몸살을 앓았고, 지금도 여전히 전전긍긍하고 있는 판국인데, 오늘 춘분에 내리는 이 비가 그 역병을 몰아내 주지는 않을까. '희망고문'에 그쳐도 좋으니 제발 그러기를 소망해 본다.

요새 예년에 비해 따뜻한 날씨가 계속 이어지더니, 우면산에는 진달래가 벌써 한껏 자태를 뽐낸다. 벚꽃도 꽃망울이 터지기 일보 직전이고, 개중에 성미 급한 것은 이미 피었다.

서부간선도로 안양천 변에는 개나리가 만발했다. 곧 도처에서 목련이 피는 모습도 보일 것이다. 꽃이 피기를 재촉하는 비가 내리고 있지 않은가.

춘수만사택(春水滿四澤)의 금당천에는 버드나무가 연두색 치장을 서두르고 있고, 우거(寓居)의 매화는 개화를 앞두고 초읽기에 들어 갔다. 수선화와 튤립도 땅을 뚫고 나와 하루가 다르게 싹이 자라고 있다.

이쯤 되면 시 한 수가 없을 수 없다. 여말선초(麗末鮮初)의 문신 권근(權近. 1352-1409)을 흉내 내 본다.

春風忽已到春分(춘풍홀이도춘분)
細雨霏霏晚未晴(세우비비만미청)
屋角梅花開欲遍(옥각매화개욕편)
數枝含露向人傾 (수지함로향인경)

봄기운이 어느새 춘분에 이르러
가는 비가 보슬보슬 늦도록 개지 않네.
집 모퉁이 벚꽃이 활짝 피려 하고
잔가지 이슬 먹어 나를 향해 기우누나.

[원문의 '近淸明(근청명)'을 '到春分(도춘분)'으로 바꾸고,
'杏花(행화)'를 '梅花(매화)'로 바꿨다]

바야흐로 봄이다!

영하 20도 가까이 오르내리던 추위가 어느새 기억의 저편으로 사라졌다.
그렇게 세월이 가고 세상은 변한다. 오르막이 있으면 내리막이 있고, 달도
차면 기울고, 어둠 다음에는 새벽이 온다. 그게 자연의 섭리이고 하늘의 뜻
이다. 누가 감히 이런 이치를 거스르랴.

그런데도 유독 이 나라의 위정자들은 너나없이 이 단순한 이치를 외면한
다(애써 외면하려 든다). 과욕은 늘 화를 부르게 마련이니, 조고각하(照顧
脚下)를 되새겨 볼 일이다. 일찍이 맹자(孟子)가 갈파한 '순천자존 역천자망
(順天者存 逆天者亡)'이 어디 괜한 소리이랴.

"봄은 찾아 왔건마는 세상사 쓸쓸하구나~"

판소리 '사철가'의 한 대목이 귓전을 두드리는 것은 무엇이람.

(2021.03.21)

세상에는 찬 서리도 있다

亂條猶未變初黃(난조유미변초황)
倚得東風勢便狂(의득동풍세편광)
解把飛花蒙日月(해파비화몽일월)
不知天地有淸霜(부지천지유청상)

어지럽게 늘어진 버들가지 누레지기 전에
봄바람을 맞아 기세를 한껏 떨치니
버들솜 흩날리며 해와 달을 덮는구나
저런, 세상에는 찬 서리도 있다는 걸 모르네그려

증공(曾鞏. 1019~1083)이 지은 詠柳(영류. 버들을 읊다)라는 시이다.

냇가에 늘어선 버드나무에 물이 오르면 버들눈이 노르스레 움튼다. 그리
고 연녹색 잎이 하루가 다르게 짙어진다. 바야흐로 봄이 무르익는 것이다.
거기에 동풍이 불어오면 버들솜이 흩날린다. 바람이 셀수록 버들솜은 더욱
기세를 부려 마침내 해와 달을 가릴 정도가 된다. 온천지가 마치 버들솜의
세상이 된 듯하다.

    그렇지만, 자연의 섭리가 어디 그리 만만하던가. 시간이 흐르면 찬 서리가 내리고 기세 좋던 버드나무도 앙상한 가지만 남게 된다. 물론 그 기세 좋던 버들솜은 천지 어디에서도 찾을 수 없다. 그런데 안타까운 것은 버드나무도 버들솜도, 아니 봄바람마저도 그 이치를 모른다는 것이다.

    4월 7일 서울시장 보궐선거를 앞두고 오늘 아침 일찍 사전투표를 했다. 투표를 마치고 나오면서 증공(曾鞏)의 위 시를 떠올렸다. 권세를 뒷배로 호가호위(狐假虎威)하면서 세도를 부리는 모리배들 위로 찬 서리의 존재를 모르는 버드나무와 버들솜의 모습이 겹쳐진다.

    내일은 부활절이자 청명(淸明)이다. 그 옛날 예수님이 그러하셨듯이 이 나라가 맑고 밝은 세상으로 부활하려나. 이를 위해 대지를 적시려는 걸까, 밤이 깊도록 봄비가 내리고 있다.

(2021.04.03)

세상에는 찬 서리도 있다 **259**

한 잔 먹세 그녀

미처 인식하지 못하고 있던 차에 곡우(穀雨)가 지나갔다. 며칠 전의 일이다(4.20.). 하도 세월이 빠르게 가다 보니 '어어~' 하는 사이에 지나간 것이다.

때가 때인지라 금당천변은 개울뿐만 아니라 모내기 준비를 끝낸 논에도 물이 가득하다. 말 그대로 춘수만사택(春水滿四澤)이다. 녹초청강상(綠草晴江上)에 굴레 벗은 말의 눈에 들어오는 풍경은 마냥 정겹고 평화롭기만 하다. 그야말로 만춘(晚春)이다.

　물가에 내려앉은 백로를 하릴없이 바라보다 문득 시계를 1년 전으로 돌려본다.

　지난해 곡우에는 봉림대군의 시조를 흉내 내 "춘풍이 몇 날이랴 웃을 대로 웃어라"하고 흥얼거리던 기억이 새롭다. 당시 4.15. 총선 결과를 보고 위 시조를 떠올렸던 것이다. 그때 전체 의석의 2/3에 가까운 의석을 차지한 집권당이 '아집과 독선에 빠져 폭주' 하지 않을까 걱정했는데, 그로부터 1년이 지나는 동안 불행히도 그 걱정이 현실화되어 가는 모습을 안타깝게 지켜보아야 했다.

　윤석열 검찰총장을 몰아내기 위한 추미애 법무부 장관의 거듭되는 헛발질, 부동산에 관한 각종 세금폭탄, 소위 '임대차3법'으로 인한 전세 시장의 혼란, 캄보디아나 아제르바이잔보다도 못한 코로나19 백신 접종률(OECD 37국 중 35위. 세계 100위권), 한국토지주택공사(LH) 직원들의 땅 투기, 청와대 정책실장(김상조)의 위선적인 내로남불….

국정의 난맥상이 계속 이어지는 와중에 오거돈 부산시장, 박원순 서울시장의 성추행이 세상에 알려지고, 부산시장의 사퇴와 서울시장의 자살로 인하여 4.7.에 치러진 보궐선거에서 국민은 1년 전의 그 국민이 맞나 싶을 정도로 집권 여당에 철저하게 등을 돌렸다.

민심은 그렇게 냉정하고 무서운데, 1년 전의 압승과 1년 후의 참패를 맛본 정부·여당이나, 그 반대로 1년 전의 참패와 1년 후의 압승을 거둔 야당의 모습은, 그 어느 쪽을 막론하고 두 선거 직후의 '립서비스'를 빼면 변한 게 없다. 강성 지지층에 여전히 발목이 잡혀 한치도 앞으로 못 나가는 여당이나, 당권 놀음에 영일이 없는 야당이나, 그저 하나같이 어린 백성은 안중에도 없고, 오히려 힘들게 할 뿐이다.

늘 민초의 삶을 걱정하는 게 본래 정치의 요체인데, 우리는 반대로 촌부(村夫) 같은 무지렁이조차도 정치를 걱정하며 살아야 하니, 이거야 원….

답답한 마음에 창문을 여니 보름을 며칠 앞둔 달빛이 수양벗나무 사이로 환하다. 그 달에 송강(松江) 정철(鄭澈)의 시조를 빗대어 본다.

내 마음 베어내어 저 달을 맹글고져
구만리 장천에 번듯이 걸려 있어
너섬 한 구석에 비치어나 보리라

(정철 시조의 삼행 첫머리는 "고운 님 계신 곳에'이다. '너섬'은 여의도의 순우리말)

위정(爲政)을 제발 좀 똑바로 하라고 위정자(僞政者)들에게 소리치고 싶은 게 어찌 이순(耳順)을 진즉에 넘긴 일개 촌노(村老)의 마음뿐이랴. 장삼이사(張三李四)의 목소리에 제대로 귀를 기울이는 위정자(爲政者)들의 모습을 보고픈 게 정녕 허망한 욕심일까.

욕심이 허망함을 깨달았을 때 옛 시인은 시름을 술로 달랬다는데, 술을 못 마시는 촌부는 어이할 거나. 그냥 그 시인의 마음이나 따라가 본다.

술을 취게 먹고 두렷이 앉았으니
억만 시름이 가노라 하직한다.
아이야 잔 가득 부어라 시름 전송 하리라.

조선 인조 때 문신 정태화(鄭太和, 1602-1673)가 지은 시조이다. 우의정, 좌의정은 물론 영의정까지 다 지낸 시인의 시름은 정체가 무엇이었을까.

그나저나 또 다른 시인의 말대로
'한 잔 먹고, 또 한 잔 먹고, 꽃 꺾어 산놓고 무진무진 먹으면'
시름을 하직하려나….

(2021.04.25)

한 모금 표주박의 물
(一瓢之水)

비록 며칠 전(5.5.)에 입하(立夏)가 지나긴 했지만, 아직은 만춘(晚春)이다. 거의 전국에 경보가 내릴 정도로 느닷없이 찾아왔던 황사가 다행히 물러가 하늘이 다시 열렸다. 5월의 황사 경보는 매우 드문 일로서, 2008년 5월 이후 13년 만이다. 그 바람에 5월이 계절의 여왕이라는 말이 무색해질 판이다.

황사 여부를 떠나 가만히 앉아서 봄을 전송할 일이 아니다. 여전히 곳곳에 남아 있는 봄기운을 몸으로 느끼며 물이 부른 금당천변을 걸었다. 목적지가 있는 것도 아니고, 그냥 발길이 닿는 데까지 걷다가 돌아온다.

　모내기가 한창인 논들이 시선을 끌고, 이팝나무의 흰색 꽃잎 위로 녹색
이 나날이 짙어가는 좌우의 경치를 보는 재미가 쏠쏠하다. 냇가에서 노니
는 백로들도 이따금 촌로(村老)의 눈길을 사로잡는다.

　'꽃은 웃고 있지만 그 소리가 들리지 않고[花笑聲未聽(화소성미청)],
　새는 울고 있지만 그 눈물이 보이지 않는다[鳥啼淚難看(조제루난간)]'

　고 했던가.

　일찍이 퇴계 이황(李滉. 1501-1570) 선생은 55세에 벼슬길에서 물러난
후 도산(陶山)에서 살면서 그 생활의 즐거움을 글[도산잡영병기(陶山雜詠
幷記)]로 남겼다. 아래는 그 중 일부이다.

마음 가는 대로 이리저리 돌아다니면 눈에 띄는 경치마다 흥취가 난다. 실컷 흥취를 즐기다가 집으로 돌아오면 고요한 방 안에 책이 가득 쌓여 있다. 책상을 마주하고 조용히 앉아 마음을 잡고 이치를 궁구한다. 간간이 깨닫는 것이 있으면 흐뭇하여 밥 먹는 것도 잊어버린다.

…(중략)…

봄에 산새가 울고, 여름에 초목이 무성하며, 가을에 바람과 서리가 싸늘하고, 겨울에 눈과 달이 빛난다. 사계절 경치가 다르니 흥취도 끝이 없다. 너무 춥거나 덥거나 거센 바람이 불든지 큰 비가 내리는 때가 아니면 어느 날 어느 때나 나가지 않는 날이 없다. …(중략)… 혼자서 마음속으로 얻는 즐거움이 작지 않다.

촌부야 방 안에 책이 가득 쌓여 있는 것도 아니고, 삼시 세끼 밥도 꼬박 챙겨 먹으니, 어찌 퇴계 선생에 비하랴마는, 금당천변에서 노니는 흥취만큼은 선생에 못지않다. 흥취야 표절한들 어떠리.

가까운 지인(知人)으로부터, 대처(大處)의 즐거움이 이보다 훨씬 더하거늘 굳이 벽촌(僻村)에서 낙을 찾는 이유가 뭐냐는 질문을 받고 당황한 적이 있다. 그때는 우물쭈물 넘어갔는데, 내내 마음 한구석에 미진함이 남아 있었다.

그런데 간밤에 이산해(李山海. 1539-1609)가 지은 '정명촌기(正明村記)'를 읽다가 무릎을 탁 쳤다.

나는 이곳에서 태어나 이곳에서 자라 이곳에서 늙었네. 개울이 맑지 않아도 내가 어릴 적 낚시하던 곳이고, 산이 기이하지 않아도 내가 어릴 적 놀던 곳이네. 집이 좁아도 무릎을 넣을 수 있고, 밭이 척박해도 갈아먹을 수 있네. 채소뿌리와 나물국이 내 입맛에 맞고, 해진 옷과 짧은 갈옷이 내 몸에 편하니, 남에게 바랄 것이 없이 나는 만족하네. 여기에서 여생을 마치면 충분하니 달리 또 어딜 가겠는가.

이산해가 일인지하 만인지상(一人之下 萬人之上)의 자리인 영의정까지 지내고도 임진왜란 직후 평해로 유배를 갔을 때 그곳의 정명촌(正明村)이라는 오지에서 살고 있던 황응청(黃應淸)을 만났다. 이산해가 그에게 좁고 척박한 곳에서 사는 이유를 물었다. 이에 황응천이 위와 같이 대답한 것이다. 이 말을 들은 이산해는 그동안 온갖 욕심에 사로잡혀 동분서주했던(그래서 그곳에 유배까지 오게 되었던) 자신의 지난날을 돌아보며 크게 반성하였다고 한다.

그러고 보면 세상살이가 힘든 것은 만족함을 모르고 끝없이 탐욕을 부리는 데서 비롯되는 것이 아닐까. 송익필(宋翼弼. 1534~1599)이 지은 시 '족부족(足不足)'이 정곡을 찌른다.

一瓢之水樂有餘(일표지수낙유여)
萬錢之羞憂不足(만전지수우부족)
古今至樂在知足(고금지락재지족)
天下大患在不足(천하대환재부족)

한 모금 표주박의 물로도 즐거움이 넘쳐나고
값진 진수성찬으로도 근심은 끝이 없다
고금의 지극한 즐거움은 족함을 아는 데 있고
천하의 큰 근심은 족함을 모름에 있다.

윤석열 전 검찰총장의 후임에 김오수가 후보자로 지명되었다는 보도가 나오면서 시중에 이런저런 이야기가 회자(膾炙)된다. 그 중의 백미는 '법무부와 검찰 수뇌부가 피고인 아니면 피의자인 전대미문의 상황이 벌어졌다'는 지적이다(조선일보 2021. 5. 4.자.).

내용인즉, 법무부에서는 박범계 법무부장관, 이용구 법무부차관이, 검찰에서는 김오수 검찰총장 후보자, 이성윤 서울중앙지검장이 하나같이 피고인 아니면 피의자 신분이라는 것이다. 게다가 막후 실력자인 이광철 청와대 민정비서관도 피의자 신분이라고 한다.

법치행정의 최일선을 담당하는 법무부와 검찰의 최고 수뇌부 구성이 이렇다는 게 일반 국민의 눈에 어떻게 비칠까. 임명권자의 뜻을 따를 수밖에 없어서 그런 것인지는 모르겠으나, 피고인이나 피의자 신분에 처해 있으면서 그 직에 집착하는 것이 과연 나라에 얼마나 도움이 될는지. 이 자리는 내가 아니면 안 된다는 욕심이 혜안(慧眼)을 가리는 것은 아닐까. 20여 차례나 관직을 사직하거나 사양한 퇴계 선생을 생각하게 한다.

'분수를 알아(知分), 분수를 지키며(守分), 분수에 만족한다(安分)'는 것이 물론 쉬운 일은 아니다. 그러나, 나는 새도 떨어뜨릴 것 같은 위세를 떨치던 권력도 일정 시간이 지나고 나면 일장춘몽이
되고 마는 게 동서고금의 역사이다. 눈밭에 남긴 기러기의 발자국은 그 눈이 녹고 나면 흔적도 없이 사라지게 마련이고, 그 기러기는 날아가고 나면 어디로 갔는지 알 길이 없는 게 세상 이치이다.

  소동파(蘇東坡. 1037-1101)의 시를 거울삼아 욕심을 내려놓는 방하착(放下着)의 지혜를 반추해 본다.

人生到處知何似 (인생도처지하사)
應似飛鴻踏雪泥 (응사비홍답설니)
泥上偶然留指爪 (니상우연유지조)
鴻飛那復計東西 (홍비나부계동서)

인생의 모든 면이 무엇과 같은지 아는가
날아간 기러기가 눈과 진흙을 밟아놓은 것과 같다네
진흙 위에 어쩌다 발자국 남겼더라도
날아가고 나면 동서쪽 어디로 갔는지 모른다오

(2021.05.09)

본디 책을 읽지 않았거늘

어제(5월 21일)가 소만(小滿)이었다. 이름하여 햇볕이 풍부하여 만물이 자라 천지에 가득 찬다(滿)는 절기인데, 하늘의 심사가 뒤틀렸는지 거의 종일토록 흐리고 비가 내렸다. 누군가 하늘을 노하게 했나 보다.

여야(與野) 할 것 없이 4.7. 보궐선거 후 한 달 만에 예전의 모습으로 되돌아간 정치풍토, 무엇이 정의이고 무엇이 상식인지 헷갈리게 하는 작금의 세태, 이 모든 것이 하늘을 화나게 했을까? 그럴 수도 있겠지만, 촌부가 어찌 하늘의 뜻을 헤아리랴.

아무튼 비록 비바람이 일시적으로 심술을 부리기는 할망정, 여름의 문턱이 코앞에 다가온 것은 분명하다. 조선 헌종 때 정학유(丁學游)가 지은 가사(歌辭)인 농가월령가(農家月令歌)에도 "4월(양력으로 5월. 필자 주)이라 맹하(孟夏) 되니 입하, 소만 절기로다."라고 했다. 맹하는 초여름을 뜻하는 말이니, 여름이 시작되었다고 해도 과언이 아니다. 모내기를 끝낸 논은 하루가 다르게 푸르름을 더하고, 금당천의 녹음 또한 짙어만 간다.

재미있는 것은, 소만 즈음의 시절에 모든 산야에 녹음이 우거지는데, 유독 대나무는 반대로 푸른빛을 잃고 누렇게 변한다는 것이다. 벌써 단풍이 들리는 없고, 이유인즉, 새롭게 탄생하는 죽순에 영양분을 공급해 주려고 하기 때문이다. 그래서 이때의 누런 대나무를 가리켜 '죽추(竹秋)'라고 한다. 마치 자기 몸을 희생하며 온 정성을 기울여 젖먹이 아기를 키우는 엄마의 모습이라고 할까.

그나저나 옛날에는 소만 무렵이 '보릿고개'란 말로 대변될 정도로 살기 힘든 절기였다. 전년도 가을에 추수한 쌀은 떨어지고, 햇보리는 아직 나오지 않아 끼니를 이을 양식이 부족하였기 때문이다.

식량이 남아도는 풍요의 시대를 살아가는 지금은 보릿고개라는 말 자체를 아는 사람들이 별로 없지 않을까. 그런데 탑골공원의 무료급식소를 찾는 분들의 발길이 다른 때보다 더 길게 이어지는 것은 또 무언가.

금당천에 어둠이 깔리고 백로와 왜가리들이 자기 둥지로 돌아오면서, 마치 기다렸다는 듯 개구리 울음소리가 천지를 진동한다. 한낮에 올라갔던 기온이 도로 떨어지며 바람도 불고 쌀쌀하다. "소만 바람에 설늙은이 얼어 죽는다."라는 속담이 괜히 생긴 게 아닌가 보다.

그래서일까, 책장을 들추다 도연명(陶淵明)의 아래 시에서 눈길이 멈춘다.

風來入房戶(풍래입방호)
中夜枕席冷(중야침석랭)
氣變悟時易(기변오시역)
不眠知夕永(불면지석영)

바람이 방 안으로 스며들어
한밤중 잠자리가 차갑네그려.
공기가 변하여 시절 바뀐 것을 알겠고
잠을 이루지 못하니 밤이 긴 걸 알겠구나.

그렇게 잠을 못 이루고 전전반측하다가 중국의 최대 배달앱 '메이퇀(美團)'에 관하여 지난 12일에 대부분의 언론이 일제히 보도한 내용을 다시 찾아보았다.

'메이퇀(美團)'의 창업자 겸 최고경영자(CEO) 왕싱(王興)이 아래 당시(唐詩)를 인용하여 시진핑 주석을 진시황에 비유했다가 곤욕을 치르고 있다는 것이다. 회사가 당국의 경고를 받은 데 이어 주가가 폭락하여 시가총액이 약 30조 원 증발했으며, 그가 '제2의 마윈'이 될 수 있다는 이야기도 나온다고 한다.

문제의 시는 이렇다.

焚書坑(분서갱)

－章碣(장갈. 837－?)－

竹帛煙銷帝業虛(죽백연소제업허)
關河空鎖祖龍居(관하공소조룡거)
坑灰未冷山東亂(갱회미랭산동란)
劉項元來不讀書(유항원래부독서)

본디 책을 읽지 않았거늘 **273**

책 태우는 연기가 사라지며 진시황의 업적도 스러지고
함곡관과 황하만이 부질없이 황궁을 지키누나.
구덩이의 재가 채 식기도 전에 산동에서 난이 일어났네
유방도 항우도 본디 책을 읽지 않았거늘

이 시는 고대 중국의 진시황 말기에 있었던 분서갱유(焚書坑儒)를 비판한 것으로서, 아무리 사상통제를 했어도 뜻밖에 유방과 항우 같이 책과는 거리가 먼 사람들이 일으킨 봉기는 막을 수 없었다고 꼬집고 있다. 모택동의 문화혁명 시기에 소위 불온서적을 불태우고 지식인을 핍박한 역사가 있는 중국 공산당에게는 반체제 시로 인식되고 있다고 한다.

그런데 이 시가 제기하고 있는 문제가 어찌 중국만의 일이겠는가. 위헌시비가 일고 있는 대북전단금지법은 어떠며, 강남 부자 잡는다고 부동산값과 세금을 왕창 올린 결과는 어떤가. 통제만능주의로 간다고 과연 통제가 되는가. 진시황은 나라의 안위를 위하여 사상을 통제한답시고 책을 불태우고 유생들을 구덩이에 매장했지만, 정작 책과는 담쌓고 살던 유방과 항우가 봉기하여 진나라가 망하지 않았던가. 봇물은 생각지도 않은 곳에서 터지게 마련이다.

자정이 가까워지니 개구리 울음소리도 잦아든다. 그렇지만 설늙은이 얼어 죽게 하는 냉기는 여전하다. 모쪼록 건강에 유의할 일이다.

(2021.05.23)

미라가 된 염치

　닷새 전이 하지(夏至)였다. 한마디로 여름에 다다랐다는 이야기다. 그에 맞추어 온 산하가 짙은 푸르름으로 물들었다. 산은 청산(靑山)이고, 물은 녹수(綠水)이다. 그 청산, 그 녹수 모두 이 나라 이 강산의 보금자리이다. 선남선녀가 그 안에서 숨 쉬고 그 안에서 노닌다. 따라서 그것은 어느 누구에게도 내줄 수 없는 우리 모두의 자산이요 보물이다. 황진이의 표현을 빌리면, 청산은 내 뜻이고, 녹수는 님의 정이다. 그 녹수가 흘러가도 청산은 안 변한다. 그러기에 녹수도 청산을 못 잊어 소리내 울면서 흘러간다.

　어제가 6월 25일. 71년 전 바로 그날 이 청산, 이 녹수를 포연 속에서 피로 물들인 전쟁이 일어났다. 이 나라 전체를 공산화하겠다는 허황된 망념에 사로잡힌 김일성이 3.8선을 넘어 남침을 개시한 것이다. 그 전쟁으로 온 국토

가 폐허가 되었지만, 우리는 피땀 흘려 복구를 했고, 청산과 녹수를 되찾았다. 그리고 세계 속의 대한민국이 되었다.

동족상잔 비극 속에 수많은 사람들이 목숨을 잃게 한 악의 집단 수괴는 죽은 후 화탕지옥에 떨어져 그 죄의 대가를 치르고 있으리라. 21세기에 다른 나라에서는 유례를 찾아볼 수 없는 막장드라마를 연출하고 있는 3대 세습의 김씨 왕국이 몰락하는 날, 이 청산, 이 녹수에는 자유민주주의에 기반을 둔 통일의 꽃이 피어날 것이다.

그나저나 세파의 성쇠와는 상관없이 청산과 녹수는 여연(如然)하다. 옛시인의 말대로 '말없는 청산이요 태(態) 없는 유수'이다. 그래서 그 '청산도 절로절로 녹수도 절로절로'이다. 그에 맞추어 '산절로 수절로이니 산수간에 나도 절로'이면 좋으련만, 속인(俗人)의 삶이 어디 그런가. 본디 그러지 못하니 애써 그러려고 기를 써보지만, 마음 따로 몸 따로이다.

하릴없이 시집을 들추다 길재(吉再. 1353~1419)의 시 '술지(述志)'에서 손길이 멎었다.

臨溪茅屋獨閑居(임계모옥독한거)
月白風淸興有餘(월백풍청흥유여)
外客不來山鳥語(외객불래산조어)
移床竹塢臥看書(이상죽오와간서)

개울가의 초가집에서 한가롭게 홀로 사노라니
달은 밝고 바람은 맑아 흥이 절로 넘쳐난다.
찾아오는 사람은 없어도 산새들이 노래하는지라
대나무 언덕으로 평상을 옮기고 누워 글을 읽는다.

참으로 멋진 정경이다. 녹수 옆에 초가집을 짓고 사는데, 어디서 산새 소리가 들려오니까 그 소리 따라 청산에 들어가 글을 읽는다니…. 신선이 따로 없다. 더구나 달도 밝고 바람마저 시원하니 금상첨화이다.

너나없이 이처럼 욕심 안 내고 '절로' 살면 실로 좋으련만, 염량세태는 정반대인 것이 안타깝다.

도하 각 언론이 전하는 바에 따르면, 법무부가 하필이면 6월 25일에 역대 최대 규모의 검찰 인사를 하면서, 현 정권의 주요 불법 혐의('김학의 전 법무부 차관 불법 출국금지' 사건과 '청와대 기획사정 의혹', '월성 원전 경제성 평가 조작 의혹', '이스타항공 횡령·배임' 등)를 수사하던 부장검사 전원을 교체하였다고 한다. 지난 5월에 친정권 검사의 대표 격인 김오수를 검찰총장에 임명한 데 이어, 이번 인사로 마침내 정권 말기 '방탄 검찰'을 완성했다는 것이다.

이를 위해, 정권 핵심이 관여한 의혹이 있는 사건들을 수사하던 검사들은 인사 원칙을 무시하고 모두 다른 곳으로 보내고, 그 대신 징계를 하거나 보직 해임을 함이 마땅한 친정권 검사들은 오히려 영전시켰다고 한다. 그런데 법무부 장관은 이런 인사를 오히려 '나름 공정한 인사'라고 자평하고 있다고 언론은 전한다.

족제비도 낯짝이 있다는 속담이 있다. 머리통이 아무리 작은 족제비도 얼굴이 있듯이, 사람이면 당연히 염치가 있어야 한다는 말이다. 숨쉬기가 답답해도 마스크를 착용하고, 지하철 안에서 백팩을 앞으로 메고, 옆자리의 사람과 닿을까 다리를 모으고 앉는 것은 공동체의 안전과 평화, 그리고 번영을 위한 최소한의 염치에서 나오는 행동이다. 그게 바로 이 나라, 이 강산에서 함께 살아가는 사람들의 최소한의 도리다.

염치는 체면을 차릴 줄 알고 부끄러움을 아는 마음이다. 그것은 최소한 양심에 찔리는 행동을 하지 않는 마음이다. 코로나19의 세계적인 대유행 속에서 우리나라가 이만큼 버텨내는 것도 갖가지 불편함을 감수하면서 방역수칙을 준수하는 대부분 국민의 염치 덕분이다.

그런데 법무부 장관은 이런 '염치'라는 말의 존재를 알까? 하긴 어디 현 법무부장관뿐이랴. 그에 앞서서 법무부 장관을 했던 사람들은 또 어떤가? 더구나 그중 한 사람은 차기 대통령 선거에 출마까지 하겠다고 나서는 바람에, 같은 진영의 사람들조차 당혹해한다고 언론은 전한다. 이제 이 땅에서 염치는 '미라'로 전락하고 마는 것인가.

최재형 감사원장이 사퇴하고 대선 출마를 선언할 것이라는 이야기가 시중에 파다하다. 만일 그게 사실이라면, 모든 면에서 타에 모범이 되는 그 훌륭한 분이 그렇게까지 하는 이유가 도대체 무엇일까 궁금하다. 어느 신문은 바로 김오수 검찰총장 임명 등 위와 같은 검찰 인사가 결정적인 이유라고 보도하고 있다. 이념이 나라를 망치고 있어 바로 잡아야 한다는 것이다.

일개 촌부 주제에 보도의 진부는 알 길이 없고, 다만 최 원장 같은 고결한 분마저도 구국의 결단을 해야 하게끔 유도하는 나라꼴이 참으로 안타깝고 걱정스럽다. 온갖 모리배들의 권모술수가 난무하는 진흙탕 정치판으로 뛰어들어가려는 분을 위한 충정에서 야심한 삼경(三更)에 옛시조 한 수를 되뇌어 본다. 구국의 결단이 좋은 결실을 맺기를 바라면서.

> 가마귀 싸우는 골에 백로야 가지 마라
> 성낸 가마귀 흰빛을 새올세라
> 청강에 이껏 씻은 몸 더러일까 하노라.

(2021.06.27)

구름은 바람이 푼다
(風之解雲)

　이상 기후로 인해 북태평양 고기압과 티베트 고기압이 위세를 떨치는 바람에 장마전선이 북상하지 못해 국지성 소나기만 간헐적으로 내릴 뿐, 장마가 이름값을 못하고 흐지부지 끝나버리는 형국이다. 대신 무더위가 일찍 찾아왔다. 너나 할 것 없이 "덥다, 더워"를 입에 달고 살다시피 한다. 그런데 자연의 섭리가 묘하여 무더위가 맹위를 떨칠수록 하늘은 청명하다. 하늘만 놓고 본다면 마치 가을 같다.

　더위는 잘 갖춰진 냉방시설 덕분에 이겨낼 수 있는 반면에 미세먼지로 뒤덮여 숨이 막히는 하늘은 어찌할 수 없다는 것을 생각하면, 역설적으로 무더위를 반겨야 하는 게 아닌가 싶기도 하다(물론 미국과 캐나다의 서부처럼 낮기온이 50도를 넘어가 사망자가 속출하는 사태가 발생한다면 이야기가 달라질 것이다).

　아무튼 탁 트인 하늘 아래 눈이 시원할 정도로 선명하게 보이는 풍경이 아름답다.

　어제 그 청명한 하늘 아래 제헌절을 맞았다. 돌이켜 보면, '삼천만이 한결같이 지킬 언약'을 담은 제헌헌법을 1948. 7. 17. 공포한 이래 73년이 지났다. 유구한 역사의 관점에서 보면 찰나의 짧은 기간일 수도 있지만, 현세를 살아가는 범부들에게는 결코 짧은 기간이 아니다. 그 시간이 흐르는 동안 우리나라는 실로 격변에 격변을 거듭했다. 그리고 이제는 유엔개발기구(UNCTAD)에서 공식적으로 우리나라를 선진국으로 인정할 정도로 발전했다.

　그런데, 정작 이 땅에 자유민주주의를 도입하고 깊이 뿌리 내리고자 추구했던 헌법의 이념이 목하 100% 실현되고 있는 것일까. 자유민주주의가 저 맑은 푸른 하늘처럼 찬연하게 빛나고 있을까. 자문자답(自問自答)의 결론은 안타깝게도 '아니다'로 귀결된다.

　심지어 위정자(僞政者)들의 묵인 내지 방조 하에 '대한민국 억만 년의 터'에서 자유민주주의의 '자유'를 빼버리려고 하는 시도들도 횡행한다. 진즉에 실패로 귀결된 사회주의(더 나아가서는 소위 인민민주주의)의 망령에 사로

잡혀 자유 민주질서를 파괴하는 일도 버젓이 벌어진다. 흔히 인구(人口)에 회자(膾炙)되는 '제왕적 대통령'이라는 말도 결국은 헌법 정신을 무시하는 대통령의 행태를 단적으로 일컫는 표현일 뿐이다.

앞을 봐도, 뒤를 봐도, 그리고 양옆을 봐도 정치, 경제, 사회, 교육 등 모든 면이 꽉 막혀 있는 작금의 현실은 단순히 코로나를 핑계 대기에는 상황이 너무 위중하다. 위정자(爲政者)들이 자유민주주의의 헌법정신에만 충실해도 이 지경에 이르지는 않았을 것이다. 그야말로 답답하고 또 답답하다.

이에 더하여, 내년에 실시될 대통령 선거에 출마할 '대권주자'입네 하면서 연일 매스컴을 장식하는 사람들이 쏟아내는 반헌법적, 반민주적인 언사는 또 어떤가. 엎친 것도 모자라 덮치기까지 하니 답답함이 극에 달할 판이다.

작자미상의 옛시조에 이런 게 있다.

해 다 져 저문 날에 지저귀는 참새들아
조그마한 몸이 반 가지도 족하거든
하물며 크나큰 수풀을 새워 무엇 하리오

참새의 작은 몸뚱이를 생각하면 반쪽자리 나뭇가지 하나로도 족한데, 커다란 숲을 통으로 차지하려고 아귀다툼하는 모습이라니…. 제 분수를 모르니 무리에 무리를 할 수밖에 없다. 그나저나 애꿎게 원치 않아도 그런 모습을 봐야 하는 어린 중생들의 심사만 답답하다.

그러면 누가 이 답답함을 풀어줄 것인가. 본래 결자해지(結者解之)라 했다. 매듭을 푸는 것은 바로 묶은 사람들의 몫이다. 마땅히 그래야 한다. 그런데 그 사람들이 현실과 동떨어진 낡은 이념에 빠져 그럴 생각을 아예 안 하면 어찌할 것인가.

조선 중기의 문신 유몽인(柳夢寅. 1559-1623)이 쓴 '해변(解辨)'이라는 글에 이런 대목이 나온다.

천하의 물건은 맺음이 있으면 반드시 풀림이 있기 마련이다.
허리띠가 묶이면 송곳으로 풀고, 머리카락이 엉키면 빗으로 푼다.
병이 단단히 맺히면 약으로 푼다.
구름은 바람이 풀고(風之解雲. 풍지해운),
근심은 술로 풀며(酒之解愁. 주지해수),
적진은 장군이 풀고,
귀신은 사당의 기도와 주문이 푼다.
묶인 것 치고 풀지 못할 것이 없다.
…(중략)…
능히 풀 수 있는 자만이 푼다(能解之者解之).

나라를 망치는 위정자(僞政者)들도 알고 보면 국민이 선택하여 국정을 맡긴 사람들이다. 그들이 잘못된 매듭을 지어놓고 풀지 않으면, 시간이 걸리더라도 궁극적으로는 국민이 풀 수밖에 없다. 하늘을 덮은 먹구름이 스스로 흩어지지 않으면 바람이 풀 수밖에 없는 것과 마찬가지다.

그리고 그 방법은 선거에서 올바른 선택을 하는 것이다. 낡은 사회주의 이념에 사로잡혀 현실을 외면하고 진실을 왜곡하는 사람, 국민이 오로지 표로밖에 안 보이고, 21세기의 지금도 돈만 주면 그 표를 살 수 있다고 생각하는 **표퓰리스트**를 철저히 배격하는 것이다. 그래서 자유민주주의에 터 잡은 올바른 질서가 정립되어야 한다. 그것이 바로 이 땅의 헌법이 추구하는 정신 아닐까.

참으로 더운 제헌절이었다. 그리고 기념식조차 없이 지나간 슬픈 제헌절이었다.

(2021.07.18)

항민(恒民), 원민(怨民), 호민(豪民)

　어제가 입추(立秋)였다. 말 그대로 가을의 길목으로 접어든다는 이야기다. 비록 아직은 한낮의 기온이 35도를 오르내리는 찜통더위가 여전하긴 하지만, 아침저녁으로 대하는 공기에서는 시원함을 확연히 느낄 수 있다. 올 여름 유난히 기승을 부리고 있는 더위도 때가 되면 물러나게 마련이다. 그게 자연의 섭리다.

　그렇게 입추 무렵부터는 서늘한 바람이 불기 시작하기 때문에, 도리 없이 이때부터 가을 준비를 시작해야 한다. 무엇보다도 김장용 무와 배추를 심어야 한다. 촌부(村夫)도 어제 울안에 무를 심을 밭이랑을 만드느라 비지땀을 흘렸다.

　입추는 곡식이 본격적으로 여무는 시기인지라, 예로부터 입추에 하늘이 청명하면 만곡(萬穀)이 풍년이라고 했다. 맑은 하늘과 작열하는 태양 아래 금당천변의 녹색 일변도였던 들판도 서서히 황금색으로 변해가고 있다. 벼가 익어가고 있는 것이다.

　지금이야 쌀이 남아돌아 수매한 정부미를 보관하는 문제로 골머리를 앓는 지경이지만, 옛날에는 익어가는 벼를 보면서 걱정의 한숨을 내쉬는 농민들이 많았다. 추수를 한들, 수탈에 가까운 가혹한 세정(稅政)으로 인해 농민 입으로 들어갈 쌀이 많지 않았던 것이다.

　흉년이 들었을 때는 말할 것도 없고, 풍년이 되어도 배고픔에 시달렸던 백성들의 원성에 귀 막았던 위정자들을 역사책에서 대할 때면, 도대체 '정치라는 게 무엇인가' 하는 의문  을 품게 된다. 그들에게 백성은 과연 어떤 존재였을까. 당시에도 뜻있는 식자(識者)들은 백성의 무서움을 계속 경고하였지만, 돌이켜보면 위정자(僞政者)들에게는 그것이 마이동풍(馬耳東風)일 뿐이었다.

　그러면 지금은 어떤가.

하릴없이 책장을 넘기다가, 조선 중기의 뛰어난 문장가로 이조판서와 대제학을 역임한 신흠(申欽. 1566-1628)의 문집인 상촌집(象村集) 민심편(民心篇)에 나오는 아래 글귀에서 손이 멎는다.

(중략)

옛날에는 나라를 다스림에 법도가 있었고(制國有典),

백성을 다스림에 원칙이 있었다(制民有經).

그리고 백성의 부역이나 세금에는 일정한 숫자가 있었다.

그런데 국가의 법도가 무너지고 백성을 다스리는 원칙이 무너지면서,

백성의 조세와 부역이 정도를 벗어나게 되었다.

경상비용이 떨어지면 때가 아닌데도 걷는다.

(중략)

백성은 (온갖 수탈에 시달려도) 오히려 각별히 분수를 지키고 있으니

그 마음이 착하다고 할 만하다.

그런데도 (위정자는) 스스로 반성하지 않고 백성만 탓한다(不自省而咎其民).

이와 같은 자는 백성을 병들게 할 뿐 아니라, 장차 나라를 위태롭게 할 것이다(不唯病吾民 亦將以危吾國矣).

무릇 사람의 정리는 이익을 보면 나아가지 않을 수가 없고,

손해를 보면 피하지 않을 도리가 없다.

이익과 손해의 갈림길에서 백성은 따르거나 등을 돌리게 된다.

오늘날의 백성은 이로운가, 해로운가? 마땅히 따르겠는가, 등을 돌리겠는가?

관중이 말했다.

"자신을 탓하는 자는 백성이 탓하지 못하고,

능히 자신을 탓하지 못하는 자는 백성이 탓한다

(善罪身者 民不得罪也, 不能罪身者 民乃罪之)."

목하 부동산 시장이 난리다. 주지하듯이, 현 정권 들어 20회 넘게 내놓은 부동산 대책은, 제대로 된 공급대책은 없이 세금 폭탄과 대출 규제를 통해 수요를 억제하는 방향으로 일관했다. 그러나 그 결과는 대책이 나올 때마다 집값은 더욱 상승했고, 임대차3법은 전·월세 가격만 올려놓았다.

걷잡을 수 없이 치솟는 집값과 전·월세 가격으로 부동산 시장이 계속 요동치자, 지난 7월 28일에 경제부총리가 경찰청장까지 배석시켜 놓고 대국민 담화를 발표했다. 그 요지는, 국민들의 불법거래가 부동산 시장을 왜곡했기 때문에, 국민들이 과도한 기대심리를 스스로 제어하는 것이 필요하며, 정부는 불법적인 시장교란행위를 연중 엄히 단속하겠다는 것이다. 나아가 대출을 더욱 조이겠다고 한다. 참으로 안타깝다. '이익을 보면 나아가지 않을 수가 없고, 손해를 보면 피하지 않을 도리가 없는' 국민들을 어찌 탓하랴. '스스로 반성하지 않고 백성만 탓하는 자는 백성을 병들게 할 뿐 아니라, 장차 나라를 위태롭게 한다'는 것을 정녕 모르는 것일까.

여기서 눈을 허균(許筠 1569-1618)의 호민론(豪民論)으로 돌려본다.
허균은 말한다.

"천하가 두려워해야 할 것은 오직 백성이다
(天下之所可畏者 唯民而已)."

허균은 백성을, 순순히 법을 따르며 부림을 당하는 항민(恒民), 모든 재산을 갖다 바치면서 탄식하고 원망하는 원민(怨民), 은밀하게 딴마음을 품고 천지 사이에서 기회를 노리는 호민(豪民)으로 구분한다. 그리고 그는 일갈한다.

무릇 하늘이 목민관을 세운 것은 백성을 잘 보살피기 위함이다
(夫天之丣司牧 爲養民也).
그런데 제멋대로 눈을 부라리며 횡포를 부리면,
먼저 호민이 틈새를 엿보며 기미를 살피다 팔뚝을 걷어붙이고 소리를 지르고,
그러면 원민이 그들을 따라 한 목소리로 외쳐대고,
이어서 항민도 그 뒤를 잇는다.

그러면서 허균은 그 실례로, 진나라를 멸망케 한 진승(陳勝)과 오광(吳廣), 한나라를 쇠망케 한 황건적, 당나라를 멸망의 길로 이끈 왕선지(王仙之)와 황소(黃巢)를 보라고 한다.
소름끼치는 이야기다. 물론 21세기의 지금 세상에 진승의 난, 황건적의 난, 황소의 난과 같은 민란이 일어날 리는 없다. 그러나 그렇다고 그 난들의 근저에 놓였던 민심을 외면할 일은 결코 아니다.

다시 신흠의 위 글로 돌아가 이어지는 다음 글을 보자.
신흠은 말한다.

(중략)
정치에서 우선할 일은 백성의 마음을 순하게 하는 것이다
(政之所先 在順民心).
근심과 노고를 고쳐 편안하고 즐겁게 해 주고,
두려워 피하는 것을 고쳐서 보존하고 안정되게 해 주고,
막히고 잘못된 것을 고쳐서 열리고 풀리게 해 주는 것이다.

이렇게만 하면,
민심의 선함은 더 선해질 터이고, 민심의 두려움은 더 두터워질 것이다.

바야흐로 정치의 계절이다. 내년 3월 9일에 치러질 대통령선거가 이제 7개월 남았다. 많은 선남선녀가 '나야말로 이 나라를 이끌어갈 적임자'라며 선거전에 뛰어들었다. 현재로서는 누가 될지 아무도 모른다. 알 수도 없다.

이 순간 금당천의 한낱 무지랭이 노부(老夫)가 갖는 한 가지 소박한 소망은, '백성을 두려워하고, 그 마음을 순하게 하는 정치'를 할 사람이 당선되길 바라는 것뿐이다.

(2021.08.08)

백로(白露)와 백로(白鷺)

모레(9. 7.)가 백로(白露)다.

한마디로 말해 흰 이슬이 내리는 시절이니, 가을의 문턱을 넘어선 것이다. 아침에 일어나 문 밖으로 나서자 시원함을 넘어 다소 쌀쌀하다는 느낌이다. 기온을 보니 영상 14도. 올 여름 유례없는 더위가 이어져 허덕이던 것이 어느새 먼 옛날의 일처럼 여겨진다. 자연계에서 인간만큼 환경의 변화에 민감하고, 또 잘 적응하는 존재가 더 있을까.

그 가을을 느끼며 늙은 호박을 세 통 거두어 들였다. 촌부가 한 일이라곤 봄에 씨 심은 것밖에 없는데, 여름 내내 애호박으로 된장찌개와 부침개의 재료가 되어 노부(老夫)의 입을 즐겁게 해 주더니, 이제 마지막으로 늙어서는 호박죽으로 헌신할 요량이다. 한겨울에 늙은 호박으로 만든 호박죽이 선사하는 즐거움은 먹어본 사람만이 안다. 그것도 내 손으로 키운 것으로 만드니 더 말해 무엇하랴. 벽촌에 사는 촌자(村者)의 특혜 중 하나이다.

언제나처럼 금당천으로 발걸음을 옮기니 시절에 걸맞게 과연 백로(白露. 찬 이슬)가 촌부를 반긴다. 아침 햇살에 영롱하게 빛나는 모습이 아름답기 그지없다. 황금빛 옷으로 갈아입은 벌판 옆으로 난 농로도 정답다. 그 길에 핀 꽃들은 수줍은 듯한 미소를 머금고 늘 한쪽 옆으로 비껴 서 있다.

앗, 그런데 이건 뭔가.
백로(白露)를 코앞에 두고도 아직 남쪽으로 날아가지 않은 백로(白鷺)라니! 올벼를 베어낸 자리에 지난 며칠 동안 내린 비가 고여 있는 논에서 백로가 오리와 함께 놀고 있다. 백로가 있는 곳에 오리가 온 걸까, 오리가 노는 곳에 백로가 찾아간 걸까. 저 흰 백로는 오리들을 보고 검다고 웃을까.

옛 시조 한 수를 흉내내본다.

오리들 검다하고 백로야 웃지 마라
겉이 검은들 속조차 검을소냐.
겉 희고 속 검을손 너뿐인가 하노라.

작금에 언론중재법 개정을 둘러싸고 전 세계의 이목을 끌 정도로 요란하다. 그런데 가짜뉴스를 근절하기 위해 법 개정이 필요하다는 것인데, 정작 무엇이 가짜뉴스이고 무엇이 진짜뉴스인지 헷갈린다. 나한테 유리하면 진짜뉴스이고, 불리하면 가짜뉴스라는 내로남불의 장이 펼쳐질 뿐이다. 더구나 가짜뉴스의 온상으로 지탄의 대상이 되고 있는 유튜브 등 인터넷 매체는 규제 대상이 아니라고 한다. 결국 저마다 겉 희고 속 검은 건 백로를 닮아가는 모양새이다.

이렇듯 그야말로 옳고 그름이 뒤죽박죽으로 되어 버린 세태를 촌부 같은 무지렁이들은 어떻게 헤쳐 나갈거나.

다시 옛시조를 한 수 떠올린다.

까마귀 검으나 따나 해오라비 희나 따나
황새 다리 기나 따나 오리 다리 져르나 따나
평생에 흑백 장단을 나는 몰라 하노라.

시비를 위한 시비를 일삼는 흑백논리에 매몰되지 않는 삶을 살아가는 것, 그게 가붕개(가재, 붕어, 개구리)의 현명한 처사이려나….

가을밤이 소리없이 깊어가고 있다.

(2021.09.05)

검으면 희다 하고
희면 검다 하네

　오늘은 개천절(開天節), 즉 하늘이 열린 날이다. 4,354년 전 단군 할아버지가 이 땅에 처음으로 나라를 세운 날이다. 그것을 기념하기 국경일로 지정되었고, 마침 일요일이라 내일까지 대체공휴일로 쉰다.

　이처럼 대체공휴일까지 둘 만큼 중요한 국경일인데, 정작 정부에서 기념식을 거행했다는 소식은 안 들린다. 대통령은 고사하고 국무총리가 주재한 것조차 없는 모양이다. 그 흔한 기념식이 실종된 것이다.

　이쯤 되면 도대체 왜 개천절을 국경일로 정했는지 고개가 갸우뚱해진다. 단군동상을 우상으로 치부하고 그 목을 자르기까지는 하는 일부 광신적인 극렬 기독교도들을 의식한 것일까. 아니면 누가 지시라도 했나. 이유가 과연 무엇일까.

　아침에 일어나니 영상 14도였다. 한기를 느끼며 금당천으로 나섰다. 간밤에 갑자기 퍼부었던 소나기는 물러갔지만, 온 천지가 안개로 자욱하다. 말그대로 오리무중(五里霧中)이다. 여름이 가고 가을이 본격적으로 시작될 무렵이면 자주 나타나는 자연현상이다.

그 이유까지 굳이 알려
고 할 필요는 없다. 그냥
그 오리무중의 아름다운
풍광을 즐길 따름이다. 한
창 무르익은 가을풍경이
참으로 정겹다.

간밤에 내린 비 때문
인가, 아니면 한로(寒露.
10월 8일)를 닷새 앞둔
쌀쌀해진 날씨 때문인가.
풀잎에 맺힌 물방울이 영
롱하다.

그 작은 물방울 속에 들어 있는 온 세상(一微滴中含十方. 일미적중함시방)
이 촌부의 눈에는 왜 안 보이는 걸까. 전에 금강 스님께서 일갈하신 적이 있
다. 육신의 눈이 아닌 마음의 눈으로 보라고 말이다. 그러나 그 마음조차 혼돈
의 늪에서 허우적거리고 있으니 어쩔거나.

우리나라 특산식물인
개쑥부쟁이(들국화의 한
종류. 여주 남한강변에
특히 많다)도 "날 좀 보
소" 하면서 촌부의 발길
을 멈추게 한다. 어찌 아
니 반가우랴.

[개쑥부쟁이]

금당천을 한 바퀴 돌아 울안으로 들어서니 가을 장미가 촌부를 반긴다. 장미는 봄부터 피기 시작하는데, 집사람이 계절별로 피는 시기가 다른 장미를 꽃밭에 골고루 심었기 때문에 가을에도 장미를 감상할 수 있다. 오히려 가을 장미가 더 예쁘고 청초하다. 한편으로는 촌부가 그렇게 느껴서 그런가, 요염하기도 하다. 찬 이슬을 머금고 있어서 그런지 모르겠다.

개천절의 이른 아침, 안개 속의 금당천 풍경이나 울안의 이슬 머금은 장미가 촌로의 마음을 푸근하게 하는데, 개중에는 불청객도 있다. 다름 아니라 나무들이 거미줄로 칭칭 감겨 있는 모습이다.

거미는 여름 내내 여기 저기 거미줄을 치지만, 특히 이 즈음에 극성스럽다. 월동준비라도 하려는 걸까. 혼자만의 생각이다.

그 얽히고설킨 거미줄이 마치 작금의 우리나라 모습을 보여 주는 것 같아 씁쓸하다. 내년 봄의 대통령 선거를 앞두고 가뜩이나 각종 의혹들이 난무하는 판국에 초대형 사건이 터졌다. 성남시 대장동의 개발을 둘러싼 비리 의혹이 연일 신문 방송을 장식한다.

일반인의 상식으로는 도저히 납득을 할 수도, 아니 상상할 수도 없는 특혜 (비율적으로 말해, 350만 원을 투자하면 40억 원을 벌었다고 한다)를 받은 개발업자의 배후가 누구인지, 화천대유와 천화동인의 실소유자가 누구인지, 아직은 오리무중이다.

야당은 '이재명 게이트'라고 주장하고, 여당은 오히려 '국민의 힘(야당) 게이트'라고 주장한다. 그런데 이상하게도 야당은 특검을 하자고 주장하는데, 여당은 기를 쓰고 특검을 반대한다.

마침 정기국회 회기 중이라 관계자들을 국정감사의 증인으로 부를 수 있는데, 이 또한 여당이 절대 반대한다. 이쯤 되면 과연 진실 규명의 의지가 있는지 의문이 들지 않을 수 없다.

언론보도에 따르면 특검 대신 합동수사본부의 설치가 논의되는 모양이다. 진행 상황을 더 지켜봐야겠지만, 그간의 경험에 비추어 볼 때, 합동수사본부의 수사가 얼마나 국민의 신뢰를 받을지 모르겠다.

검으면 희다 하고 희면 검다 하네
검거나 희거나 옳다 할 이 전혀 없다
차라리 귀 막고 눈 감아 듣도 보도 말리라.

조선 중기의 문신이자 가객인 노가재 김수장(金壽長, 1690-?)이 지은 시조이다. 당시 노론과 소론 간의 당쟁이 극에 달해 객관적인 진실은 사라지고, 자기 편의 주장만이 진리라고 우기는 세상을 살아가려니 너무나 힘들었나 보다. 견디다 못한 시인은 차라리 듣지도 보지도 않고 초야에 묻혀 살겠다고 한다.

역사는 반복된다고 하더니, 21세기의 한국에서 비슷한 일이 벌어지고 있다. 듣지도 보지도 말아야 하는 걸까. 그러나 손바닥으로 하늘을 가릴 수는 없다. 대장동 사건의 진실이 결국 언젠가는 밝혀지리라. 다만, 그러기까지 치러야 하는 사회적 손실이 너무 크다.

환욕(宦慾)에 취한 분네 앞길을 생각하소
옷 벗은 어린아이 양지껼만 여겼다가
서산에 해 넘어가거든 어찌하자 하는다

역시 같은 시인이 지은 시조이다. 벼슬에 눈이 멀어 사리 분별을 못 하는 (안 하는) 사람들더러 시인은 준엄하게 꾸짖는다. 발가벗은 어린아이는 햇볕이 잘 드는 양지만 있는 줄 알지만, 해가 서산으로 넘어가면 추위에 떨게 된다는 것을.

벼슬도 마찬가지다. 대권 도전에 들떠 '검은 것을 희다 하고 흰 것을 검다' 하는 사람들에게 이보다 섬찟한 경고가 또 있을까. 대장동 사건의 귀추가 주목된다.

신축년 오리무중의 개천절에 금당천변 우거에서 쓰다.

(2021.10.03)

풍재지중이십분
(楓在枝中已十分)

시곗바늘이 어느덧 10월의 마지막을 향해 달려가고 있다. 10월 초까지 늦더위가 이어지더니 지난 중순에 갑자기 밀어닥친 영하의 추운 날씨로 가을이 실종되었나 싶었는데, 그 후 다행히 기온을 회복하여 요새가 그야말로 가을의 절정이다. 그나마 1주일 후면 입동(立冬)이니 아쉽게도 그 가을이 곧 막을 내릴 판이다. 그러기 전에 만추(晩秋)를 충분히 느끼고 즐겨야 하는데….

단풍 구경을 하겠다고 매일 우면산을 오르고, 지난 주말에는 북한산도 다녀왔다. 그런데 올해 들어 유난히도 가을비가 잦은 탓인지 어디를 가도 단풍이 예쁘지 않다. 작금에 세상이 뒤숭숭하기 그지없다 보니 하늘도 안 도와주는 걸까.

여름 내내 아파트단지 화단에 내놓았던 난(蘭) 화분들을 집안으로 들여왔다. 그것들을 베란다에서 정리하면서 창밖을 내려다보다가 깜짝 놀랐다. 너무나 화려하고 아름다운 단풍이 눈에 들어오는 게 아닌가.

　등잔 밑이 어둡다는 말이 결코 빈말이 아니다. 집 앞의 단풍나무가 마치 불이 붙은 듯 저토록 붉게 타오르고, 은행나무는 물감을 뿌린 듯 샛노랗게 물든 것도 모르고, 아둔하기 짝이 없는 범부(凡夫)는 가을을 찾아 밤낮 이 산 저 산 헤매고 다녔던 것이다.

　이쯤 되면 대익(戴益)이 봄을 찾아 헤매며 읊은 시(探春. 탐춘)를 표절하지 않을 수 없다. 시인의 봄을 촌부의 가을로 바꿔 되뇌어 본다(探秋. 탐추).

盡日尋秋不見楓(진일심추불견풍)
杖藜踏破幾重雲(장려답파기중운)
歸來適過杏花下(귀래적과행화하)
楓在枝中已十分(풍재지중이십분)

종일토록 가을을 찾아 헤맸건만 단풍은 끝내 보지 못하고,
지팡이 짚고 겹겹의 구름만 헛되이 헤치고 다녔네.

하릴없이 집으로 돌아오는 길에 은행나무 밑을 지나노라니,
아뿔싸, 단풍은 은행나무 가운데 이미 와 있었네그려.

그렇다. 진리는 먼 곳에 있는 것이 아니라 바로 가까이에 있다. 둔자(鈍者)
는 미몽(迷夢)에서 헤매느라 그것을 알지 못할 뿐이다.

차기 대통령선거가 넉 달 열흘 정도 남았다. 선거에 출마할 여당 후보는
이미 정해졌고, 닷새 후에는 제1야당 후보도 정해진다. 그런데 목하 거론되
는 유력 후보들이 하나같이 그에 대한 국민들의 비호감도가 호감도의 두 배
를 넘나든다. 명색이 한 나라를 이끌 대통령을 뽑는 선거라면 국민들의 사랑
과 존경을 받는 사람들이 나와 경쟁을 하여야 하는데, 작금의 현실은 그 반
대이니 실로 안타까운 일이다. 그러나 어쩌겠는가. 최선이 아니면 어쩔 수
없이 차선이라도 취해야 하듯이, 최악(最惡)보다는 차라리 차악(次惡)을 선
택하는 것이 그나마 나으리라.

그러면 그게 누구인가? 정답은? 위 시가 가르쳐 주고 있다.
"楓在枝中己十分(풍재지중이십분)"
답은 이미 진즉에 나와 있다. 눈을 얼마나 똑바로 뜨고 살피느냐에 따라
정답과 오답이 갈릴 뿐이다.

한낱 무지렁이 촌노(村老)는 그저 국운(國運)의 평안을 빌 따름이다.

"부디 이 나라가 태평하고 백성이 편안케 하여 주소서!"

(2021.10.30)

302 법창에 기대어

삼분지족(三分之足)

한 달 전인 10월 중순에 느닷없이 밀어닥친 추위로 겨울이 일찍 오나 했는데, 정작 그로부터 한 달이 지나도록 전형적인 가을 날씨가 이어져 만추(晚秋)의 즐거움을 만끽했고, 아직도 이어지고 있다. 2주 전에 입동(立冬)이 지나고 이틀 후면 소설(小雪)인데도 말이다.

오늘 50년 지기 죽마고우 백동, 담허와 함께 예봉산(해발 683m)을 올랐다. 지난 8월에 두타산 무릉계곡을 다녀온 지 석 달 만에 다시 함께 산행을 한 것이다. 포근한 날씨가 산행하기에는 적격이었는데, 그만 실종된 하늘이 보태주질 않았다.

이른 아침에 팔당대교를 향해 가다가 올림픽대로에서 본 하늘색은 중국발 스모그로 미세먼지와 초미세먼지로 뒤덮인 죽음의 회색빛이었다. 그 아래서 숨을 쉬고 사는 게 용하다고 할 만큼 끔찍하다. '이웃사촌'이라는 말이 있지만, 개인이건 국가건 이웃도 이웃 나름이다. 지금부터

벌써 이러면 올겨울을 어찌 날거나.

2008년 봄에 한 번 오른 적이 있던 예봉산은 '강우레이다관측소'가 등산로 입구와 산 정상에 들어선 것을 빼고는 예나 지금이나 크게 변한 게 없다. 정상에서 바라보이는 주위 풍광은, 하늘을 덮은 미세먼지로 인하여 인근의 운길산도 아니고 발아래의 한강도 아닌 온통 수묵 담채화(水墨 淡彩畵)였다. 마치 지금 우리나라의 정국을 상징적으로 보여주는 듯하다.

잿빛 하늘을 제외하고는 예봉산은 의구(依舊)하건만, 13년 만에 그 산을 찾은 나그네의 마음은 예전만 못하다. 그동안 짧지 않은 세월이 흐르며 감정이 서서히 메말라간 데다, 열흘 전에 죽마고우 구암(龜岩)을 영원히 떠나보낸 아쉬움에 더하여 회색빛 하늘이 겹친 까닭이다.

산에서 내려와 멀지 않은 곳에 있는 벗의 영원한 안식처를 찾았다. 5년 전 신체근육이 서서히 굳어가는 괴질이 발병하여 내내 고생하다 결국 세상과 작별을 고한 친구는 남양주의 양지바른 선영에 잠들어 있었다. 이승에서는 좋아하는 소주를 원없이 마시면서 고통 없는 삶을 살라고 빌고 또 빌었다.

지공선사(地空禪師)의 반열에 들어선 후로도 늙어감을 애써 외면하고 지냈는데, 작금에 친구나 친구의 부인이 세상을 떠나는 것을 종종 보면서 새삼 나이를 생각하게 된다. 이제는 친구의 부친상이나 모친상에 문상을 가는 것이 아니라, 친구 본인상(喪)이나 그의 배우자상(喪)에 문상을 가는 상황이 되었으니, 발버둥친다고 세월의 흐름을 어찌 막을 수 있으랴. 그보다는 그에 순응하며 사는 게 현명하다.

조선 중기의 학자이자 문인인 김창흡(金昌翕. 1653-1722)이 남긴 '낙치설(落齒說)'이라는 글에 이런 대목이 나온다.

"(전략) … 내가 나이는 많지만 몸은 가볍고 건강하다. 걸어서 산을 오르고 먼 길에 종종 말을 타기도 한다. 내 연배를 살펴보더라도 나만 한 사람은 보기 드물다. 이 때문에 자못 혼자 기분이 좋아져 혼자 즐거워하다 보니 쇠약해진 것을 까맣게 잊고 아직도 젊다고 생각하곤 했다…(중략)…
이제 느닷없이 형체가 일그러져 추한 꼴이 드러났다…(중략)…
주자(朱子)는 눈이 멀어 존양(存養)에 전념하게 되자 진작 눈이 멀지 않은 것을 안타까워했다. 그렇게 볼 때 내 이가 빠진 것 또한 너무 늦었다. 형체가 일그러지니 고요함에 나아갈 수 있고, 말이 헛나오니 침묵을 지킬 수 있다. 살코기를 잘 씹을 수 없으니 담백한 것을 먹고, 경전 외우는 것이 매끄럽지 못하니 마음을 살필 수 있다. 고요함에 나아가면 정신이 편안해지고, 침묵을 지키면 허물이 줄어든다…(중략)…
대저 늙음을 잊은 자는 망령되고, 늙음을 탄식하는 자는 천하다. 망령되지도 천하지도 않아야 늙음을 편안히 여긴다."

김창흡이 나이 66세 때(1718년) 앞니가 쑥 빠진 후 쓴 글이다.

300년 전의 66세가 지금의 66세일 리는 없지만, 무엇보다도
"대저 늙음을 잊은 자는 망령되고, 늙음을 탄식하는 자는 천하다. 망령되
지도 천하지도 않아야 늙음을 편안히 여긴다(蓋忘老者妄, 嘆老者卑, 不妄
不卑, 其惟安老乎)"
는 말이 폐부를 찌른다.

100세에도 건강하게 활동하는 김형석 교수 같은 분은 65세 전후가 인생의
전성기라고 주장하고, UN에서도 평생연령기준을 재정립하여, 65세까지를
청년, 66세부터 79세까지를 장년으로 정의하였다고 하지만, 이는 나이 들어
감을 거부하는 몸부림일 뿐이다.

목하 세상을 쥐락펴락하면서, 취임 1년도 안 되어 재선을 생각하는 미국의
바이든 대통령이 79세, 이미 종신집권의 길을 가고 있는 러시아의 푸틴 대
통령이 69세, 앞으로의 종신집권을 위한 기반을 다지고 있는 중국의 시진핑
주석이 68세라고 하지만, 예로부터 정치인 중에는 장수하는 사람들이 많은
지라 이를 기준으로 할 일은 아니다. 어쩌면 노정객(老政客)들에 드리운 노
탐(老貪)의 그림자가 세상을 혼미하게 만드는 하나의 원인이 될 수도 있다.

흔히들 말한다. 나이는
숫자에 불과하다고. 과연
그럴까. 오늘 하늘이 아무
리 잿빛이어서 저녁에 지
는 해나 밤이 되어 그 자리
를 대체한 보름달마저 뿌
옇게 보일지라도, 미세먼

지가 걷히고 나면 그 해, 그 달은 다시 본래의 밝은 모습으로 돌아온다. 그러나 사람의 흘러간 세월은 결코 되돌아오지 않는다. 호사가들의 부질없는 숫자놀음으로 위안을 삼을 것이 아니라, 분수를 알고(知分) 분수를 지키고(守分) 분수에 만족(安分)할 일이다. 그것이 노추(老醜)를 면하는 길이리라.

(2021.11.20)

술에 취하면 깨면 되지만

2021년의 마지막 주말이자 크리스마스이다. 사흘 전이 '작은 설'로 불리는 동지(冬至)였다. 동지는 밤이 하도 길어 할 일 없는 호랑이가 장가가는 날이라고 했던가. 한마디로 겨울의 한복판에 들어선 셈이다. 그런 동지에는 정작 따뜻했던 날씨가 오늘은 서울의 아침 기온이 영하 14도로 도로 곤두박질쳤다(일기예보를 보면 내일은 영하 16도로 더 춥다고 한다).

이렇게 추운 날에, 더구나 성탄절이라 가족들과 오손도손 함께 보내는 날에, 탑골공원에 오시는 노인분들에게 점심을 대접하기 위한 무료급식 봉사활동에 16명의 자원봉사자가 참여하여 따뜻한 온정의 손길을 펼쳐 추위를 녹였다.

'배고픔에는 휴일이 없기에'
탑골공원의 무료 급식은 1년 내내 하루도 빠짐없이 행해지는데, 그 급식이 자원봉사자들에 의해 이루어진다. 그런데 문제는, 설, 추석, 크리스마스 같은 이름 있는 명절에는 자원봉사자가 잘 나오지 않아 늘 애를 먹는다는 것이다. 게다가 오늘처럼 날

씨가 추우면 더욱 그렇다.

그래서 오늘도 그러면 어쩌지 하고 걱정을 하며 며느리까지 데리고 갔는데, 위와 같이 16명이나 나왔다. 작은 기적이 일어났다고 해도 과언이 아니다.

그분들께 오늘 같은 날 어떻게 나오셨냐고 물으니 한결같은 대답이, '크리스마스에 날씨까지 너무 추워 봉사자가 없을 것 같아 나라도 나가야겠다'고 오셨다는 것이다.

그분들께 감사하지 않을 수 없다. 우리 사회가 나날이 각박해진다고 하지만, 그래도 아직은 인정이 메마르지 않았음을 느끼게 한다. 참으로 고마운 일이다.

각설하고, 기후 변화가 워낙 심해 우리나라의 겨울 날씨를 대변하던 삼한사온(三寒四溫)이 사라진 줄 알았는데, 올겨울 들어 다시 부활하는 느낌이다. 주중에는 겨울이 맞나 싶을 정도로 따뜻하다가 주말이 되면 어김없이 추위가 맹위를 떨친다.

그래서일까, 아니면 코로나가 다시 급속도로 확산되어 나들이를 자제해서일까, 주차장을 방불케 하던 주말의 고속도로가 요새는 눈에 띄게 한산하다. 주말마다 여주를 오가는 일개 촌부(村夫)의 입장에서만 본다면 반가운 일이 아닐 수 없으나, 세상살이가 그리 단편적으로 접근해서만 될 일이던가.

하루에 7천 명을 넘나들 정도로 급격히 늘어나고 있는 코로나 감염자나, 1,000명을 웃도는 위중증 환자의 숫자도 심각한 문제지만, 이에 제대로 대처하지 못하고 갈팡질팡하는 관계 당국의 행태를 보노라면, K-방역 운운하며 위정자들이 우쭐대던 게 도대체 얼마나 허망한 이야기였는지 알 수 있다.

아이를 구급차(ambulance) 안에서 출산하여야 했고, 그러고도 병원에 갈 수 없는 일이 벌어지는 어이없는 상황을 어떻게 설명해야 하나. 세계 최저의 출산율을 극복한답시고 천문학적인 돈을 아무리 쏟아부은들, 이런 판국에 누가 기꺼이 아이를 낳으려 할까.

조선 중기의 문인인 정래교(鄭來僑 1681-1757)가 지은 글에 이런 게 있다.

술을 좋아하는 사람이 있었다.

밖에 나가 무리를 따라 크게 취하여 저녁 때 돌아오다가 집을 못 찾고 길에 벌렁 누웠다.

그리고는 제 집으로 생각하고 인사불성으로 미친 듯 소리치고 토하며 제멋대로 굴었다.

바람과 이슬이 몸을 엄습하고, 도둑이 틈을 노리고,

수레와 말에 치이고, 사람들에게 밟히는 줄도 모르고 있었다.

지나는 사람마다 괴이하게 여겨 비웃고 마치 기이한 꼴이라도 본 듯이 했다.

그런데 어찌 이것만 유독 이상하다 하겠는가.

오늘날 벼슬아치들은 벼슬에 오르거나 벼슬에서 현달하게 되면,

깊이 도모하고 곰곰이 따져 보아 시대를 구하고 나라를 이롭게 할 생각은 않고,

오로지 자신의 영달만을 끊임없이 바라며 욕심을 채우는 데 여념이 없다.

그러다가 원망이 쌓여 화가 닥쳐와 남들은 위태롭게 여기지 않는 이가 없는데도,

정작 자신은 여전히 우쭐대며 오만하게 군다.

참으로 심하게 취했다고 할 것이다.

아, 술 마신 자는 취해도 때가 되면 깬다.
하지만 벼슬하는 사람이 취하면 재앙이 닥쳐와도 깨는 법이 없다.
슬프도다.
(噫, 酒者之醉 有時而醒. 官者之醉 旣迫而醒無日. 哀哉!).

**旣 : 재앙 화

이 글이 어찌 지은이가 살았던 조선 중기의 세태에만 해당하랴. 지은이는 글의 제목을 역설적으로 "잡설(雜說)"이라고 붙였지만, 그야말로 위정자(僞政者)를 향한 통렬한 정론직필(正論直筆)이 아닐 수 없다.

위정자들이 자신의 이익, 그릇된 이념과 정파적 이해에만 매몰되어 국민의 삶을 아랑곳하지 않을 때 무슨 일이 벌어지는지를 구급차 안에서의 아이 출산 사례가 단적으로 보여 준다.

차기 대통령 선거가 이제 석 달도 안 남았다. 그런데 안타깝게도 한 나라의 최고지도자가 되겠다고 나선 사람들이 하나같이 국민의 신뢰를 못 받고 있다. 시간과 장소에 따라 조령모개(朝令暮改)를 일삼거나, 뚜렷한 비전을 제시함이 없이 우왕좌왕하며, 너나 없이 그저 권력만을 추구하는 것으로 비친다. 그들이 국민을 헤아리지 않고 오로지 자신의 이익과 정파적 이해만을 위한 권력에 취한다면 닥쳐오는 것은 재앙뿐이다. 그리고 그 재앙 앞에 애꿎은 백성만 시름겨워해야 한다. 어쩔거나.

정래교(鄭來僑)의 말을 다시 한 번 되새겨 본다.

　　　　"술에 취한 것은 때가 되면 깨지만,
　　　벼슬에 취하면 재앙이 닥쳐도 깨지 않는다"
　　　(酒者之醉 有時而醒. 官者之醉 旣迫而醒無日)

　동짓달의 기나긴 밤이 하염없이 깊어간다. 황진이(黃眞伊)처럼 그 한 허리를 베어내 보기라도 할까.

　크리스마스의 고요한 밤, 거룩한 밤, 어둠에 묻힌 밤을 밝히는 금당천 하늘의 하현달이 창백한 모습으로 추위에 떨고 있는 것처럼 보이는 것은 보는 이의 마음이 그래서일까. 반월조금당(半月照金堂)에 우심전전야(憂心輾轉夜)이런가.

(2021.12.26)

겨울이 겨울다와야

소대한(小大寒)도 지나고 설을 낀 5일간의 연휴가 끝나면 곧바로 입춘(立春. 2월 4일)이다. 추위가 완전히 물러간 것은 물론 아니지만, 시절이 이쯤 되면 올겨울이 사실상 다 지나갔다는 이야기나 다름없다.

그런데 올겨울에는 영하 15도를 웃도는 추위가 맹위를 떨친 적도 있긴 하지만, 큰 눈이 내린 적이 없어서인지 영 겨울다운 맛이 나지 않는다. 음식도 제철에 나는 재료로 만든 음식이 맛있듯이, 계절도 그 계절에 맞는 기후가 이어져야 계절의 진면목을 느낄 수 있는 것이다.

겨울의 상징은 역시 눈 아니던가. 지난주 주말에(2022. 1. 22.) 계방산(桂芳山. 해발 1,577m)을 다녀왔는데, 겨울 설산 산행의 성지(聖地) 중 하나로 꼽히는 명성이 무색하게 눈이 그다지 많지 않았다. 등산로에서 아이젠을 찰까 말까 고민할 정도였으니 더 말해 무엇하랴.

　아무튼 이런 겨울답지 않은 겨울조차도 그나마 노루꼬리 만큼밖에 안 남았다는 게 못내 아쉽다. 무슨 시간이 이리도 빨리 흘러가는지….

　그 겨울의 아침 동녘이 밝아올 즈음 금당천으로 나섰다. 새벽공기가 영하 11도로 꽤 차지만, 언제 보아도 반갑고 정겨운 모습에 저절로 빠져든다. 뿌리칠 수 없는 유혹이다. 촌부는 특히 이즈음의 풍경에 더 매료된다.

　된서리가 내린 금당천 위로 새벽 물안개가 피어오르는 모습에 취하여 발걸음을 옮기다 보면, 어느 순간 고개를 내민 해가 물속에서 빛난다. 이에 더하여, 냇가의 갈대가 유혹하는 대로 걷다가 고개를 들면 추위에 놀란 기러기 떼가 무리 지어 날아간다.

대법원을 끝으로 공직에서 물러난 후 겨울이면 주말마다 금당천에서 대하는 풍경이지만, 말 그대로 부족함이 없는 모습이요, 귀와 눈이 맑아지는 산하(山下)이다. 일찍이 원감국사(圓鑑國師. 1226-1293)가 읊었던 '한중자경(閑中自慶 : 한가함 속에서 스스로 기뻐하다)'의 경지에는 이르지 못하더라도, 그 언저리에는 갈 수 있지 않을까하고 생각한다면 너무 외람된가.

日日看山看不足 (일일간산간부족)
時時聽水聽無厭 (시시청수청무염)
自然耳目皆淸快 (자연이목개청쾌)
聲色中間好養恬 (성색중간호양념)

산을 날마다 봐도 언제나 보고 싶고
물소리 수시로 들어도 물리지 않누나.
귀와 눈이 저절로 다 맑고 상쾌해지니
물소리와 산색 사이에서 고요함을 기른다네.

　　거처하는 곳이 산사였으니 매일 매일 산을 대하고 물소리를 들으며 내면의 고요를 기를 수 있었던 원감국사를, 주말에나 금당천을 찾는 촌부가 어찌흉내 낼 수 있을까마는, 마음만이라도 그 먼발치를 따라가고프다.

　　대통령 선거가 40일도 안 남았다. 음식이 음식다와야 맛이 있고, 계절이계절다와야 그 진수를 느낄 수 있듯이, 대통령이 대통령다와야 나라를 제대로 이끌어갈 수 있는 것 아닐까. 이번에는 국인의 귀와 눈이 저절로 맑아지게끔 올바른 정치를 하는 대통령이 나오기를 기대한다면, 정녕 연목구어(緣木求魚)인가.

(2022.01.30)

어디를 갔다가 이제 오느냐

어느새 2월의 마지막 날이다. 임인년도 벌써 1/6이 지나갔다는 이야기이다. 참으로 빠른 세월이다. 마치 흐르는 물살 위에 놓인 것 같다. 특히 2월은 더욱 그렇다.

그 세월의 흐름 속에 겨울이 저만치 물러가고 봄이 성큼 다가왔다. 이른 아침에 요란한 새소리에 문밖을 나서니 언제 왔는지 왜가리들이 반긴다. 지난해 늦가을에 추위를 피해 남쪽으로 갔는데, 그 추위가 물러가니까 다시 날아온 것이다.

판소리 흥보가의 눈대목 중 하나인 제비노정기를 떠올리게 한다.

"반갑다 왜가리. 어디를 갔다가 이제 와. 어디를 갔다가 이제 오느냐, 얼
씨구나 왜가리.
강남은 가려지(佳麗地)라는데, 어이하여 다 버리고 누추한 이내 곳을 허
위허위 찾아오느냐."

(제비노정기 중 '제비'를 '왜가리'로 바꿔 보았다)

물론 얼마 안 지나면 제비도 날아오겠지만, 우선은 먼저 온 왜가리가 반가
울 따름이다. 촌부의 고향 마을이 중부지방 최대의 백로·왜가리 도래지(천
연기념물 제209호)인 까닭에, 봄이 되면 이렇게 왜가리가 먼저 봄소식을 전
한다. 촌부로서는 그저 고마울 따름이다.

문밖으로 나선 김에 금당천으로 가니 이곳 또한 봄 내음을 물씬 풍긴다.
겨우내 개울을 두껍게 덮었던 얼음이 다 녹고 물이 소리 내며 흐른다. 그 위
에서 물오리들이 제 세상 만난 듯 헤엄을 치며 놀고 있다.

그 모습을 바라보다가 어느 옛 시인의 흉내를 내본다.

拄杖看山色(주장간산색)
回頭聽水聲(회두청수성)
野鴨川上立(야압천상립)
相對兩關情(상대량관정)

지팡이 짚고 산색을 바라보다
고개 돌려 물소리를 듣는다
금당천에서는 물오리가 노니는데
마주 보고 대하니 서로 정이 끌리네

***조선 후기의 문신 권이진(權以鎭. 1668-1734)이 지은 시이다.
원문은 3행이 '白鷗沙上立'(백구사상립. 흰 갈매기가 백사장에서 노니는데)이다.

그나저나 우리나라가 이렇게 넓었던가. 어제 올랐던 계방산은 눈과 상고 대로 덮인 설국(雪國) 그 자체였는데, 금당천은 영락없는 봄의 향연을 준비 하고 있으니, 자연의 신비가 새삼 놀랍다.

작금의 21세기에조차도 '중국은 대국이고 우리나라는 소국'이라고 스스로를 비하(卑下)하는 발언을 서슴없이 하는 어이없는 위정자(僞政者)들도 있긴 하지만, 그러거나 말거나 촌부에게는 금당천이 바로 도솔천이다.

다시 시조 한 수를 읊조린다.

> 이러하나 저러하나 금당천이 편코 좋다.
> 청풍은 오락가락 명월은 들락날락
> 이 중에 병 없는 몸이 오락가락 하리라.

(작자 미상의 시조이다. 원문은 '금당천→이 초옥'. '오락가락→자락깨락')

계절은 어김없이 가고 온다. 그러니 가는 것은 미련없이 가게 내버려 두고, 오는 것을 조용히 맞이할 일이다. 때로는 기쁘게, 때로는 슬프게.

이제 열흘 후면 대통령 선거가 치러지고, 곧이어 새로운 정부가 들어선다. 장삼이사(張三李四)들로서는 싫든 좋든 하회를 지켜볼 수밖에 없으니, 촌노는 그저, 이왕이면 모든 것이 정상으로 돌아온 올바른 정부, 나라를 태평하게 하고 백성을 편안하게 하는 정부를 맞이할 수 있길 바랄 뿐이다. 그렇게만 된다면 어찌 아니 기쁘겠는가. 그 결과 '이민이나 가야겠다'고 하는 말을 앞으로는 주위에서 더 이상 안 들었으면 좋겠다.

그래서 제비노정기의 대목을 다시 떠올린다.

"어디를 갔다가 이제와, 어디를 갔다가 이제 오느냐, 얼씨구나 바른 정치"

(2022.02.28)

어디를 갔다가 이제 오느냐 **319**

어찌 아니 즐거우랴

닷새 전에 춘분(春分)이 지나고 열흘 후면 청명(淸明)이다. 봄을 재촉하는 비가 밤새 내렸다. 아니, 봄은 이미 와 있으니, 봄을 재촉하는 것이 아니라 봄의 전령인 봄꽃을 재촉하는 비라고 함이 더 적절할 듯하다. 지난 겨울에 워낙 가물었던지라, 작금에 내리는 비는 그야말로 단비이다. 대지를 촉촉이 적셔주고, 만물을 소생케 하니, 어찌 아니 반가운가.

비가 그친 뒤 울 안으로 나서니, 담장 앞 매화나무의 비를 머금은 꽃봉오리가 금방이라도 터질 듯하다. 옛시인의 표현을 빌리자면, 그야말로

옥각매화개욕편(屋角梅花開欲遍. 집 모퉁이의 매화가 막 피어나려 하고)이요,

수지함우향인경(數枝含雨向人傾. 잔가지 비를 머금은 채 나를 향해 기우누나)이다.

그런가 하면, 간이분수대에서 솟아나는 물줄기에는 청량한 힘이 실려 있다.

이윽고 대문을 열고 밖으로 나서니, 금당천의 버들이 바야흐로 연두색으로 옷을 갈아입는 중이다.

어린 시절 놀던 곳을 철이 들어 다시 찾는 것이 즐거움의 하나요
(幼年之所游歷 壯而到則一樂也),
궁핍한 시절에 지내던 곳을 뜻을 성취한 뒤에 다시 찾는 것도 즐거움의 하나요
(窮約之所經過 得意而至則一樂也),
외롭게 홀로 거닐던 곳을 반가운 손님, 좋은 벗과 함께 다시 찾는 것 또한 즐거움의 하나이다
(孤行獨往之地 携嘉賓挈好友而至則一樂也).

다산(茶山) 정약용(丁若鏞) 선생이 운길산 수종사에 놀러 갔던 이야기를 쓴 "유수종사기(游水鍾寺記)"의 첫머리에 나오는 글이다.

비록 반가운 손님, 좋은 벗과 함께 할 수 없는 것이 아쉽기는 하지만, 촌노가 어린 시절을 보냈던 곳을 이순(耳順)을 진즉에 넘긴 나이에 다시 걷는 즐거움이야말로 금당천변에서 보내는 삶이 가져다주는 축복이 아닐 수 없다. 그것도 봄날 비가 온 뒤의 청명한 하늘 아래서이니 금상첨화이다.

그런데 이런 일은, 대처(大處)의 한복판에서 태어나 그곳에서 삶의 대부분을 보낸 사람만 아니라면, 마음먹기에 따라 얼마든지 가능하건만, 많은 현대인들에게는 그저 남의 이야기로만 들리니, 도대체 그 이유가 무엇일까. 방하착(放下着)이라고 했던가. 욕심을 내려놓으면 되련만….

20대 대통령을 뽑는 선거가 박빙의 차이로 승부가 갈린 끝에 지난 3월 9일에 막을 내렸다. 5월 10일이면, 한 번도 경험해보지 못한 세상을 만들겠다는 공약을 확실하게 지킨 구(舊) 정권이 물러나고, 뒤이어 새 정부가 들어선다.

앞으로 불과 한 달 보름밖에 남지 않았으니, 그 기간에 신구(新舊) 정권 사이의 인수인계가 원만하게 이루어져야 나랏일이 제대로 돌아갈 터인데, 언론을 통해 들려오는 것은 온통 삐걱거리는 소리뿐이다. 국민은 안중에 없고 권력자의 주변에서 호가호위(狐假虎威)하는 위정자(僞政者)들의 낯 뜨거운 이해관계 때문일까.

다산 선생의 글을 다시 읽어본다.

어린 시절 놀던 곳을 철이 들어 다시 찾는 것이 즐거움의 하나요,
궁핍한 시절에 지내던 곳을 뜻을 성취한 뒤에 다시 찾는 것도 즐거움의 하나요,
외롭게 홀로 거닐던 곳을 반가운 손님 좋은 벗과 함께 다시 찾는 것 또한 즐거움의 하나이다.

장강(長江)의 앞물결이 뒷물결에 의해 밀려나듯, 어차피 갈 사람은 가고, 올 사람은 오고, 그 온 사람도 때가 되면 역시 가는 게 세상사이다. 가는 사람이 욕심을 다 내려놓고 말없이 떠나는 아름다운 뒷모습을 보일 때, 그가 그동안 무슨 일을 했든지간에 그를 떠나보내는 사람은 연민의 정을 느끼게 마련이다.

그러니 이왕 가는 마당이라면, 그것도 소싯적에 품었던 입신양명(立身揚名)의 뜻을 충분히 성취한 마당이라면, 이제는 그냥 다 내려놓고 어린 시절의 추억이 있는 곳으로 미련없이 돌아갈 일이다. 그리하여 그곳으로 찾아오는 반가운 손님, 좋은 벗과 더불어 지낸다면 이 어찌 즐겁지 아니하랴.

아울러 가는 사람의 뒤를 이어 새로 오는 사람이, 혼주(昏主) 밑에서는 간신배들이 늘 설친다는 것이 역사의 교훈임을 명심하여, 당리당략이나 시대에 뒤떨어진 낡은 이념에 얽매이지 않고 오로지 실사구시의 자세로 국리민복을 위해 헌신한다면, 이를 바라보는 국민 또한 어찌 아니 즐거우랴.

이 모든 것을 소박하게 기대해 본다.

(2022.03.26)

시절이 이러하니

조선 후기 정조 임금이 죽고 순조 임금이 즉위하던 해인 신유년(辛酉年. 1801년)에 천주교를 대대적으로 탄압한 사건을 신유박해(辛酉迫害) 또는 신유사옥(辛酉邪獄)이라고 부른다. 이 신유박해는 당시 급격히 확대된 천주 교세에 위협을 느낀 지배층의 종교탄압인 동시에, 이를 구실로 노론(老論) 등 집권 당시의 보수세력이 정치적 반대 세력인 남인을 비롯한 진보적 사상 가와 정치세력을 탄압한 권력투쟁이었다. 다산 정약용 선생이 강진으로 18 년간의 유배를 떠나게 된 게 바로 이 신유박해이다.

당시 100여 명이 처형되고, 400여 명이 유배되었는데, 그 유배객 중에는 당시 벼슬아치도 아니고 천주교 신자도 아니었음에도 무려 24년 동안 유배 생활을 한 사람이 있다. 이학규(李學逵. 1770-1835)가 바로 그 사람이다. 그가 자신의 호를 낙하생(落下生)이라고 지은 것도 이런 상황을 자조적으로 반영한 성격이 강하다.

그는 김해에서 유배생활을 하면서 느낀 소회를 여러 형태의 글로 남겼는 데, 그중에서도 유배생활의 괴로움을 친구에게 편지로 쓴 글이 널리 알려져 있다. 글은 수신자의 이름을 밝히지 않고 "모씨에게(與某人)"라는 말로 시 작되는데, 이는 나중에라도 유배당한 죄인으로부터 편지를 받았다는 이유로 친구가 혹시 탄압을 받을까 염려해서 그렇게 한 것이다.

각설(却說)하고, 이학규가 호소한 유배생활의 괴로움은 모두 네 가지이다. 이를 요약하면,

첫째, 집에서 오는 편지를 밤낮으로 기다리는 것인데, 부모와 처자식이 무탈한지 늘 걱정이라, 편지를 받으면 안절부절 못 하면서 그 속에 혹시 변고 소식이 들어있지 않을까 노심초사한다는 것이다. 그러면서도 소갈병(消渴病) 걸린 사람이 냉수를 찾듯 또 편지를 기다린다는 것이다.

둘째, 술을 마시지 않으면 목이 탈 뿐만 아니라 마음도 타들어 가는데, 돈이 없어 애를 태운다는 것이다. 오죽하면 이웃의 자기 입에 풀칠하기도 어려운 짚신 장수한테 돈을 꾸어 술을 마시기까지 한다는 것이다.

셋째, 이웃 사람들이 너나 할 것 없이 걸핏하면 종이 한 장 들고 와 문상 글, 청혼 글, 금전 차용 글, 고소장 등 갖가지 글을 써달라고 한다는 것이다. 심지어 엉터리 글을 가지고 와 과거에 응시하려고 하니 강평과 수정을 부탁하기도 한다는 것이다.

넷째, 방이나 마당에서 툭하면 뱀이나 구렁이를 마주친다는 것이다.

이학규는 친구에게 위 네 가지 괴로움을 이야기한 후에 글의 끝머리에서,
"아, 안락하게 사는 사람들은 가시에 한 번 찔려도 괴롭다고 여기고, 파리가 한 번 핥아도 괴롭다고 합니다. 저만은 이 괴로움을 홀로 다 받고 구원해 줄 사람도 없고, 벗어날 방법도 없습니다"
라고 하소연한다.

19세기의 일을 작금의 잣대에 비추어 보면, 어느 하나 이런 게 실로 무슨 괴로움에 속하랴 싶다. 가족의 안부야 편지를 기다릴 것도 없이 휴대폰으로 실시간 주고받고, 지척에 널린 편의점에 가면 값싼 소주, 맥주, 막걸리가 즐비하고, 각종 문서양식은 네이버에서 다 검색이 가능하고, 뱀이나 구렁이는 일부러 찾아도 보기 어려운 마당이다.

그러나, 글쓴이도 언급하였다시피, 안락하게 사는 사람들은 가시에 한 번 찔려도 괴롭고, 파리가 한 번 핥아도 괴롭다고 하는 게 또한 세상사이다. 삶이 윤택하고 편안해질수록 극히 사소한 불편함에도 고통을 호소하기 마련이다.

촌로(村老)는 사흘 전인 지난 목요일(2022. 4. 7.)에 코로나19(오미크론) 확진 판정을 받고, 격리를 위해 곧장 여주의 고향집 우거(寓居)로 내려왔다. 이 코로나는 목이 아프고 열이 나는 게 가장 특징적인 증상이다. 병원에서 처방해 준 약을 계속 복용한 덕분에 사흘이 지나면서 다소 진정되긴 했으나, 여전히 몸이 불편하다. 무엇보다도 유배지에 위리안치(圍籬安置)된 생활이라, 이동의 자유를 제한받는다는 게 힘들다.

모처럼 일주일을 한가롭게 지낼 수 있어 오히려 감사해야 할 수도 있는데, 촌로의 마음은 결코 그렇지 않다. 비록 옛날의 낙하생(落下生) 선생이 호소한 괴로움 같은 것은 없을지라도, 자유와 안락함을 빼앗겼다는 박탈감이 가시에 한 번 찔린 것 이상의 고통으로 다가온다. 평소에 주말이면 늘 내려와 지내던 곳에 와 머물고 있음에도 말이다.

　덕분에 울안의 만개한 수양벚꽃을 함박웃음으로 대하고, 갓 피어나는 튤립과 수선화에 눈을 맞추는 뜻밖의 호사를 누리지만, 편대를 지어 창공을 가르는 금당천 오리떼가 마냥 부러운 이 즈음이다.

　그래서일까. 백사(白沙) 이항복(李恒福. 1556-1618)의 아래 시조 한 수가 가슴에 와닿는다.

시절도 저러하니 인사(人事)도 이러하다
이러하거니 어이 저러 아니하리
이렇다 저렇다 하니 한숨겨워 하노라.

(2022.04.10)

박주산채(薄酒山菜)를
벗 삼아

사흘 전이 곡우(穀雨)
였다. 봄비가 내려 곡식을
기름지게 한다는 날이다.
이 즈음 농촌에서는 모내
기를 위해 못자리를 만들
고, 논에 물을 대고, 갈고,
써레질을 하느라 바쁘다.

　예전에는 논을 갈고 써레질하는 일을 소를 이용하여 했지만, 농기계가 널
리 보급된 지금은 트랙터가 그 일을 대신한다. 소를 이용하여 하던 때와는
달리 트랙터를 운전하기만 하면 되기 때문에 노인뿐인 농촌에서도 써레질이
가능하다. 위 사진에서 보는 트랙터를 운전하고 계신 분도 고희를 진즉에 넘
기셨다.

촌부가 지난주에 울안에 심은 상추, 고추, 가지, 토마토의 모종들이 곡우의 시절답게 눈에 띄게 자랐다. 상추는 조만간 첫 수확을 해도 될 판이다.

임인년(壬寅年)도 어느새 1/3이 지나간 것을 생각하면, 계절의 빠른 변화가 새삼스러운 것도 아니다. 거기에 미처 따라가지 못하고 하릴없이 흰 머리만 늘어가는 촌노(村老)의 처지가 안타까울 따름이다.

> 반 넘어 늙었으니 다시 젊든 못하여도
> 이 후나 늙지 말고 매양 이만 하였고자
> 백발아 너나 짐작하여 더디 늙게 하여라.

이 시조에서 읊은 대로만 할 수 있다면 무엇을 더 바라랴.

때가 되면 꽃이 피었다 지고, 곡물이 움을 틔우고 자라는 것이 자연의 섭리다. 그 섭리는 변함이 없기에 농부는 24절기에 맞추어 그때그때 적합한 일을 한다. 서둘러 미리 할 일도 아니고, 게으름피우며 나중으로 미룰 일도 아니다. 자연에 순응하며 사는 삶이니 욕심을 낼 필요도 없고 억지를 부릴 일도 없다. 말 그대로 순천자(順天者)의 삶이다.

세상만사가 다 이처럼 순천자(順天者)이면 얼마나 좋을까.

각계각층의 반대를 무릅쓰고 검찰의 수사권을 완전히 박탈하는 소위 '검수완박'의 입법을 한다고 온 나라를 벌집 쑤셔놓듯 하더니, 느닷없이 여야가 합의했다면서, 검찰의 직접 수사를 기존 6대 범죄(경제·부패·공직자·선거·방위사업·대형참사) 중에서 경제·부패 사건만 남기고 박탈하며, 그마저도 '중대범죄수사청'을 새로 설치하면 완전 폐지한다고 한다.

 '검수완박'을 안 하면 곧 나라가 망할 것 같이 서둘러대던 여당이나, 이와 반대로 '검수완박'을 하면 역시 곧 나라가 망할 것 같이 외쳐대던 야당이나, 모두 하나같이, 나라의 형사사법체계를 근본적으로 바꾸는 일을 깊은 검토도 없이 밀실에서 후다닥 '검수야합'으로 해치우고는 의기양양해한다. 이를 바라보는 국민만 어이없어 하는 모습이다.

 정녕 대한민국의 정치 수준은 이렇게 억지를 부리는 정도밖에 안 되는 것일까. 순천자(順天者)는 흥(興)하지만 역천자(逆天者)는 망(亡)하는 게 고금의 이치임을 모르는 것일까.

뒷메에 뭉킨 구름 앞들에 퍼지거다
바람 불지 비 올지 눈이 올지 서리 칠지
우리는 뜻 모르니 아무럴 줄 모르노라

 조선 중기의 시인 정훈(鄭勳. 1563-1640)이 지은 시조이다. 광해군 말기의 한 치 앞을 내다볼 수 없는 어지러운 시국을 개탄한 노래다. 그 후 400년 넘은 이 시점에 이 시조가 실감나게 다가올 것은 뭐람.

 목하 3월 10일에 제20대 대통령 선거가 치러졌고, 앞으로 불과 보름여 남은 5월 10일이면 새 정권이 들어선다. '한 번도 경험해 보지 못한 나라'를 경험하는 일은 한 번으로 족하지. 두 번 다시 그런 경험을 할 일이 아니다. 그런 마당에 이 무슨 해괴한 일인지 모르겠다. 새 정권이 들어서서도 힘없는 백성들은 또다시 바람이 불지, 비가 올지, 눈이 올지, 서리가 칠지 아무럴 줄 몰라 전전긍긍해야 하는 걸까.

우거(寓居)의 뒤꼍에 꽃이 만발했다. 그래, 이 풍진 세상에 비가 오든, 바람이 불든, 한낱 촌노(村老)는 이 봄이 다 가기 전에 그 꽃이나 바라보며

타임머신으로 한석봉(韓濩, 1543-1605)을 불러낸다. 그와 더불어 박주산채(薄酒山菜)를 벗삼아 안빈낙도(安貧樂道) 하자꾸나.

짚 방석 내지 마라 낙엽엔들 못 앉으랴
솔불 켜지 마라 어제 진 달 솟아 온다
아이야, 박주산채(薄酒山菜)일망정 없다 말고 내어라

(2022.04.23)

제4부

박주산채를 벗 삼아
(2022.05.~2023.08.)

바위 틈의 풀 한 포기

나흘 전에 망종(芒種)이 지나고, 바야흐로 녹음방초승화시(綠陰芳草勝花時)의 여름이다.

이에 부응하듯, 이른 아침(새벽이라고 하는 게 맞을지도 모르겠다)이면 찾는 우면산에 녹음이 짙어질 대로 짙어졌다. 오늘처럼 전날 비가 온 후면 공기도 상큼하기 그지없다. 푸르름에 눈이 호강하고, 맑은 공기에 코와 허파가 호사를 누린다.

매일 보다시피하는 돌고래 바위 위에서 자라고 있는 풀이 새삼 눈길을 끈다. 그동안 마음이 없어서 보고도 몰랐나 보다(心不在焉 視而不見). 커다란 바위에 뿌리를 내리고 사는 저 놀라운 생명력은 도대체 어디에서 나오는 걸까. 필부의 눈에는 그저 불가사의(不可思議)할 따름이다. 그런데 반대로 벌써 낙엽이 되어 떨어진 나뭇잎은 뭐람. 그 잎사귀를 주워서 벤치 위에 올려

놓아본다. 이 느낌을 무어
라 설명할거나. 적절한 말
이 떠오르지 않는다. 필부
가 시인이 아닌 한낱 장삼
이사(張三李四)인 걸 어
쩌랴.

그나저나 놀라운 생명력이 어찌 풀 한 포기에만 국한된 일이랴.

오늘이 6월 10일이다. 96년 전인 1926. 6. 10.은 순종황제의 장례식날이
었다. 이날 서울의 학생들이 일제로부터의 독립을 외치며 거리에서 만세시
위를 벌였다. 비록 실패로 끝나긴 했으나, 이 운동은 3·1 운동 후 한때 침체
되었던 독립운동에 활력을 불어넣었고, 1929년의 광주학생운동으로 이어
졌다.

그로부터 96년의 세월이 흐르는 동안, 우리나라는 잔악한 일제로부터 마
침내 독립을 하였고, 민족상잔의 비극인 6·25 전쟁의 참화를 겪었다. 비록
온갖 풍상과 많은 곡절을 겪었지만, 지금은 당당히 세계 속의 한국이 되어,
이른바 선진국임을 자처하는 국가들과 어깨를 나란히 하는 자랑스러운 나라
가 되었다.
눈부신 경제발전은 개발도상국들의 전범(典範)이 되었고, 우리의 노래,
영화, 음식은 전 세계인이 좋아하는 대상이 되었다. 이제는 골프, 양궁, 쇼트
트랙 선수들이 세계를 제패하는 것은 당연하여 더 이상 놀라운 뉴스가 아니
고, 올해는 축구의 손흥민 선수가 영국 프로축구 프리미어 리그에서 득점왕
을 차지하기까지 했다. 그야말로 놀라운 생명력을 세계 만방에 떨친 것이다.

대한민국이 이처럼 사회, 경제, 문화, 스포츠의 각 분야에서 놀라운 발전을 거듭한 나라이다 보니, 그 안에 살고 있는 국민의 한 사람으로서 실로 뿌듯한 일이 아닐 수 없다.

그런데 이 모든 성과를 집어삼키는 블랙홀이 있다. 도대체 21세기에도 3대를 세습하여 가며 폭압으로 백성을 다스리는 북한의 김씨 왕조는(냉정히 말해 우리의 힘이 미치지 못하는 영역이니) 그렇다 쳐도, 국내 정치 상황은 무언가.

"기업은 2류, 정치는 4류다."

고(故) 이건희 삼성 회장이 1995년 중국 베이징 한국 특파원들과 간담회에서 한 말이다.

꼴찌는 3류라고 하는 것이 일반적인데, 이 회장은 한국 정치를 3류도 아닌 4류라고 했다.

바닥보다 더 아래인 '지하' 수준이라는 것이다.

그로부터 27년이 지난 지금은 어떤가? 삼성전자, 현대자동차, 현대중공업, 포스코, LG화학, SK하이닉스 등…. 기업은 세계 1류의 반열에 들어섰는데, 정치는 여전히 4류를 못 벗어나고 있다.

지난 정권의 포퓰리즘, 내로남불과 편가르기의 극치에 치를 떨던 국민은 지난 4.9. 실시된 20대 대통령선거에서 마침내 정권의 교체를 선택하였고, 그 결과 5. 10. 새 정부가 출범한 후 한 달이 지났다. 아직 새 정부의 공과를 논하기에는 때가 이르지만, 작금의 인사행태를 보노라면 일말의 우려를 금할 수 없는 게 사실이다.

2022. 6. 10.자 동아일보의 이기홍 칼럼 속 다음과 같은 충언을 새겨들을 필요가 있다.

인수위 시절부터 검찰·기재부 편중 인사 조짐에 대한 우려가 제기돼 왔지만 윤 대통령은 귀 기울이지 않았다. "민변 도배" 발언도 진의와 무관하게 '이제 선거도 끝났으니 내 뜻대로 간다'는 포고문처럼 들릴 수 있다.

보스는 소신과 용기, 의리만 있으면 되지만, 정치지도자는 민심의 바다에서 노를 저어야 한다. 아무리 유능한 노꾼을 구해도 파도가 거세지면 헤쳐가기 어려워진다.

귀에 말뚝을 박은 것처럼 남의 말에 꿈쩍도 하지 않는 사람을 '말뚝귀'라고 한다. 최악의 리더는 세뇌되듯 어떤 결론이 머리에 주입돼 말뚝귀가 돼버린 상태에서 즉흥적 일방적 결정을 하고 집착하는 지도자다.

'전환시대의논리 리영희' 유의 낡은 이념적 사고의 틀 안에 웅크린 상태에서 영화 보고 탈원전을 결정하고 끝까지 집착한 문 전 대통령이 바로 그런 사례였다. 윤 정부는 그런 문 정권의 정반대가 되어야 한다. 닮거나 덜 하는 것만으로는 국민에 대한 배신이다.

집권 초기에 100년 집권을 운운하던 사람들이 불과 5년 만에 정권을 내놓은 이유를 깊이 되새길 일이다. 이를 반면교사로 삼지 않는 한 5년 후에 다시 정권을 내놓아야 할지 모른다. 그렇게 4류의 정치가 반복된다면 우리의 앞날은 암담할 뿐이다. 제발 진정한 공정과 정의가 흐르는 사회가 되길 기대하여 본다. 이제는 연목구어(緣木求魚)가 사전 속의 단어로만 존재하길 바란다면 필부의 허황된 소망이런가.

(2022.06.10)

여름날에 쓰다(夏日即事)

하지(夏至)가 지나고 내일이 소서(小暑)이다. 장마철답게 비 소식이 이어지고, 30도를 넘는 고온에 습도마저 높은지라 '찌는 더위'라는 표현이 딱 어울리는 날씨가 계속된다. 농촌에서는 모내기가 끝난 모들이 본격적으로 뿌리를 내리기 시작하여, 나날이 짙어가는 초록의 향연에 이를 바라보는 촌부의 눈까지 초록으로 물든다.

소서(小暑)는 보통 7월 5일 전후이다(올해는 7월 7일). 그 소서(小暑)의 절기가 되었다는 것은 한 해가 반환점을 돌았다는 이야기이다. 눈 뜨면 하루가 가고, 한 주일이 가고, 한 달이 가더니, 어느새 올 임인년(壬寅年)의 반이 훌쩍 지나가 버렸다. 세월이 기가 막히게 빨리 지나간다. 어영부영하다 보면 이내 연말이 되리라.

그렇게 속절없이 흐르는 세월이 안타까워 가능한 한 산천경개(山川景槪)를 찾아 나선다. 물론 주말이 되면 금당천변에서 자연과 더불어 지내려고 애를 쓰지만, 그것만으로는 왠지 2% 부족한 느낌이 들어 산으로, 들로, 절(寺)로, 길을 떠나는 것이다. 그런다고 하루가 다르게 늘어만 가는 흰 머리가 도로 검어질 리는 없지만, 몸부림조차 치지 않고 맥없이 지낼 수는 없는 일 아닌가.

지난 주말(2022. 7. 2.) 에 무더위 속에서 관악산을 올랐다. 서울법대에 다니던 학창 시절부터 이제껏 무수히 오른 산이지만, 갈 때마다 새로운 감흥에 젖어 든다. 물론 혼자 가거나, 아니면 함께 가는 도반(道伴)이 누구냐에 따라 감흥의 정도에 차이가 있음은 더 말할 나위도 없다.

[말바위능선의 암릉]

관악산이 그 옛날에는 풍수상으로 임금님이 계신 한양 도성에 대드는 역산(逆山)이고 불(火)의 산이었는지 몰라도, 지금은 시민들의 휴식공간일 따름이다. 서울대학교 공학관의 등산로 입구에서 아침 7시 30분부터 오르기 시작했는데도 산객들이 줄을 잇는 것은 그만큼 친숙한 공간이 되었다는 뜻이다.

산행을 시작하여 1시간 정도 부지런히 올라가면 말바위능선에 다다른다. 이 능선을 따라 북쪽으로 정상 부근의 지상 레이더관측소로 향하는 암릉구간은 다소 위험하기는 하지만, 그만큼 스릴이 있고 동서(東西) 양쪽의 멋진 경치를 감상할 수 있다. 깎아지른 절벽 위에 아슬아슬하게 자리하고 있는 연주대(戀主臺)는 언제 보아도 정겹고 멋지다. 기도처로는 그야말로 제격이다.

[연주대]

산행을 마치고 여주 우거로 향했다. 다소 피곤하긴 했지만, 장마가 계속되어 꽃밭이 밀림이 되었을 게 뻔한데 어찌 아니 가랴. 도연명의 표현대로 '전원이 장무(田園將蕪)하니 호불귀(胡不歸)'이다.

염천지하(炎天之下)에서 장미와 백합을 뒤덮은 잡초들을 제거하노라니 땀이 비 오듯 한다. 장미와 백합이 '뭐 하다 이제야 우리를 구해 주느냐. 그동안 갑갑해 죽는 줄 알았다' 고 원망하는 소리가 들린  다. 그래 내 불찰이다. 심어만 놓고 장마를 핑계로 제대로 관리를 하지 않았으니….

점심식사도 제대로 못 한 채 잡초들과 사투를 벌였다. 다 끝내고 나니 나름 대견하다. 땀을 흘린 뒤의 이 뿌듯함을 대처(大處)에서 어찌 느끼랴. 이게 바로 촌에서 지내는 즐거움이다. 땀을 씻고 백호은침(白毫銀針)을 한 잔 타서  휴휴정(休休亭)에 앉으니 신선이 따로 없다. 촌부가 신선으로 변신한다고 해서 뉘 있어 흥을 보랴.

신선놀음에 시(詩) 한 수를 떠올린다.

이규보(李奎報. 1168-1241)의 '하일즉사(夏日卽事)'라는 시다.

輕衫小簟臥風欞 (경삼소점와풍령)
夢斷啼鶯三兩聲 (몽단제앵삼량성)
密葉翳花春後在 (밀엽예화춘후재)
薄雲漏日雨中明 (박운루일우중명)

홑적삼에 대자리 펴고 바람 난간에 누웠는데
꾀꼬리 두세 번 우는 소리에 단잠을 깨네.
빽빽한 잎새에 시든 꽃은 봄이 갔어도 남아있고
옅은 구름 사이로 나온 햇빛이 빗속에도 밝구나.

대통령선거와 지방선거가 끝났는데도, 여전히 사리사욕을 챙기는 정쟁에만 몰두하고 있는 위정자(僞政者. 그들은 '爲政者'가 아니다)들의 꼴불견이 연일 신문지상을 장식한다. 자신들을 바라보는 국민들의 싸늘한 시선을 애써 외면하고 있는 그들에게 위 시(詩)를 들려주며 이렇게 한마디 하면 어떨까.

"제발 탐진치(貪瞋痴)의 수렁에서 벗어나라.
그러지 못할 거면 대자리 펴고 낮잠이나 자라!"

(2022.07.06)

서풍(西風)아 불어다오

칠석(七夕. 8.4.), 입추(立秋. 8.7.), 백중(百中. 8.12.)이 다 지나고, 내일 (8.15.)이면 말복(末伏)이다. 한마디로 여름이 끝을 향해 달려가고 있다. 그 런 마당에 요즈음은 지독한 더위가 연일 기승을 부리는가 하면, 기록적인 폭 우가 쏟아져 물난리가 나는 일이 반복되고 있다.

지난 8일에는 서울에서 1907년 기상관측을 시작한 이래 115년 만에 가장 많은 비가 내렸다. 동작구 신대방동엔 8일 오후 8시 5분부터 오후 9시 5분 까지 불과 1시간 동안에 무려 141.5㎜의 비가 내렸다. 8일 하루의 강수량도 381.5mm에 달했다. 강남구와 서초구를 비롯하여 곳곳에서 폭우로 건물과 도로가 침수되고 교통이 마비되는 일이 벌어졌다. 기상이변의 연속이다.

그런데 이게 우리나라만의 일이 아니다. 목하 전 세계가 이상기후로 몸살 을 앓고 있다.

영국과 프랑스에서는 40도가 넘는 폭염과 가 뭄으로 물 부족 사태가 벌어지고, 독일은 젖줄 인 라인강의 물이 가뭄으 로 줄어들어 수상 운송이 중단될 위험에 처할 정도

이다. 반면에, 중국과 일본은 기록적인 폭우로 홍수와 산사태가 발생하고, 사막 한가운데 있는 미국 라스베이거스에서는 1시간 만에 250mm 물 폭탄이 쏟아졌다. 미국에서 가장 덥고 건조한 데스밸리 에서도 3시간 만에 1년 치 강우량의 75%인 37.1mm 폭우가 쏟아져 곳곳이 물에 잠기는 일이 벌어졌다(이 지역에선 1000년 만에 일어날까 말까 한 폭우이다). 그 밖에 호주, 파키스탄, 미얀마 등지에서도 좁은 지역에 단시간 내 폭우가 쏟아져 피해가 잇따르고 있다.

인간이 온 세상과 우주를 정복한 것처럼 큰소리를 치지만, 기상이변 같은 자연재해 앞에서는 한없이 무기력하다. 이것이 인간의 본래 모습이자 한계 아닐까. 큰 재해가 발생할 때마다 위정자들은 근본적인 대책을 세운다고 외치는데, 그게 공염불로 그치는 모습을 하도 보아서, 이젠 서둘러 발표되는 대책을 들어도 시큰둥하다. 30년 만에, 50년 만에, 100년 만에… 식으로 예측 불허의 폭우, 폭염, 가뭄이 찾아오면 차라리 하늘을 원망하고 체념하는 게 더 속이 편할지도 모른다. '이제는 자연재해에서 벗어나겠지'하는 바람이 예측을 벗어나는 기후재앙 앞에서 번번이 희망고문으로 끝나는 것을 어쩌랴.

기록적인 폭우가 쏟아진 후 며칠 잠잠해져 푸른 하늘이 잠시 보이더니, 다시 빗줄기가 창문을 두드린다. 사위(四圍)가 칠흑같이 깜깜한 밤에 금당천 변 우거(寓居)에서 듣는 빗소리는 운치가 넘쳐난다. 그 비가 설사 나중에 폭우와 침수로 이어질 수 있다 하더라도 당장은 논외(論外)이다.

　그 옛날 고운(孤雲) 선생은 가을밤에 빗소리를 들으며 세상사를 걱정했지만, 한낱 촌부는 그저 밤새 또 비바람이 불면 집 앞의 연못에 심은 연꽃이 무사할까를 걱정할 따름이다. 하지만 노파심(老婆心)이다. 며칠 전 폭우에도 멀쩡하게 꽃을 피웠는데, 새삼 무에 걱정이랴. 오히려 물이 불어 찰랑찰랑 넘치는 것에 장단 맞춰 연꽃들이 춤을 추지 않을까. 진즉에 어느 옛 시인이 노래하지 않았던가.

　　　　　一雨中宵漲綠池(일우중소창록지)
　　　　　荷花荷葉正參差(하화하엽정참치)
　　　　　鴛鴦定向花間宿(원앙정향화간숙)
　　　　　分付西風且莫吹(분부서풍차막취)

　　　　　밤새도록 비가 내려 푸른 못에 물 불으니
　　　　　연꽃과 연잎들이 여기저기 들쭉날쭉하네
　　　　　원앙새가 꽃 사이로 잠을 자러 들어가니
　　　　　가을바람 다독여서 불지 말라 해야겠다

조선 중기에 영의정까지 지낸 문신 신흠(申欽. 1566-1628)이 지은 시이다.

밤새 비가 그치지 않고 내리더니 연못물이 불어나 찰랑찰랑 금방이라도 넘칠 것만 같다. 출렁이는 물결 따라 연꽃과 연잎들이 춤을 추듯 너울댄다. 빗방울을 안고 반짝이는 연잎과 연꽃의 아름다운 모습을 보니 간밤에 괜한 걱정을 했구나. 어라, 어디선가 원앙 한 쌍이 날아와 서로 깃을 다듬어주며 연꽃들 사이에서 사랑의 밀회를 나누네그려. 아이고, 가을이 와서 바람 불어 연잎이 시들면 저 원앙이 보금자리를 잃고 날아갈 테니, 가을바람한테 제발 불지 말라고 부탁해야겠다.

옛시인은 가을바람(西風)이 불지 말라고 부탁했지만, 폭염과 폭우에 지친 촌부는 가을바람이 어서 불라고 부탁하고 싶다. 우거(寓居) 앞의 연못에는 원앙이 없으니 더욱 그러하다.

밤이 깊어간다. 어느새 삼경(三更)이다.
빗소리가 그쳤길래 댓돌로 나서니 풀벌레 소리가 반긴다. 내일 아침에 다시 피려고 연꽃마저 오므리고 자는데, 저 풀벌레는 어찌하여 밤을 지새우는 걸까. 더불어 잠을 못 이루고 마당을 서성이는 촌부는 또 무어람.

(2022.08.15)

오우가(五友歌)까지는
아니어도

엊그제 추분(秋分)이 지났다. 힌남노와 난마돌 두 개의 태풍이 지나가면서 더위를 몰아내고 한반도에 완연한 가을 날씨를 선물했다. 황금색으로 변한 농촌 들녘을 보노라면 괜스레 마음이 풍요로워진다.

추분(秋分)을 전후하여 백로(白露)는 진즉에 지났고, 2주 후면 한로(寒露)이다. 가을이 다가옴을 알려주었던 하얀(白) 이슬(露)이 일신우일신(日新又日新)하면서 가을이 무르익음을 알리는 찬(寒) 이슬(露)로 바뀌는 것이다.

이른 새벽 사립문을 열고 금당천변으로 나선다. 잠이 덜 깬 채로 거니는 촌로(村老)에게는 풀잎에 맺힌 영롱한 이슬방울이 마냥 정겹게 다가온다. 더없이 반가운 존재이다.

그런데 어디 이슬방울뿐인가.

졸졸졸 노래하며 흐르는 시냇물, 수직의 파문을 내며 떨어지는 낙엽, 강남으로 안 가고 외로이 노니는 백로, 아직은 지지 않고 먼 산에 걸려 있는 달.

이 모든 것이 이슬과 더불어 반가운 벗들이다.

이들을 바라보며, 촌로 주제에 오우가(五友歌)까지 지을 수는 없고, 두목(杜牧)의 흉내나 내 볼거나.

金堂帶殘夢(금당대잔몽)
葉飛時忽驚(엽비시홀경)
露凝孤鷺遊(노응고로유)
月曉遠山橫(월효원산횡)

비몽사몽 간에 금당천을 거닐다가
날아온 낙엽에 화들짝 놀라 깨니
이슬이 맺혀있고 백로 외로이 노니는데
새벽달이 먼 산에 걸려 있구나

'천하의 즐거움은 몸이 편하고 마음이 느긋한 것에 있다'[天下之樂, 惟身
逸而心閑(천하지락 유신일이심한). 이만용(李晚用. 1792-1863)의 "寐辨
(매변)"에서 인용]고 했던가. 비록 천하의 즐거움까지는 아니어도, 금당천변
의 아침은 촌로에게 분명 소소한 즐거움을 선사한다.

그나저나 눈길을 어디로 돌려도 볼 수 있는 이런 목가적(牧歌的)인 정경
이 어찌하여 벽촌(僻村)에만 있는 걸까.

목하 대내외적으로 실로 난국(難局)인 상황에서, 국민은 전혀 안중(眼中)
에 두지 않은 채, 오로지 와각지쟁(蝸角之爭)의 권력 다툼과 일신(一身)의
보위를 위한 정쟁에만 몰두하며 최고의 '막장드라마'를 연출하고 있는 위정
자(僞政者)들의 퇴행적인 정치행태들을 보고 있노라면, 문득 그들에게 묻고
싶어진다.

"어린 백성들이 그저 격양가(擊壤歌)나 부르며 살 수는 없을까요?"

(2022.09.25)

오우가(五友歌)까지는 아니어도 **349**

매아미 맵다 울고
쓰르라미 쓰다 우네

상강(霜降)이다. 한 마디로 서리가 내리는 시절이라는 이야기다. 그런데 아침 최저기온이 10도를 오르내리는 포근한 날씨 탓인가, 서리 소식은 없고 짙은 안개만이 사위(四圍)를 감싼다. 일기예보상으로는 전국 곳곳에 비가 내리는 곳도 많을 것이라고 한다.

금당천변 우거(寓居)는 오랫동안 정들었던 라도와 삽살이를 떠나보내고 나니 적적하다. 주말에 대문을 열고 들어서기가 무섭게 꼬리치고 짖으며 반기던 모습들이 눈에 선하다. "든 자리를 몰라도 난 자리는 안다"는 말이 피부로 느껴진다.

정녕 회자정리(會者定離)런가. 그동안 주중에 정성껏 보살펴 주시던 6촌형수님의 연세가 80대 중반에 이르러 라도와 삽살이를 돌보는 게 힘에

[라도와 삽살이의 마지막 모습]

부치시는 것 같아 추석을 지낸 후 각기 다른 집으로 입양을 보냈다. 새로운 집에 가서 보살핌을 받으면서 잘 적응한다는 소식을 접해 서운한 마음에 그나마 위안이 된다.

라도야,
삽살아,
건강하게 잘 지내거라.
그동안 고마웠다.

비록 라도와 삽사리는 떠났지만, 그래도 우거의 안팎으로는 늦가을의 상징인 국화가 만발하여 "날 보러 와요~"를 외친다. 가을이 왔나 싶었는데 어느새 만추(晩秋)이고, 더 나아가 머지않아 곧 임인년(壬寅年)의 끝에 도달하리라. 바뀐 연도의 숫자에 이제 겨우 익숙해질 만한데 말이다. 전광석화 같은 시간의 흐름에 발맞춘 계절의 빠른 변화에 실로 멀미가 날 지경이다.

그렇게 세월이 빠르게 흐르다 보니 마음은 여전히 청춘이건만 몸은 날로 쇠락의 길을 걷는다. 마음과 몸이 따로 노는 탓에 일전에 불의의 사고로 어깨를 다쳤다. 3주 가까이 지났지만 아직도 여전히 불편하다. 그런 노병구(老病軀)를 이끌고 아침 일찍 사립문 밖으로 나섰다.

녹색 벌판이 황금빛으로 바뀌었을 뿐 산천은 의구(依舊)하다. 언제나 촌노(村老)를 반겨 주는 금당천의 뚝방길은 그야말로 가을빛이 절정이다. 하늘에는 기러기가 높이 날고, 은빛 물결의 억새가 출렁이는 물가에는 백로 한 마리가 외로이 놀고 있다.

내친 김에 율곡 선생의 고산구곡가(高山九曲歌)를 흉내내 시 한 수를 읊조려본다.

여강(驪江)이 어디메뇨 금당(金堂)에 추색(秋色)이 좋다
청상(淸霜)은 아직이나 황금벌이 금수(錦繡)로다
장제(長堤)를 홀로 걸으며 백로를 벗 삼노라.

이순(耳順)을 진즉에 훌쩍 넘긴 촌부야 유유자적하며 "세월아, 네월아~"
해도 되지만, 나날이 험악해지는 국제정세, 북쪽 김씨 왕조가 뿜어내는 예측
불허의 광기, 치솟는 금리와 물가, 적자의 폭이 깊어가는 국제수지 등 대내
외적으로 악재가 거듭 쌓여가는데, 매일매일 언론을 장식하는 위(僞)정자들
의 행태를 보노라면, 그저 어이가 없다는 것 외에는 달리 표현할 말이 떠오
르지 않는다.

그들에게는 국리민복(國利民福)은 한낱 외계인의 언어일 뿐이고, 당리당
략(黨利黨略)조차도 성에 안 차 사리사욕(私利私慾)을 추구하는 것만이 오
로지 지고(至高)의 가치인 듯싶다.

이런 이런, 이 또 무슨 망령됨인가, 한낱 촌노 주제에 나랏님들 일에 관심
을 두다니…. 일찍이 "벼슬을 저마다 하면 농부 할 이 뉘 있으랴" 하지 않던
가. 잔 가득 차(茶)나 따라놓고 그 향기에나 취할거나. 그래서 조선 영조 때
의 가객(歌客) 이정신(李廷藎)이나 따라가 보자꾸나.

매아미 맵다 울고 쓰르라미 쓰다 우네
산채(山菜)가 맵다든가 박주(薄酒)가 쓰다든가
초야에 묻힌 촌부 맵고 쓴 줄 내 몰라라

(2022.10.23)

소설(小雪)? 소춘(小春)?

모레면 소설(小雪)이다. 바야흐로 눈이 내리는 때가 왔음을 한마디로 나타내는 말이다. 그리고 이는 곧 추위가 시작된다는 의미이기도 하다. 소설은 대개 음력 10월 하순에 드는데, "초순의 홑바지가 하순의 솜바지로 바뀐다"는 속담이 말해주듯이 기온이 내려가고 추위가 찾아오는 것이 보통이다. 그런가 하면 "소설 추위는 빚을 내서라도 한다"는 속담까지 있다. 소설에 날씨가 추워야 보리농사가 잘 되기 때문이다.

이렇듯 소설은 곧 겨울 추위의 시작을 의미하기 때문에, 이 무렵이 되면 서둘러 겨울 채비를 한다. 김장을 하는 것이 그 대표적인 예이다. 그런데, 작금에는 김장을 하는 집이 예전처럼 많지 않다. 기본적으로 김치 소비가 줄어들었을 뿐만 아니라, 굳이 많은 양의 김장을 해서 저장해 놓지 않더라도 슈퍼마켓에서 1년 내내 싱싱한 김치를 사 먹을 수 있기 때문이다. 그만큼 음식 문화 환경이 바뀐 것이다.

그래도 촌부는 김장을 한다. 이를 위해 비록 소량일망정 금당천변 우거의 뜰에서 배추와 무를 직접 기른다. 농약을 사용하지 않아 시장의 그것처럼

잘 생기고 실하지는 못하지만, 오히려 더 고소하고 단맛이 난다. 요새의 소위 MZ 세대들이 그 맛을 알까?

그나저나 소설이 코 앞인데도 날씨가 영 춥지 않다. 아침, 저녁으로 다소 쌀쌀하기는 하지만, 한낮에는 마치 겨울이 다 가고 난 후의 봄날 같다. 사흘 전 대학수학능력시험(=수능) 때도, 입시 날이면 으레 찾아왔던 한파가 없어 어리둥절할 정도였다. 하느님도 이젠 노쇠하여 건망증이 생겨 수능 날 추위를 보내는 것을 깜빡하신 것 같다.

그러고 보니 옛날에는 소설(小雪)을 역설적으로 소춘(小春)이라고도 불렀다고 하는데, 그 이유를 알 만하다. 소설이라고 바로 한겨울에 드는 것이 아니고, 아직은 햇살이 따듯하여 그렇게 부르기도 한 것이다. 요새야말로 이 소춘(小春)이라는 표현이 말 그대로 딱 어울린다.

그 소춘(小春)의 금당 천변은 언제나처럼 평화롭기 그지없다. 이제 황금벌판은 더이상 찾아볼 수 없지만, 그 대신 하얀 억새풀이 촌노의 발걸음을 붙잡는다. 금당천에서 밤을 보낸 새들이 하늘 높이 날아간다. 어디로 가는 걸까.

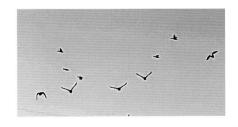

그 새들을 보며 무명씨(無名氏)의 시 한 수를 떠올린다.

衆鳥同枝宿(중조동지숙)
天明各自飛(천명각자비)
人生亦如此(인생역여차)
何必淚沾衣(하필루첨의)

뭇 새들 한 가지서 잠을 자고는
날 밝자 제각각 날아가누나
인생도 또한 이와 같은데
어이해 눈물로 옷깃 적시나

이수광(李睟光. 1563−1628)의 '지봉유설(芝峯類說)'에 실려 전해오는 시이다.

겨울 문턱의 금당천, 간밤에 모여있던 오리들이 날이 밝아 햇살이 비치니까 하늘로 날아올라 뿔뿔이 흩어진다.

그래, 우리네 삶도 마찬가지다. 회자정리(會者定離) 아니던가. 가족이든, 친구든, 연인이든, 직장동료든…. 누구나 만나면 언젠가는 헤어지게 되어 있다.
그러니 이별을 슬퍼할 일이 아니다. 오히려 이별의 순간에 아쉬움과 슬픔을 남기지 않기 위해서라도 지금의 나날에 충실하는 게 보다 현명하지 않을까.

일일시호일(日日是好日)이니, 카르페 디엠(Carpe diem)일 따름인저!

(2022.11.20)

그래, 세상은 아름답다

2022년 임인년(壬寅年)의 마지막 일요일이자 크리스마스이다. 아침 최저 기온이 영하 17도일 정도로 금당천 동장군(冬將軍)의 위세가 당당하다. 북아메리카에는 기온이 영하 50도 밑으로 떨어진 곳도 있다 하니, 그에 비하면 이곳의 추위는 양반이라고 해야 하나. 인간이 자초한 기상이변(氣象異變)이 철을 가리지 않고 발생하는 형국이다.

아무튼 이번 주 들어 계속 매섭게 이어지는 강추위로 주위가 온통 얼어붙었다. 종로 탑골공원을 찾는 노인분들께 지난 14일에 원각사 무료급식소에

서 방한(防寒)용품을 나
눠드렸는데, 그날도 영하
14도의 추위가 맹위를 떨
쳤다. 방한(防寒)을 하려
다 피한(被寒)을 할 판이
었다.

　어제는 성탄절 전날(크
리스마스 이브)로 하필이면 토요일인데다, 기온이 여전히 영하 10도를 오르
내리는 통에 원각사 무료급식소로 향하는 발걸음이 무거웠다. 명절+주말+
강추위=3중고(三重苦)! 이쯤 되면 원각사 무료급식소는 배식을 염려하지 않
을 수 없다. '배고픔에는 휴일이 없기에' 원각사 무료급식은 1년 내내 하루
도 빠짐없이 행해지고, 그 급식이 자원봉사자들에 의해 이루어지는데, 3중고
(三重苦)가 되면 급식을 해야 할 자원봉사자의 발걸음이 줄어들기 때문이다.

　일손 부족을 조금이라도 덜기 위해, 개인사업으로 바쁜(목하 연말 대목 철
이다) 지인(知人)께 어려운 부탁을 드려 함께 급식소에 갔다. (이분은 기꺼
이 동참하시면서, 그에 더하여 별도로 자비를 들여 백설기와 단백질 음료를
400인분이나 준비하셨다. 참으로 감사할 따름이다)

　그런데 막상 급식소에
도착해 보니 기적처럼 놀
라운 일이 기다리고 있었
다. 13명의 자원봉사자!
모두가 하나같이 촌부와
같은 마음으로 오신 분들
이다. 심지어 아들과 며느

리를 대동하고 오신 분도 있었다. 뿐만 아니라 우리나라에서 요가를 가르치는 인도 사람도 한 분 오셨다. 급식을 진행하는 동안 엄동설한(嚴冬雪寒)을 녹이는 따뜻한 인정에 오히려 추위를 잊었다.

　그래, 세상은 아름답다!

　이렇듯이 우리 사회 구석구석 보이지 않는 곳에서는 강추위를 녹이는 무지렁이 백성들 장삼이사(張三李四)의 훈훈한 인정이 샘솟건만, 눈을 돌려 배부르고 등 따신 나랏님들의 행태를 보노라면 한숨만 나온다.

　백성들의 힘든 삶은 아랑곳없이 오로지 일신의 영달과 안녕에 매몰되어 정쟁(政爭)으로 지새면서, 무려 638조 원이나 되는 새해 예산을 역대 최장 지각의 기록을 세우며 겨우 통과시키는 모습이라니…. 그것도 세계적으로 치열한 경쟁의 마당에 내몰린 반도체산업 지원은 정작 얼토당토않은 이유로 거의 외면하고, 소위 실세들의 지역구 사업 예산이나 부풀리면서.

　눈 덮인 들판을 갈 때는 함부로 걸음을 내딛지 말라고 했다. 뒤에 오는 사람이 그대로 따라가기 때문이다. 정권

교체 후 새 정부의 첫 예산을 이렇게 하면 앞으로는 어찌할 건가. 일개 촌노(村老)의 걱정이 한낱 기우(杞憂)에 그치기를 기대해 본다.

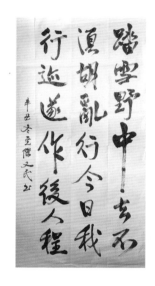

踏雪野中去(답설야중거)
不須胡亂行(불수호란행)
今日我行跡(금일아행적)
遂作後人程(수작후인정)

눈 덮인 들판을 걸어갈 때는
모름지기 발걸음을 함부로 옮기지 마라.
오늘 내가 걸어간 발자국은
반드시 뒷사람의 이정표가 될 것이니.

(2022.12.25)

천 년도 수유(須臾)러니

　계묘년(癸卯年)의 설날이다. 새벽과 아침에는 일기예보처럼 꽤 추웠지만 낮에는 많이 풀렸다. 밤새 다시 기온이 크게 떨어질 거라고 하는데, 지나고 볼 일이다.

　금당천변 산책을 하며 해가 뜨고 지는 것을 보고, 사당에서 차례를 지내고, 세배를 하고 받고, 산소에 다녀오고, 신륵사에 다녀오고…. 촌노(村老)의 설날 풍경이다. 특히 이번 설에는 큰 손자인 세원(世源)이가 사당에서 조상님들께 데뷔 신고를 했다. 기뻐하시겠지.

　신륵사에서는 검은 토끼를 보았다. 요새는 토끼 자체를 보기가 쉽지 않은데, 놀랍게도 검은 토끼의 해(癸卯年)에 걸맞는 검은 토끼 한 마리가 경내에

서 놀고 있었다. 그런가 하면 금당천에서는 무슨 연유인지 따뜻한 강남으로 가지 않고 홀로 남은 백로(白鷺)가 눈에 들어왔다. 검은 토끼와 하얀 백로라. 행운의 징표 아닐까.

아무리 세상사가 생각하기 나름이요 일체유심조(一切唯心造)라지만, 검은 토끼와 하얀 백로를 보았다고 행운을 운운하는 것은 아무래도 억지 춘향의 견강부회(牽强附會) 같다.

토끼와 백로에서 행운을 기대하기보다는 차라리 그들이 전해오는 봄소식을 기다리는 것이 낫지 않을까 싶다. 앞으로 열흘 남짓이면 입춘(立春)이지 않은가.

그래서 촌부도 석성우(釋性愚) 스님처럼 설날에 봄소식을 기다려 본다. 그렁 그렁 걸어오려나, 날쌘 토끼처럼 달려오려나.

몸보다 겨운 숙업(宿業) 적막한 빚더미다
돌 속에 감춘 옥 천 년도 수유(須臾)러니
한 가닥 겨운 봄소식 그렁 그렁 걸어온다

그런데 봄소식을 기다리기에 앞서 할 일이 있다. 그냥 죽치고 앉아서 봄소식을 기다릴 것이 아니라 그 봄을 맞을 채비를 해야겠다. 망가진 담장 손보고 밭이랑에 거름 내고, 겨우내 창에 켜켜이 내려앉은 먼지를 닦아 햇빛이 들어오게 하고. 아, 추위에 동파(凍破)된 수도도 고쳐야겠구나. 이래저래 촌부의 겨울잠이 끝나간다.

하여 미당(未堂) 선생의 시에 새삼스레 눈길을 보낸다.

버려진 곳 흙담 쌓고 아궁이도 손보고
동으로 창을 내서 아침 햇빛 오게 하고
우리도 그 빛 사이를 새눈 뜨고 섰나니

해여 해여 머슴 갔다 겨우 풀려 오는 해여
5만원쯤 새경 받아 손에 들고 오는 해여
우리들 차마 못 본 곳 그대 살펴 일르소

그래, 새해에 새로 뜨는 새 해를 바라보며,

저 밝은 해가 우리 사회의 어두운 구석구석을 빠짐없이 비추어 광명천지로 인도하길 기도하자.

그래서 나라가 태평하고 백성이 편안해지면 그 밖에 더 무엇을 바라랴.

(2023.01.22)

아이야 새술 걸러라
새봄맞이 하리라

대동강 물이 풀리는 우수(雨水)가 일주일 전에 지나고(2.19.), 다시 일주일 후면 만물이 겨울잠에서 깨어나는 경칩(驚蟄)이다(3.6.) "추워~추워~" 하면서 내내 움츠렸던 겨울이 저만치 물러가고 있다. 누가 가란다고 해서 가는 것도 아니고, 누가 오란다고 해서 오는 것도 아닌데, 때가 되니 겨울이 가고 봄이 오고 있는 것이다.

그런데 울안에서는 적설(積雪)이 다 녹도록 춘면불각효(春眠不覺曉)라 아직 작수미성(昨睡未醒)으로 봄이 옴을 실감하지 못하더니, 사립문을 열고 금당천으로 나서자, 북쪽 하늘로 날아가는 기러기와 푸른 기운이 도는 버드나무 실가지가 아둔한 촌노를 일깨운다.

샌님, 봄이 오고 있답니다!

그래 맞다.

조선 숙종 때의 여항(閭巷) 시인 유하(柳下) 홍세태(洪世泰. 1653~1725)가 읊었던 대로

歸鴻得意天空闊(귀홍득의천공활)이요
臥柳生心水動搖(와류생심수동요)이다.

지난가을에 와서 겨울을 나고 봄이 되어 북녘으로 돌아가는 기러기는 득의에 차서 넓은 하늘을 가르며 날아가고, 냇가에 비스듬히 누워있던 수양버들은 물이 풀려 흐르니 생기를 찾아 푸른 기운이 돌기 시작한다. 우리나라의 가을은 오동잎이 먼저 알리고, 봄은 버드나무 실가지에서 먼저 온다고 하지 않던가?

그 오는 봄을 맞이하며 노가재(老歌齋) 김수장(金壽長. 1690~?)은 "아이야 새술 걸러라 새봄맞이 하리라"하고 노래를 불렀는데, 술과 친하지 않은 노부(老夫)는 무엇을 할 거나.

아서라, 굳이 무엇을 하려고 할 게 무엇이더냐. 저 흐르는 금당천의 물길을 따라 그냥 걷자꾸나. 그러다 앞서 말한 홍세태와 같은 시기의 문인이었던 삼연(三淵) 김창흡(金昌翕. 1653~1722)의 흉내나 내보자.

碧澗洋洋去(벽간양양거)

隨波意杳然(수파의묘연)

神勒寺下到(신륵사하도)

方合南漢江(방합남한강)

푸른 시냇물이 양양하게 흘러가니

그 물결 따라 내 마음도 아득해지네

신륵사 아래께에 다다르면

바야흐로 남한강과 합쳐지겠지

겨울이 가고 봄이 오고, 월동(越冬)을 마친 철새는 고향으로 돌아가고, 눈과 얼음이 녹은 물이 흐르는 물가의 버드나무에는 생기가 돌고, 이 모든 것이 자연의 순리이다. 그리고 그 순리는 모름지기 거스를 수 없는 것이다.

이는 자연계뿐만 아니라 속인들이 모여 사는 사바세계(娑婆世界)도 마찬가지이다. 억지로 순리를 거스르려 한들 될 일이 아니다. 오히려 부작용의 역효과만 날 뿐이다. 예로부터 순천자(順天者)는 흥(興)하고 역천자(逆天者)는 망(亡)한다고 했다. 순리에 어긋나는 행태를 내보이고 있는 사람들이 모름지기 잊지 말아야 할 말이다. 손바닥으로 하늘을 가릴 수는 없는 노릇인데, 그 손으로 자기 눈을 가리고는 하늘을 가렸다고 착각하는 사람들이 중생의 입에 오르내린다. 그들은 역천자(逆天者)가 뜻하는 바를 알기나 하는 걸까.

(2023.02.26)

고르디우스의 매듭
(Gordian Knot)

1

[장면1]

　1895년 10월 8일.

　일본인들이 경복궁의 건청궁(乾淸宮) 안에 있는 곤녕합(坤寧閤)에서 명성황후(明成皇后)를 무참히 살해하고 시신을 불태우는 만행을 저질렀다. 명성황후는 여흥민씨(驪興閔氏) 제27세손이다. 촌부는 제31세손이다. 민씨는 여흥민씨 단본(單本)이고, 여흥은 여주의 옛이름이다. 촌부의 생가는 명성황후의 생가로부터 12km 떨어져 있다. 그래서 여주에 갈 때면 종종 명성황후의 생가로 발길이 향해지곤 한다. 지난 주말(3월 18일)에도 둘러보았다. 명성황후의 생가에 갈 때면 쓰라린 가슴을 부여안고 많은 생각을 하게 된다. 촌부의 집에는 명성황후가 촌부의 증조할머니에게 하사한 장롱이 있다. 이 장롱은 지금도 잘 사용하
고 있다.

[명성황후 생가]

[장면2]

촌부는 타고난 역마살로 인해 지구촌 구석구석을 누비고 다닌다. 해외여행에 나서는 사람들이 흔히들 가는 아시아의 여러 나라나, 미국, 유럽은 말할 것도 없고, 남미, 대양주, 아프리카까지 참으로 많은 곳을 다녔다. 단순관광 여행도 하지만, 히말라야, 알프스, 로키산맥, 천산산맥, 파타고니아, 밀포드, 키나발루 등 높고 험한 산을 오르는 트레킹도 한다. 그동안 이처럼 세계가 좁다고 다녔고, 앞으로도 체력이 허락하는 한 계속 다닐 것이다.

[알프스에서 두번째로 높은 산인 몬테로사(해발 4,634m)를 바라보며]

그런데 예외가 있다.

바로 우리나라의 바로 이웃에 있는 일본이다. 일본 땅을 밟은 것은 1992년 미국의 샌프란시스코에 가는 길에 비행기를 갈아타기 위하여 나리타 공항에서 1시간 머물렀던 것이 유일하다. 당시 촌부는 공항에서 콜라 한 잔 사마시지 않았다. 앞으로도 일본을 갈 계획은 없다. 이처럼 일본을 안 가는 이유는 간단하다. [장면1]의 글이 그 답이다.

[장면3]

[제3자 변제 방안을 발표하는 외교부 장관]

우리나라 대통령이 3월 16일에 일본을 방문했다. 일제 강점기 강제징용에 대한 일본 기업들(미쓰비시중공업 등)의 손해배상 책임을 인정한 2012년의 대법원판결(2018년 최종적으로 확정)을 계기로 우리나라와 일본 사이에 오랫동안 지속되어온 경색 국면을 돌파하기 위한 것이다.

이에 앞서 3월 6일 정부는 '대일항쟁기 강제동원 피해조사 및 국외강제동원희생자 등 지원에 관한 특별법'에 의해 설립된 일제강제동원피해자지원재단(이하 '지원재단'이라 한다)의 기금으로 강제징용 피해자들에게 손해배상 판결금을 지급하겠다고 밝혔다. 즉 가해자인 일본 기업들을 대신하여 지원재단의 돈으로 변제하겠다는 것이다(이른바 '제3자 변제').

당초 일본 기업들의 손해배상책임을 인정한 대법원판결은 어디까지나 법률적인 차원의 접근이었고, 그 판결에 따르는 눈에 보이는 파장을 수습하고 해결하는 것은 정치·외교의 몫이었다. 그러나 그동안 우리 정치권은 해결의 몫을 다하기는커녕, 오히려 이를 반일 선동에 이용한다는 의심을 살 정도로 방치했다. 한반도를 둘러싼 냉엄한 현실에는 애써 눈감고 외면했다.

그 사이 북한의 미사일과 핵 위협은 나날이 더욱 거세졌고, 러시아의 우크라이나 침공 이후 신냉전구도가 공고해짐에 따라, 향후 발생 가능한 한반도와 대만해협의 위기에 한미일 세 나라 간 군사 공조와 경제·안보 협력이 절실히 요구되는 상황이다. 이를 위해서는 한일관계의 개선과 그에 따른 한미일 공조 회복이 무엇보다 긴요하다는 것이 정부의 인식이다. 그리고 그 돌파구를 찾기 위해 고심 끝에 내놓은 해법이 바로 제3자 변제이다. "한일청구권협정과 대법원판결의 불일치를 해소하기 위한 고육지책"이라는 표현(2023. 4. 20. 자 문화일보 사설)이 이를 한마디로 대변한다.

이러한 제3자 변제가 옳으냐 그르냐를 놓고 정치권에서 논란이 끊이지 않는다. 국내 여론은 찬반으로 갈리고, 야권에서는 극렬한 반대 운동을 펼치고 있다. 대외적으로는 우리 정부가 강제징용에 관한 해법으로 제3자 변제를 발표한 지 1시간 여 만에 조 바이든 미국 대통령이 환영 성명을 발표할 정도로 국제적인 관심사가 되었다.

정부가 내놓은 제3자 변제 방안의 당부는 궁극적으로 후세의 사가(史家)들이 판단할 일이고, 촌부는 이를 논할 위치에 있지도 않고, 그럴 의사도 능력도 없다. 오히려 [장면1][장면2]에서 보듯이 일본은 촌부에게는 여전히 머나먼 나라이다. 다만, 반대론의 논거 중 하나로 제기되는 주장, 즉 '피해자가 반대하는 이상 제3자 변제는 위법하다'는 주장에 관하여는 순수 법률적인 관점에서 그 당부에 관심이 간다. 제3자 변제는 과연 위법한가?

2

우리 민법 제469조는 제1항에서 "채무의 변제는 제3자도 할 수 있다. 그러나 채무의 성질 또는 당사자의 의사표시로 제3자의 변제를 허용하지 아니하는 때에는 그러하지 아니하다."라고 규정하고 있고, 제2항에서 "이해관계 없는 제3자는 채무자의 의사에 반하여 변제하지 못한다."라고 규정하고 있다.

이 규정의 내용을 쉽게 설명하면 이렇다. 돈을 주고받아야 하는 채권·채무 관계에서 채권자의 입장에서는 돈만 받으면 목적을 달성하는 것이고, 그 돈에 꼬리표가 붙어 있는 것도 아니니 그 돈이 꼭 채무자의 돈일 필요는 없다. 그러니 채무자가 아닌 제3자가 대신 갚아도 아무런 상관이 없다. 그래서 민법 제469조 제1항도 첫머리에서 "채무의 변제는 제3자도 할 수 있다."는 원칙을 선언하고 있는 것이다.

그런데 민법은 이러한 원칙에 세 가지 예외를 두고 있다.

첫째, 채무의 성질이 제3자 변제를 허용하지 않는 경우이다(민법 제469조 제1항 단서). 이는 예컨대 학자의 강연이나 명배우의 연기 같이 채무자 본인만이 이행할 수 있는 채무에 관한 것인바, 돈을 주고받는 채무를 다루는 이 글에서는 논의의 대상이 되지 않는다.

둘째, 채권자와 채무자가 합의하여 제3자 변제를 금지한 경우이다(민법 제469조 제1항 단서). 채권자와 채무자 사이에서, 채권자는 채무자가 주는 돈만 받고 제3자가 주는 돈은 받지 않기로 합의가 이루어진 경우에는, 그 합의에 따라 제3자는 채무자 대신 변제를 할 수 없다. 채권자와 채무자 사이에 굳이 그런 합의를 하였는데 이를 부정할 이유가 없기 때문에, 법도 그런 합의의 유효성을 인정하는 것이다.

셋째, 채무자와 아무런 이해관계 없는 제3자가 채무자 대신 변제하는 것을 채무자가 반대하는 경우이다(민법 제469조 제2항). 본래 채무를 갚아야 하는 채무자의 입장에서는 남이 대신 채무를 갚아주겠다니 고마운 일이긴 한데, 경우에 따라서는 그게 꼭 고맙기만 한 것이 아닐 수도 있다. 돈을 대신 갚아 준 제3자가 그 후 그 돈을 자기에게 되갚으라고 요구하면(이른바 '구상권 행사') 채무자로서는 그에 응해야 하고, 결국 어차피 돈을 갚아야 하는 것은 마찬가지인 셈인데, 그 제3자가 악덕 고리대금업자처럼 본래의 채권자보다 가혹한 사람이라면 돈을 대신 갚아주는 게 반갑지 않을 수 있다. 그래서 이런 경우에는 채무자가 반대하면 제3자 변제가 허용되지 않는다.

이상에서 본 세 가지 경우가 아니라면 우리 민법은 제3자 변제를 허용하고 있다.

이를 다시 정리하면, 채권자와 채무자가 합의하여 제3자 변제를 금지하거나, 그런 합의가 없더라도 채무자가 제3자 변제를 반대하는 경우에는 제3자 변제가 불가능하다. 반면에, 채무자와는 달리 채권자가 제3자 변제를 금지하는 것은 우리 민법이 제3자 변제의 불허사유로 삼고 있지 않다. 따라서 채권자가 반대하더라도 제3자 변제가 가능하다.

3

여기서 강제징용의 손해배상에 관한 제3자 변제 문제로 돌아가 보자.

이제까지 손해배상채권자인 피해자들과 채무자인 일본 기업들 사이에 지원재단의 제3자 변제를 금지하는 합의를 한 적이 없다. 그리고 채무자인 일본 기업이 지원재단의 제3자 변제를 반대하고 있는 것도 아니다. 그렇다면 민법상의 원칙으로 돌아가 지원재단의 제3자 변제는 얼마든지 가능하다는 결론에 이른다. 반대론자의 주장처럼 피해자들이 반대하기 때문에 제3자 변제가 불가능하다는 것은 근거가 없는 이야기이다.

만일 피해자가 지원재단의 돈을 받기를 끝내 거절한다면 어떤가. 이 경우 지원재단은 손해배상금을 공탁할 수 있다. 우리 민법은 채권자가 돈을 변제받기를 거부하는 경우에는 그 돈을 공탁함으로써 채무를 면할 수 있게 하고 있다(민법 제487조). 공탁이란 법에서 정하고 있는 국가기관(=공탁소)에 돈을 맡기는 것을 말한다.

한편, 지원재단의 제3자 변제가 대법원판결의 취지에도 반한다는 주장도 제기된다. 그러나 이 역시 잘못된 주장이다. 대법원판결의 당부는 차치하고, 판결의 핵심은 일본 기업들이 강제징용에 대하여 손해배상책임이 있다는 것일 뿐이다. 일본 기업들에 대해 사죄를 명한 것도 아니다(법상 명할 수도 없다). 손해배상금을 일본 기업들이 직접 주든, 지원재단이 제3자 변제를 하든 그것은 대법원판결이 다룰 일이 아니고, 다룰 수도 없다. 오히려 지원재단의 제3자 변제는 일본 기업들의 손해배상책임이 인정됨을 전제로 하는 것인 만큼, 그것이 대법원판결의 취지에 반한다는 주장은 근거가 없는 것이다.

결론적으로, 지원재단의 제3자 변제가 위법하다거나 대법원판결의 취지에 반한다는 주장은 법적으로 설득력이 없다. 제3자 변제의 당부를 정치적인 측면에서 접근하는 것은 어차피 정책 선택의 문제이므로 촌부가 왈가왈부할 일이 못 되지만, 적어도 이를 법률적인 측면에서 왜곡하는 것은 옳지 않다. 정치적 주장을 뒷받침하기 위해 적법을 위법으로 몰아가는 것은, 위법을 적법으로 치장하는 것만큼이나 위험하다. 그러다가는 법치주의가 설 땅을 잃게 된다.

이 글의 첫머리 [장면1][장면2]에서 언급한 것처럼 촌부에게 일본은 머나먼 나라이다. 그러나 그것은 어디까지나 촌부 개인의 내면의 문제일 뿐이다. 법의 영역은 심정(心情)의 영역과 별개이다. 경색된 한일관계의 개선을 절실히 바라는 마음은 촌부라고 해서 다를 게 없다. 목하 세계정세의 흐름 속에 위치하는 우리나라의 상황이 결코 녹록지 않기에 더욱 그러하다.

고르디우스의 매듭(Gordian Knot)이든, 뒤엉킨 삼실타래(亂麻)이든, 이제는 속히 끊어야 할 때이다.   (2023.03.26)

구름과 더불어 느긋하게

봄 가뭄이 심하여 많은 사람들의 애를 태우더니 요새 들어 비가 자주 온다. 닷새 후면 곡우(穀雨)이니 시절에 맞게 비가 올 만도 하다. 그래도 남쪽 지방의 물 부족을 해결할 정도가 아니라니 좀 더 와야 한다. 그런데 하필이면 불청객인 중국의 황사가 동시에 밀려올 것은 뭐람.

비가 온 김에 울 안에다 각종 작물의 모종을 심었다. 쑥갓, 들깨, 상추, 고추, 오이, 호박, 가지, 토마토, 옥수수…. 그런데 이게 서툰 촌부(村夫)에게는 쉬운 일이 아니다. 먼저 지난해에 작물을 심었던 곳을

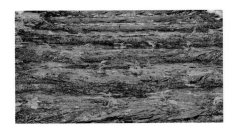

삽으로 일일이 뒤엎어 고르고 퇴비를 뿌린 다음 이랑을 만들어야 한다. 그 위에 비닐을 덮는다. 토양의 온도와 수분을 유지하고 잡초의 번성을 방지하여 작물이 잘 자라게 해 주기 위해서다. 비닐 덮기(mulching)를 마치면 비닐에 적당한 간격으로 구멍을 내 모종을 심고 흙으로 돋아준다. 그러다 보니 손바닥만한 울 안에서 작업을 하는데도 꽤나 긴 시간이 걸렸다. 다만, 호박이나 오이처럼 넝쿨이 지는 작물은 비닐 덮기는 하지 않고 별도의 장소에 독립하여 심는다.

힘이 들긴 해도 내심 뿌듯하다. 초여름부터 수확을 시작하여 늦여름 내지 초가을까지 식탁과 마음을 풍성하게 해 주리라.

모종 식재 작업을 마친 후 허리도 펼 겸 찻자리에 앉았다. 노반장(老班章. 보이차)과 우전(雨前. 녹차)을 1:3의 비율로 혼합하여 우려냈다. 촌부는 혼자 있을 때는 보이차나 녹차를 따로따로 마시는 것보다 이렇게 혼합하여 마시는 것을 즐긴다. 뒤꼍의 진달래와 지붕에서 홈통을 타고 떨어지는 빗물이 찻잔과 묘한 조화를 이룬다. 더불어 촌부의 마음에는 여유와 즐거움이 찾아든다. 그야말로 반소사음수(飯疏食飮水)에 낙역재기중(樂亦在其中)이다.

차를 마시고 나서 사립문을 열고 금당천으로 나섰다. 비는 갰지만 하늘은 여전히 흐리다. 말 그대로 '봄비가 잦아진 개울에 구름이 머흐레라'이다. 비가 내린 덕분에 금당천의 물이 소리 내며 흐른다. 마치 어딘가 급히 갈 곳이 있어 달려가는 듯하다. 그렇다고 촌부까지 그 물을 따라 서두를 일이 아니다. 뒷짐 지고 천천히 걸으며 농사 준비에 바빠진 들녘을 둘러본다.

평화롭고 여유로운 정경을 눈에 담으며 두보(杜甫)의 시 '강변 정자(강정. 江亭)'를 차운(次韻)해 흥얼거려 본다.

負手川邊曇(부수천변담)
長吟野望時(장음야망시)
水流心不競(수류심불경)
雲在意俱遲(운재의구지)

날 흐린 금당천을 뒷짐 지고 거닐다가
느릿느릿 시 읊으며 들녘을 바라본다.
흐르는 개울물과 겨루고픈 생각 없고
떠 있는 구름과 더불어 마음이 느긋하다.

[**두보의 시는 첫행이 "坦腹江亭暖(탄복강정난. 따스한 강변 정자에 엎드려)"이다.]

　자연을 벗 삼아 세월을 낚는 촌부야 아무리 느긋한들 뉘라 탓할 리 없지
만, 아니 오히려 느긋함을 권할 일이지만, 느긋해서는 안 되는 사람들이 너
무 느긋해서 문제인 경우도 있다.
　여야(與野) 할 것 없이 전당대회 후 지지율이 정체되거나 오히려 하향세
를 보여도 절박함이 느껴지지 않는다. 각종 여론조사마다 무당층의 비율이
계속 올라가고 있건만 그
저 집토끼만 바라보는 모
습이다. 국회의 입법 독주
와 대통령의 거부권이 춤
을 추어서야 어찌 백성들
이 마음 편히 느긋하게 살
아가랴.

(2023.04.16)

불국토의 개구리 울음소리

어제가 부처님 오신 날이었다. 부처님이 이 땅에 오신 지 2567년, 실로 유구한 세월이 흘렀는데, 당신께서 바라셨던 불국토(佛國土)가 과연 구현되고 있을까.

아침에 서둘러 원각사 무료급식소로 갔다. 평소 11시 30분부터 시작하던 급식을 한 시간 앞당겨 10시 30분부터 시작했다. 부처님 오신 날은 많으면 천여 분이 오시기 때문이다. 그래서 급식소 구내만으로는 협소하여 탑골공원 담장 옆 골목의 공터에 급식 시설을 차려 놓고 배식을 했다. 그런데 전날부터 흩뿌리기 시작한 비가 본격적으로 내려 비가림막을 쳐야 했다.

계속되는 비 때문일까, 예상보다 적은 635 분이 오셨다. 날이 날인만큼 가능한 한 많은 분들에게 따뜻한 밥을 드리고 싶었는데, 아쉬움이 남았다. 더구나 하루에 한 끼밖에 못 드시는 분들도 있으니….

급식이 끝난 후 탑골공원 안에서 부처님 오신 날을 봉축하는 법요식(法要式)이 열렸다. 주지 원경스님의 설법에 이어 촌부가 부처님께 올리는 발원문(發願文)을 낭독했다. 당신의 뜻을 받들어 자비의 보살행을 열심히 펼치겠노라고 다짐한 후, 마지막으로,

"이 땅이 무료급식소가 더 이상 필요 없는 세상으로 되도록 이끌어주옵소서"

라고 발원했다.

비록 원각사에서는 '배고픔에는 휴일이 없다'는 기치 아래 1년 365일 무료급식을 하고 있지만, 급식에 참여하는 촌부의 진정한 바람은 그야말로 무료급식소가 필요 없는 세상이 도래하기를 소망하는 것이다. 그런 세상이 바로 불국토가 아닐까.

급식과 법요식을 마치고 늦은 밤 금당천의 우거(寓居)로 왔더니 개구리 울음소리가 반긴다. 촌부의 우거는 대문만 열고 나서면 바로 논이라 개구리들이 많다. 천지가 진동하도록 그 개구리들이 울어댄다.

본래 개구리들이 우는 이유는 짝짓기를 위해 수컷이 암컷을 부르는 것이다. 그런데, 비가 오기 전이나 올 때는 공기 중에 습기가 많아 촉촉해진 피부로 호흡하기가 편하고, 그래서 기운이 솟아 더 울어댄다. 특히 낮보다는 서늘한 밤에 그런 환경이 더욱 잘 조성되기 때문에 밤에 더 운다.

어느 시인은 그런 개구리 울음소리를 경전 외는 소리에 빗댔다.

밤꽃 내 자욱하고

절 아래 무논에 개구리 울음소리

저 절간 불 다 꺼진 뒤에도

반야심경을 외듯 금강경을 다 외듯

와글와글 야단법석이다.

저 소리가 짝을 부르는 소리라 하니

욕망을 꺼뜨리려는 수행자에겐

독일까 약일까.

저 악착스러운, 징글징글 뜨거운 울음 경전과

불 꺼진 선방의 숨죽인, 서느러운 천근만근 고요 사이의

팽팽한 줄다리기 한판 승부를

초승달 하나 실눈 뜨고 엿보고 있다.

– 적요(寂寥) / 복효근 –

어제에 이어 오늘도 계속 비가 내리니, 결국 이틀 동안 밤새 개구리 울음소리를 벗해야 한다. 그래도 그 소리가 싫지 않다. 오히려 숨겨져 있던 낭만의 감정을 자극한다. 대처(大處)의 찌든 빌딩 숲에서는 들을 수 없는 자연의 소리이기에 더욱 그러하다. 우거의 촌부에게는 처마 끝에 떨어지는 낙숫물 소리와 더불어 천상(天上)의 소리로 다가온다.

이처럼 우리네 성정을 맑게 해주는 소리만 듣고 살 수 있다면 얼마나 좋을까. 그곳이 또 다른 불국토가 아닐는지.

그런데 정작 그런 희망과는 반대로, 작금에는 돈 봉투 살포도 모자라 '무슨 무슨 코인'까지 더하여 세상을 시끄럽게 하는 소리가 범부의 귀를 어지럽힌다. 그 옛날 허유(許由)는 더럽혀진 귀를 영수(潁水)에서 씻었다는데, 촌부는 어드메서 씻을 거나…. (2023.05.29)

꼰대의 잠꼬대

사흘 전이 하지(夏至)이고 이틀 전이 단오(端午)였다. 여름이 깊어가면서 낮 최고 기온이 연일 30도를 오르내린다. 일기예보를 보면 올여름은 특히 덥고 비도 많이 내릴 것이라고 한다. 그 바람에 천중지가절(天中之佳節)이라는 단오가 무더위에 묻혀버려 모르는 사이 지나가 버렸다. 내일(6/25)을 기점으로 제주도부터 장마가 시작되어, 시간당 30mm 이상의 호우(豪雨)가 내릴 모양이다. 그런데 수도권은 말 그대로 태풍전야이다. 오히려 장마 시작 직전의 바람 한 점 없이 찌는 더위에 산천초목이 널브러질 지경이다.

8월의 킬리만자로 등정 산행이 이제는 코앞에 다가온지라, 그에 대비한 체력단련을 위해 아침 일찍 청계산을 올랐는데(옛골 → 이수봉 → 망경대 → 혈읍재 → 옛골), 그나마 바람이 있는 능선길을 제외하면 대부분 땀으로 목욕을 하면서 걸었다. 워낙 더워서일까, 주말이면 앞 사람 엉덩이만 보고 걸어야 할 정도로 인파가 몰리는 청계산이건만, 오늘은 한가하기 그지없었다. 어쩌다 마주치는 등산객이 반가울 정도이다.

청계산 산행을 마치고
발걸음을 금당천으로 돌
렸다. 무더위에 산행을 하
여 다소 지치기는 했지만,
한여름인지라 여차하면
전원(田園)이 장무(將蕪)
할 판이라 여유가 없다. 풋
고추는 한창 열리는 반면,

상추는 반 이상이 녹아버렸다. 울 안의 장미꽃은 이미 50% 이상 졌다. 반면
백합은 이제부터 피기 시작한다. 봉선화나 칸나는 더 기다려야 한다. 연꽃도
마찬가지다.

한여름은 더운 것이 자연의 순리이다. 그 순리에 맞게 꽃들도 피고 진다.
장미가 피었다 지고, 백합이 피고, 봉선화와 칸나가 그 뒤를 잇고….
물론 비닐하우스 온실을 이용하면 1년 내내 원하는 꽃을 피우고, 또 그것
을 상품화할 수 있지만, 그것은 억지춘양일 뿐이다. 그렇게 피운 꽃의 향이
어찌 노지(露地)에서 제철에 맞게 핀 꽃을 따라가랴.

그런데도 사람들은 제철 과일이 아닌 과일을 먹듯이, 제철 꽃이 아닌 꽃을
찾는다. 거기에 대고 자연의 순리 운운하는 것은 이른바 '꼰대의 잠꼬대'로
치부될 뿐이다. 상식과 비상식이 엉켜버린 세태에서는 무엇이 참이고 무엇
이 거짓인지 분간하기가 쉽지 않다.

초등학생을 상대로 의대 진학 준비반을 만드는 사설학원들 이야기가 전
해져 벌어진 입을 다물지 못하게 하더니, 대통령의 문제 제기로 불거져 이번
기회에 읽어본 대입 수능의 '킬러문항(초고난도 문제)'은 정말 가관이다. 촌
부는 도대체 답을 찾는 것은 고사하고 아무리 읽어보아도 문제 자체를 이해

할 수가 없다. 촌부야 지식이 일천하여 그렇다 치더라도, 대학교수도 고3 수
험생을 지도하는 교사조차도 풀 수 없는 문제를 수능에 출제하여 놓고 수험
생더러 풀라고 하는 게 과연 정상인가. 그런 문제를 풀려면 학원을 다니라고
수험생들을 학원가로 내모는 게 올바른 교육인가.

개나리와 진달래는 봄에 피어야 아름답고, 장미와 백합은 여름에 피어야
제대로 된 향기를 뿜어낼 수 있다. 그게 순리다. 초등학생을 의대진학반으로
유인하고, 대입 수능생을 킬러문항을 풀기 위해 일타강사가 위세를 떨치는
학원가로 내모는 것은 그야말로 순리를 한참 벗어난 비교육적 현상의 극치
이다.

언론보도를 보면 '이런 비정상의 정상화'를 위해 정부에서 칼을 빼들었다
고 하는데, 제발 성공하길 기대한다. 하다못해 썩은 무라도 베어야 하지 않
을까. 소위 '사교육 카르텔'이라는 것이 정말 존재한다면 이번 기회에 일망
타진하여, 그런 괴물이 우리 사회에 더이상 발을 붙이지 못 하게 하길 바랄
뿐이다. 그것이 '꼰대의 잠꼬대'라도 좋다.

한여름은 더운 것이 자연의 순리이다.

(2023.06.24)

동서 화합의 장

여느 때와 다름없이 늘 하던 대로 아침 새벽에 우면산을 향해 집을 나서 예술의 전당 쪽으로 가다가 하늘을 보니 눈이 번쩍 떠진다.

요새 장마철 폭우가 그쳤는데도 여전히 새벽의 동녘 하늘이 구름에 덮여 흐렸는데, 오늘은 붉게 타오르고 있는 것이다. '제대로 된 여명이란 바로 이런 것이다'하고 일부러 연출하는 듯하다.

모처럼 멋진 광경을 눈에 담아 흐뭇해하면서 고개를 180도 돌려 서쪽 하늘을 바라보자 더더욱 뜻밖의 반가운 손님이 촌부를 놀라게 한다. 하늘에 둥근달이 떠 있는 것이다.

이틀 전이 보름이
었지만, 아직도 새
벽에는 서산으로 지
기 전의 보름달을 볼
수 있다. 그것도 오
늘은 슈퍼문(Super
Moon)을!

얼른 검색을 해 보
니 우리나라 시간으로는 2일 새벽 3시 32분에 달이 지구에 가장 근접했고,
평소보다 7% 정도 크게 보인다고 한다.

해와 달을 동시에 보는 것 자체도 쉽지 않은데, 그에 더하여 동쪽 하늘에
는 여명이 빛나고, 서쪽 하늘에는 슈퍼문이 떠 있다니! 좋은 일이 있으려나?
함께 찾아와 광명의 빛을 전하는 저 일광보살과 월광보살의 원력으로 이
땅에 동서 화합의 장이 열리고, 그리하여 국운이 왕성해지면 얼마나 좋을까.

여명과 슈퍼문을 동시에 즐긴 흥분을 가라앉히고 비지땀을 흘리며 우면산
을 오르자, 이번에는 또 다른 볼거리가 촌부를 즐겁게 한다. 소망탑 위로 햇
살이 눈부시게 퍼지고 있었다.

긴 장마 후에 찾아
온 폭염이 반갑지 않
지만, 그래도 덕분에
이런 멋진 햇살을 볼
수 있다는 게 감사할
일 아니런가.

세상에 공짜가 어디 있으랴. 덥긴 할망정 비가 그쳤으니 여명과 슈퍼문을 즐길 수 있고, 비지땀을 흘리니 눈 부신 햇살을 접할 수 있는 것이다.

초등학교 교사의 자살로 촉발된 교권 침해 논란에 이어, 안전을 도외시한 채 철근을 빼먹고 지은 아파트들이 작금에 신문지면을 달구고 있다. 대통령까지 나서서 이권 카르텔을 깨부숴야 한다고 하는 판이니, 과연 어떤 결말로 이어질지 귀추가 주목된다.

국가가 빚으로 부도가 날 지경인데도 여야 간에 벼랑 끝 대치가 매년 이어지는 통에 국가 전체의 신용등급이 하락한 미국의 상황이 남의 일이 아니라는 보도도 섬뜩하다.

어느 하나 쉬운 일이 없는데, 공짜를 바래서야 되겠는가. 힘을 합쳐 난국을 헤쳐 나갈 일이다. 해와 달이 한마음으로 온 누리를 비추듯이.

(2023.08.03)

꿈에도 생각지 못한

아프리카의 킬리만자로(Kilimanjaro) 트레킹을 다녀오느라 3주 만에 금 당천 우거(寓居)를 찾으니 풀에 덮여 있다. 가히 아프리카의 정글 수준이다.

정원이(=작은 손주)의 돌보미에서 풀려난 집사람이 보름 전에 다녀가면 서 풀을 뽑긴 했지만, 한여름의 잡초는 뽑고 돌아서면 바로 다시 난다는 말 이 있을 정도로 무섭게 자란다.

그래서 여름의 시골 생활은 풀과의 전쟁으로 시작해서 풀과의 전쟁으로 끝난다고 해도 과언이 아니다. 뽑고 뽑고 또 뽑고... 하다 하다 안 돼서 채소 나 화초에 영향을 미치지 않는 곳에는 아예 제초제까지 뿌려보아도 역부족 이다. 실로 놀라운 생명력이다.

처서가 지났다고는 하나 아직은 말 그대로 곳곳에(處) 늦더위(暑)가 남아 있는 가운데, 이른 아침부터 그 풀들과 사투를 벌였다. 이내 물 흐르듯 샘솟 는 땀이 온몸을 적신다. 잠시 허리를 펴고 땀을 훔쳐보지만 언 발에 오줌 누 기다.

일망타진까지는 아니어도 어느 정도 정리한 후, 전에 상추, 고추, 토마토 를 심었던 자리를 고르고, 그곳에 배추 모종을 심고 무씨를 뿌렸다. 김장 준 비를 위함이다. 이 순간만큼은 촌부도 농부가 된다.

　여름 내내 입맛을 돋우어 주었던 상추와, 고추 그리고 토마토에게 감사할 일이다. 겨울에는 김장을 하기 위해 오늘 심은 배추와 무가 그 역할을 하리라.

　사실 애써 기르느라 힘들일 필요 없이 시장(대형마트)에서 편하게 사 먹을 수 있지만, 농약을 뿌리지 않고 내 손으로 직접 기른 신선한 채소들을 바로 식탁 위에 올리는 맛에 어찌 비하랴. 아직도 수확이 가능한 호박, 오이, 가지를 따는 즐거움 또한 복지경에 땀을 흘린 사람만이 누릴 수 있는 특권이다.

　조선 영조 때 문신 이 재의 흉내를 내본다.

샛별 지자 종다리 떴다 호미 들고 뜨락에 가니
긴 수풀 찬 이슬에 베잠방이 다 젓는다
아서라 시절이 좋을손 옷이 젖다 관계하랴

아무튼 김장 배추와 무를 심는다는 것은 폭염과 폭우가 교차하면서 유난히 맹위를 떨쳤던 여름이 물러가고 가을이 서서히 다가오고 있음을 의미한다. 시간이 흐르면 그렇게 계절이 바뀌게 마련이다.

그런데 바뀌는 게 어디 계절뿐이랴. 세상만사가 다 시간의 흐름에 맞춰 바뀌고 또 바뀐다. 올가을에는 그중에서도 사법부가 변화의 길목에 놓이게 된다.

도하(都下) 대부분의 언론이 공(功)보다는 과(過)를 더 이야기하는 김명수 대법원장이 9월 24일 임기 만료로 퇴임함에 따라, 후임 대법원장 후보로 이균용 서울고등법원 부장판사(전 대전고등법원장)가 지명되었다.

그는 23일 대법원 청사 앞에서 기자들에게 "최근에 무너진 사법 신뢰와 재판의 권위를 회복해 자유와 권리에 봉사하고 국민의 기대에 부응할 수 있는 바람직한 법원이 무엇인지 끊임없이 성찰하겠다"고 밝혔다. 물론 앞으로 국회의 청문회와 의결을 거쳐 대통령이 정식으로 임명하는 절차가 남아 있긴 하지만, 향후 우리 법원은 어떤 식으로든 변화의 물결에 직면할 수밖에 없다.

그렇다면, 그 변화의 물결은 어느 방향으로 흐를까. 아니 흘러가야 할까.

이념에 매몰되어 상식을 초월하는 편향적인 결론을 내리고 온갖 미사여구로 포장하여 합리화하려 하지만, 자세히 보면 결국 궤변에 지나지 않는 판결이 난무하고, 그 신분상 도저히 할 수 없는 말을 거리낌 없이 쏟아내며 머리는 여의도를 향하고 있는 법관들이 횡행하고, 재판의 지연으로 국민이 받는 고통은 외면한 채 이른바 '워라밸(WORK & LIFE BALANCE)'을 앞세워 일신의 안락을 더 추구하는 풍조가 버젓이 판치는 사법부가 더이상 계속되어서는 안 된다.

그런 법원의 그런 재판이 어떻게 국민의 존경과 신뢰를 받을 수 있겠는가. 존경과 신뢰는커녕 자칫 조롱거리가 될 뿐이다. 그리고 그것은 재앙이다. 재판의 권위와 사법에 대한 신뢰가 계속 추락하는 것을 막고 이를 회복하는 일이야말로 새 대법원장이 추진하여야 할 최대 과제이다.

차제에 새로운 대법원장은 앞으로 대법관 임명을 제청할 때 동료나 선후배 법관들이 고개를 끄덕이며 수긍할 수 있는 인물을 천거할 필요가 있다. 아니 마땅히 그래야 한다.

며칠 전에 "문재인 정부 때 대법관들은 꿈에도 생각지 못한 인물들이 된 경우가 많았다"는 기사가 신문지면을 장식했다(중앙일보 2023. 8. 24.자 1면). 내용의 당부를 떠나 도대체 그런 모욕적인 기사가 유수의 중앙 일간지 1면에 실렸다는 사실 자체가 사법부로서는 얼굴이 화끈해지는 일이다. 그만큼 사법부의 권위가 추락하고 거의 동네북이 된 느낌이다.

최고 법원의 최고 지성으로 존경받아야 할 대법관이 "꿈에도 생각지 못한 인물"로 조롱의 대상이 된다는 것은 실로 부끄러운 일이 아닐 수 없다. 새 대법원장은 앞으로는 국민이 이런 기사를 더이상 접하지 않도록 신경 써야 할 것이다. 부디 유념하길 기대한다.

가을의 전령인가, 귀뚜라미 울음소리가 들리는 밤이다. 구름 사이로 얼굴을 이따금 내미는 상현달이 왠지 파리해 보이는 것은 무슨 연유일까.

(2023. 8. 27.)

법창에 기대어 2

그래, 세상은 아름답다

초 판 인 쇄	2023년 10월 12일
초 판 발 행	2023년 10월 20일
글 쓴 이	범의거사(凡衣居士)
기 획	김 경 미
발 행 인	정 상 훈
디 자 인	신 아 름
펴 낸 곳	미디어북

서울특별시 관악구 봉천로 472
코업레지던스 B1층 102호 고시계사

대 표 02-817-2400   팩 스 02-817-8998
考試界·고시계사·미디어북 02-817-0419

정가 20,000원   ISBN 979-11-89888-67-1   03810

미디어북은 고시계사 자매회사입니다